Gouine City Confidential

Laurène Duclaud

Gouine City Confidential

la manufacture de livres

Si vous souhaitez recevoir notre catalogue
et être tenu informé de nos publications,
envoyez vos coordonnées, en citant ce livre à :

La Manufacture de livres, 101 rue de Sèvres, 75006 Paris
ou
contact@lamanufacturedelivres.com

www.lamanufacturedelivres.com

Illustrations : © Miré

ISBN 978-2-35887-992-7

Avant-propos

Comme j'ai fait une école d'ingénieur, avec ma bande de potes, c'est surtout des jeux vidéo qu'on voulait créer. Faisant rarement exception, j'ai fini d'apprendre à programmer avec Youtube au prix de nombreuses nuits blanches. En 2011, j'ai créé une association pour lancer *Rouen City Confidential*. Un jeu vidéo d'enquêtes, de roman noir, d'aventures, innovant et audacieux. Je vous vois sourire... Seule une partie du nom est restée, et quelques sauvegardes perdues sur des disques durs poussiéreux. J'ai lancé d'autres jeux plus petits, toujours du fond de mon appart, cette fois à Paris. Mais le jeu vidéo, c'est trop lent. Je perdais l'idée initiale, l'énergie précise, au fil des semaines de code et de gameplay. Il "fallait trouver le truc". En tant que digne ingénieure, j'ai mis un temps fou à simplement me rendre compte que je ferais mieux de les écrire, ces histoires cruelles et rigolotes...

Je me suis prise au jeu. L'écriture, c'était si immédiat, si gratuit. Poèmes, nouvelles et scènes ouvertes, de 2016 à 2020, je me suis exercée avec amusement, dans ce bon vieux 18e qui grouille de jour comme de nuit.

La méthode était rodée, un Google Doc, un canapé, une playlist qu'on va user jusqu'à la corde, et on laisse venir avant de reprendre son souffle en passant à autre chose (bar, travail rémunéré, amis en tout genre, bénévolat, longues marches...).

Gouine City, c'est toutes ces filles débrouillardes et fonceuses, qui ne veulent pas être désirées par n'importe qui, qui font ce qu'elles ont à faire sans emmerder personne, et souhaitent la réciproque. C'est moi et mes potes, encore jeunes, décrits partout comme des branleurs, des fumistes insolents et illettrés, tout ça parce qu'on ne veut pas jouer le jeu, corrompu et pollué à l'évidence. Oui c'est étrange, quand je commence à y penser, il y a moins d'humour dans mes mots, plutôt un goût amer, entre grande fatigue et grosse dalle. Alors ça serait ça, *Gouine City Confidential*, ça serait nous, qui parlons de nous, avec nos mots, et au moins ce serait fait.

Nous, les gouines, les rêveurs, les durs à cuire, les jeunes en manque d'amour et de verdure, en clair, les nouveaux déserteurs, et quoi de mieux que le roman noir pour enfoncer la lame entre deux rigolades et un peu de poésie.

Laurène Duclaud

Née en 1987 à Rouen, Laurène Duclaud a beaucoup joué au football, aux jeux vidéo et a fini dans les temps des études d'ingénieure. Elle publie ses textes dans des revues littéraires et sur son blog « textesetbieres ».

1. La Fête des voisines 11
2. La Chanteuse portait toujours deux culottes 20
3. L'Art et la manière d'utiliser un allume-cigare 26
4. Le Réseau Rosa Mayonnaise 34
5. Les Putes ne voulaient plus de fils 69
6. L'Assourdissante Affaire Estravalda 78
Partie 1 79
Partie 2 149
7. Interlude 229
8. Nos Années folles 236

ÉPISODE 1

LA FÊTE DES VOISINES

"Ici, il n'y a que des p'tites histoires !
Tiens, ressers-m'en un et écoute celle-là :"
entendu à Gouine City

-

fin de bar – 01 h 47

Des années plus tôt...

I.

Je savourais, en roulant sur Ney Boulevard, les heures joyeuses de Gouine City, juste après les grandes confrontations. Le soleil venait sécher nos sales blessures, nos durs souvenirs. On ressortait ainsi nos vieilles chemises fétiches en jean, une façon comme une autre de se rassurer. C'était le début de l'été, et à Gouine City plus qu'ailleurs, les élastiques des petites culottes allaient claquer. Je tournais sur la droite, saluant Paulie et sa poule qui installaient les tables. Pour sûr, le boulodrome allait tourner à plein régime tout l'été. Chaque latte tirée à la vue de tous, chaque boule claquée par un tir précis, chaque poil sous les bras, nous semblaient une victoire légère, après toutes les dérouillées données et reçues.

Je roulais comme ça, une lesbienne de plus dans ce sacré bordel, jusqu'aux bureaux de notre office de North GC, l'Agence Beurkley.

Ledit Beurkley m'alpagua sitôt mon café-calva sifflé (je multipliais ce genre de petites techniques court-termistes pour faire passer les journées).

"Dites ma p'tite Alex, j'ai une mission de premier choix pour vous. Et vous savez toute la confiance que je vous porte." Il est toujours plus facile d'encaisser les hypocrisies hiérarchiques avec du calva dans le cornet. Beurkley enchaîna.

"J'ai un couple de lesbiennes A+ qui arrive en ville pour la cérémonie des Gouines Awards. Shanon Lewis a déjà tout le programme, photographes, interviews, brunchs, expos subversivo-traditionnelles et tout le tintouin. Mais sa nouvelle favorite, Lola Milka, veut visiter la ville, vous comprenez, il faut que vous la sortiez. Et attention, PERSONNE ne veut retrouver à la Une d'un canard quelconque la langue de Lola dans la bouche d'une gouine d'ici, vous entendez. Vous la surveillez comme un paquet de clopes à une soirée fumeurs, c'est clair ?"

Je récupérai le dossier complet. La mission touristique devenait, en lisant entre les lignes, une opération risquée de surveillance, chaperonnage sur un fil. Était-il plus facile de sauver un kangourou des flammes que d'empêcher Lola de se faire butiner ? J'allais très vite devoir le découvrir.

Noms à la con, Awards de baiseuses d'entre-soi, expositions subversivo-sclérosées, j'adorais rire en râlant, en fumant des lattes énormes dans les couloirs agités de l'agence. Plusieurs choses restaient vraies de tout temps : la plus vieille des abeilles avait 60 000 millions d'années, et il fallait 5 000 fleurs butinées par 40 000 abeilles pour obtenir 1 kg de miel. Et il n'était même pas 17 h.

Ainsi j'allais rencontrer, sans que cette rencontre ne change rien à ma vie, une très belle petite idiote, qui ne serait pas si belle. Mais qui aurait voulu lui gâcher son plaisir ?

"Enchantée mademoiselle Milka, Alex Duke, pour vous accompagner lors de votre séjour à Gouine City", à métier futile, confiance futile. J'adorais.

"Bonjour *honey*, le voyage m'a éreintée, aurais-tu un remontant ? *Something to get high, you know.*" Y avait-il plus agaçant que le mélange de français soutenu, de tutoiement condescendant et d'anglais merdique ? Pas sûr. Mais j'avais moi-même déjà pris le remontant, sans savoir ce que j'aurais à remonter. Tout glissait. *Vas-y ma poule, assure facile,* je me disais.

Ses traits étaient fins, bien sûr, tenue distinguée faussement négligée, faussement "de la rue". Ses mèches brunes balayaient son front, cachaient par moment ses yeux verts. Sa bouche était parfaitement de saison, cerise, avec cette touche de vulgarité. Un collier bohème caressait bourgeoisement son cou, le haut de son torse découvert, obligeant à penser à ce qui est interdit. C'est évidemment dans ces cas de figure que mon détachement ferait plus tard ma légende.

Pour résumer vulgairement, je lui donnais sa dose et attendais son retour.

II.

Je roulais à fond, voiture de fonction, c'est bête à dire comme ça, mais toutes les filles du monde ont aussi le droit d'être un vieux macho à la con. J'avais les notes de frais, une belle voiture, avec moi une belle fille. Et n'est-ce pas comme cela que la société, le capital, reconnaît la réussite ? Arf, je suis pas fière, mais elle, moi et la voiture, chacune y trouvait son compte après tout.

19h - Étape 1 : je voulais commencer stratégique, voir de quel bois elle était faite. Rien de plus simple, à sa demande, on fonçait à un *event* électro pseudo-hype-berlinois, fin d'après-midi sur un toit de coucher de soleil, à Santa Paula District, au cœur de Gouine City.

Ça aurait été complètement inconscient, si je n'avais pas glissé une balise GPS dans son sac à main, avec la drogue. Elle ne quitterait pas la drogue. Prévisible comme une fille imprévisible. Se disait-elle la même chose de moi ? Impossible !

Forces en présence : pas mal de lesbiennes-débardeur ou chemise sombre, slim sobre, peu de soutif, peu de seins. Des offensives aussi, aimant être des tigresses de féminités. Et ensuite les excentriques, défoncées, névrosées, ailleurs, ou faisant semblant de l'être... N'est pas Yoko Ono qui veut, je me disais en rechargeant les batteries à l'arrière, avec Lola la fleur des villes riches. Ces endroits étaient comme un plat dont j'aurais aimé l'odeur, mais pas le goût. Mais tout s'arrange ici. "Reprends une dose chérie."

"J'adôôre, c'est *so underground, so real,* tu viens souvent ?" Obligée de dire oui, puisqu'elle ne comprenait pas que je n'étais entrée que par sa présence et celle des notes de frais, que rien ici n'était *underground,* et encore moins *real.* On était sur un toit chic mondain, bordel, pas dans une cave de Detroit avec Missy Elliott qui nous taxe une clope.

Mais vous savez, avec l'électro berlinoise, ça peut durer des plombes, déconnexion, c'est ça que les filles aiment, c'est ça que j'aime. Elle flirtait du regard avec certaines filles, sans conviction, rassurée de plaire, amusée par ces petits jeux et basta. On refait un nouveau traçon -------- .

Tout-allait-bien.

Vers 1 h je la ramenai à leur hôtel. Shanon devait sûrement être rentrée. Lola ne parlait soudain plus que d'elle dans la voiture, frénétique, inquiète et pommée.

"Je suis comment ?" me demanda-t-elle en se retournant vers moi, après s'être recoiffée remaquillée dans le pare-soleil. Il n'y avait plus de soleil depuis longtemps, et elle avait l'air d'une fille canon complètement arrachée.

"Vous êtes magnifique, gardez votre fraîcheur mademoiselle Milka."

"*Thank you honey.*"

Elle disparut dans le hall du bel hôtel, *une soirée de plus de perdue*, pensai-je à sa place. À ma place aussi.

III.

Réveil par ciel bleu, heureuse comme dans les années 90, écoutant Oasis. La journée s'annonçait sous les meilleurs auspices. J'avais misé ce matin-là une belle somme sur Les Louves Rouges contre Les Salopes Invincibles en quart de finale des Rollers Derby Hot Contest. Quelle année ça avait été ! J'avais ensuite bu un p'tit canon avec Vi aux arènes de La Chapelle, puis j'étais passée me changer. Classe. L'agence ne lésinait pas sur le budget mode, et si jamais vous vous demandiez, oui, on comptait parmi les plus grosses branleuses de GC.

Maintenant que j'y repense, ça ressemblait comme deux gouttes d'eau à l'illusion de la réussite. Je me marrais en freinant au feu rouge, pour rejoindre Lola Milka dans les beaux quartiers, je gazouillais. Dans ces coins-là, des femmes en tailleur, lionnes-reines, vous regardaient avec un éclat d'audace assurée, vous déshabillant du regard, de haut en bas. Elles étaient riches, puissantes, et pouvaient tout avoir. Le Matriarcat, sexy et impitoyable.

Lola Milka sortit de l'hôtel, et je me retournai lentement vers elle, adossée à notre voiture, finissant ma blonde.

14 h 30 - Étape 2 - simplicité : déjeuner puis lecture féministe – un peu chiant sans vouloir être tire-au-flanc.

Pendant le déj, on ne parlait pas, à ma grande surprise, on mangeait en rêvassant,
Moi pro, elle grandes lunettes de soleil
Moi côtelettes d'agneau, elle sole meunière
Le jardin intemporel de la belle cour intérieure
Mais à la moitié de son Baba au rhum
Lola changea de regard
Elle poussa lentement son assiette
S'essuya la bouche et posa délicatement sa serviette

Sa respiration s'était calmée, et c'est le rythme de tout son être qui commençait à changer

Mon cœur se pinça une seconde, amusé réservé

"Je t'attends dehors, je vais prendre l'air" elle se leva relativement élégamment – on faisait toutes ce qu'on pouvait – posa cent balles sur la table et je la regardai marcher vers la sortie. Je finis mon irish coffee et la rejoignis.

Ne sachant pas à quoi m'attendre, habile je la laissais parler, avec l'air détaché et sûr

"Emmène-moi marcher."

Je lui indiquais le nord, je ne saurais dire pourquoi, et elle commença ainsi la balade, l'air vaguement songeuse. Comme si elle venait d'apprendre pour le décès de Lady Di, je me disais en allumant une tige de digestion, après le vin rouge, après ce beau matin dans nos rues claires. J'en tenais une légère couche.

Boulevard George-Sand, elle se mit à ma hauteur et on passa ainsi les grandes boutiques de mode très chics et modernes. Elle s'habillait par exemple dans ce genre de boutiques, et tout devait lui aller à ravir. Mais elle n'y prêta aucune attention. Elle semblait vachement dans le vague, les lunettes de soleil lui donnaient de l'allure.

En tournant rue Marie-Curie, ironie du sort, radioactivité, le choc.

Shanon Lewis en Une, au bras d'une autre fille, hier soir. Aïe.

On marcha encore une centaine de mètres, elle choisit un banc dans un square assez mignon, et s'y assit.

Attention, c'est bien sûr le moment d'être très pro. Pas un mot de moins, pas un mot de trop. Je me taisais.

Elle soupira lentement. Pour être honnête, elle était assez digne, malgré le rouge à lèvres.

Je faisais le tour des stratégies à adopter, il fallait faire quelque chose, je le sentais, mais fallait pas se gourrer non plus.

Shanon Lewis & Susan Maroni, Lola Milka repart en solo.

À Gouine City plus qu'ailleurs, les choses qui doivent arriver arrivent. Et j'étais peut-être celle qui devait le lui expliquer. Là, à côté d'un pigeon con qui se gonfle pour gonfler une pigeonne avec une patte en moins...

On écoutait, tout à nos pensées, la nature de la ville. Quoi, quelques chants d'oiseaux, le vent chaud dans les feuilles de quelques arbres, des voitures dans le fond, quelques sirènes au loin. Des rires d'enfants qui n'ont pas tous l'air très sympas.

On ne pouvait pas tenir comme ça, je commençais à craquer.

Je me lançai

"Allons prendre un demi bien frais, faire un petit Rapido, dans un premier temps y a que ça à faire." Elle acquiesça et on marcha jusqu'au premier troquet qu'on croisa. Le quartier était un peu moins chic, ça n'était pas pour me déplaire.

Face à face de banquettes, avec nos demis et ces grilles de Rapido à remplir, tout était beaucoup plus simple.

"Qu'est-ce que vous allez faire ?"

Elle retira ses lunettes, sans aucun effet de style. Elle les retira un point c'est tout.

"Je sais pas trop. Et tu peux me tutoyer *honey*." Voilà le pouvoir magique d'un demi bien frais et d'une grille de Rapido.

"Tu devrais arrêter de dire *honey*, ça la fout mal à Gouine City" je lui glissai accompagné d'un sourire détente. Elle savait que j'étais une professionnelle de l'Agence. Son sourire en retour fut sincère. C'était ça de pris.

On concluait assez facilement qu'on pouvait boire quelques coups ici, remplir quelques grilles avant de reprendre la marche.

Deux heures plus tard, on partageait une partie de nos gains (10,70 €) avec Georges et Chantal, deux rencontres de comptoir, qui nous avaient donné trois quatre numéros gagnants et des blagues en toutes occasions.

J'utilisai immédiatement la somme pour des parties de flipper avant de partir. Je fis une partie plus qu'honorable, chaque mécanisme activé par ma boule était salué par les olas de Georges, Chantal et Lola. Quand les dernières boules furent perdues, on partit en saluant tout le monde, sa main, il me semble, se posa sur mon épaule.

Dans la rue on se chambrait, on plaisantait assez facilement

"Et le Rapido, c'est underground alors ?" me demanda-t-elle ironique. Elle se moquait enfin de moi et d'elle.

Et puis la marche studieuse reprit. Lola devait réfléchir à ce qu'elle allait faire. Où loger, l'argent, les autres, l'ego blessé, tout ça tout ça. Je ne pouvais pas l'aider, j'étais ivre et ça tombait très bien.

On continuait à monter plein nord, s'éloigner du centre à tout prix. À Red Castle, on prenait un maïs chaud avec du sel. On pensait pouvoir trouver une location plus au nord, près du marché de l'Olive. On y filait en slalomant à travers les trottoirs très occupés du cœur de La Chapelle.

Au-dessus du pont des chemins de fer, elle s'arrêta longtemps. Je pris de mon côté le temps aussi.

La croisée des chemins. Soudaine et pressentie.

Arrivées dans notre petit studio de 20 m^2 au dernier étage, nous fîmes l'amour de très belle façon, de nombreuses heures, et parlâmes tendrement.

Nous vécûmes là-bas des mois. Et ce fut une belle histoire.

Elle habite aujourd'hui encore dans le nord, et tient avec sa nouvelle go un sacré bar, qui ne rate jamais un soir de retransmissions.

Demandez Lola Kamil, dites que vous venez de ma part !

ÉPISODE 2

LA CHANTEUSE PORTAIT TOUJOURS DEUX CULOTTES

"Le Diable se cache dans les détails. En parlant de ça, remets-m'en un et imagine un peu le tableau."
entendu à Gouine City

-

fin de nuit - 04 h 28

Y a pas mal d'années…

I.

Le froid humide et le soir tombé nous pincent les cuisses, la main qui tient la clope gèle, en attendant son heure. C'était un des hivers de grèves générales, et on s'y faisait toutes.

On passait devant un bar chaleureux, un groupe de jeunes femmes magnifiques riait derrière la vitre, sirotant leur vin chaud, d'autres amies clopaient comme des malades, à la terrasse, réchauffées par le poêle, se disant les dernières nouvelles. À Gouine City comme ailleurs, la peau d'un téton, caresse délicate, le pull chaud et classe. Une soirée d'hiver en temps de paix pendant notre guerre sociale.

Résumons en clair, l'humeur était badine, et Vi et moi on marchait comme ça, vers une soirée de jazz, hip-hop et whisky. Bar de l'ancienne époque, zinc qui brille, *Titanic*, l'orchestre et Françoise Sagan qui cloperait en nous demandant des tuyaux pour les matches de samedi aux Arènes. Mais on était mardi et Vi détestait travailler un jour de grève, elle ne donna très habilement aucun tuyau et on s'installa dans un petit renfoncement de la salle du fond.

Vue imparable sur le groupe, et la pianiste s'agite avec précision, ses mains élégantes danseuses sur les touches. On décolle en prenant soin des nuages.

La chanteuse entre alors dans la danse, hallucination, sa voix emporte dans les siècles et les continents, brume sensuelle, son histoire raconte l'univers

La trompette s'enroule autour de cette mélodie incandescente

Ainsi je rencontrai Mila M.

II.

Mila M. a un emploi du temps très serré
Elle a le sens de l'humour et le sens du timing

Mila M. a une façon bien à elle de chanter
Elle réserve ses mots et reste mesurée

Mila M. est mystérieuse et me regarde longtemps avant de me parler

III.

Vi avait joué de ses connaissances, et voilà qu'on prenait des verres confortables toutes ensemble, Vi, la pianiste Lisa Simon, Laïla la trompettiste, Mila M. et moi.

Des semaines plus tard, il était fréquent que Mila M. et moi allions faire un achat, une balade, que j'organise des représentations. Au début, elle passait par l'Agence, puis souvent il arrivait qu'elle me le demande, avec un doux sourire distant. J'essayais d'avoir beaucoup de tact pour elle.

IV.

Dans une ambiance plus intime, avec quelques-unes de ses amies,

elle pouvait se pencher vers moi
pour à mon oreille dire une pensée

"Alex, voudriez-vous m'accompagner prendre l'air ?"
"Avec plaisir, Mila."

Nous sortions alors fumer, mais n'allez pas croire des choses ordinaires. Nous discutions, c'est bien tout, et veillions à ne jouer aucune séduction.

V.

Un soir, Mila M. chantait au Purple Diamond. La mélancolie puissante et mature de sa voix transportait tout le monde dans les brumes bleu nuit.

Moi la première, à cet instant, interdite, je flottais.

Quand elle eut fini, des applaudissements fournis vinrent des tables et de la piste. Elle salua et je crois que c'est à ce moment-là qu'on entendit une voix à l'arrière, ivre débile

"Connasse frigide ! Va chier ! "

Oh putain ! Le tact, la mesure, tout ça, oublié ! Je bondis en une seconde lui péter la gueule.

Il s'avéra que malgré mon audace et quelques coups surprenants qui firent mouche, je pris une belle trempe. Peu importait d'ailleurs.

VI.

Une fois, nous nous promenions dans les jardins fastueux, l'accompagnant à une répétition.

Avec elle, aucun instant n'était une répétition, je sentais au rythme du piano, qu'un pas mal assuré de ma part la ferait disparaître.

Elle s'en voulait pour mes points de suture – dont j'étais très fière – et me proposa de la retrouver au studio plus tard.

Et quand ça arriva, assises côtes contre côtes dans le studio désert

Mon cœur accéléra doucement jusqu'à 10 000 battements énormes

Elle allait bientôt m'embrasser, dans une bouffée sucrée hors norme

Ma main longeant très lentement, timide
Le haut de son dos, osant le creux de son cou
On s'embrasse tellement

Mais les notes allaient bientôt s'assombrir
Ma paume effleura l'envers de son sein
Descendit doucement sur le chaud de sa hanche
Et elle se reculait soudain en sanglotant
Non, pas des sanglots, une larme brûlante.

Elle s'allume une clope, elle dit "C'est compliqué tout ça, pas vrai ?" tout bas

"Oui."

Le temps prend encore le temps de passer

Elle allume une seconde clope. Ne me regardant pas, elle semble vouloir se lancer, inspire

"Il y a cinq ans, j'ai eu un problème on m'a agressée, sexuellement je veux dire."

Le silence bienveillant couve l'aveu
Sa voix magnifique est serrée comme le marbre
Elle pleure une dernière larme
Et revient à mon côté.

"C'est con, depuis ça, je porte toujours deux culottes pour sortir. Je sais bien, c'est fou, mais je me sens mieux..." Elle rigola une seconde, et souffla un grand coup, la tempête était passée.

"C'est pas grave si tu n'es pas à l'aise avec tout ça tu sais. On fait juste ce qu'on veut, et il n'y a pas à s'inquiéter entre nous. OK ?"

OK.

Beaucoup d'affection, attirance et respect, on a continué quelque temps les balades.

Un soir, dans un salon privé, à l'abri des regards, nous avons fait l'amour sans nous toucher.

Des mois plus tard, j'ai reçu un appel qui me glace encore le sang
Dans une chambre d'hôtel Mila M. s'est coupé les veines.

J'ai pris mon cahier pour noter l'éclatement de mon cœur :

Une minute soudain douleur
devient le présent
Le virage, horrible, s'opère
C'est trop tard
Demain fracture ouverte avec hier
Ça fait peur
C'est normal

ÉPISODE 3

L'ART ET LA MANIÈRE D'UTILISER UN ALLUME-CIGARE

"Profiter de la grâce quand elle passe ! Tiens d'ailleurs, sers-moi la p'tite sœur, et vise un peu le travail."

-

entendu à Gouine City – *12 h 34*

À l'Origine de tout ça, avec ma pote Vi [...]

I.

Vi ne tient pas en place ou peut rester très calme

Vi a la mâchoire dure ou le plus grand sourire

Vi trouve une solution ou elle laisse tomber en se marrant

Vi n'est pas la dernière venue et c'est la dernière à partir.

II.

Les gens disaient que ça craignait dans le quartier, derrière les Arènes, ce cœur battant de La Chapelle. Ça revendait tout un foutoir sur les trottoirs, une Renoi haute en couleur avait sur un carton un sex-toy à côté d'une Gameboy, d'un lot de dix élastiques noirs et de trois tire-bouchons, étal à la sauvette prêt à redevenir baluchon.

Des Kurdes qui connaissaient leur affaire tenaient le kebab-restaurant à l'angle. La plus âgée avait vraiment pas un physique commun, elle serrait la main de tout le monde qui faisait la queue pour commander, passait dans les rangs, vérifiait que personne mouftait, que personne voulait une carafe d'eau, avec un grand sourire enfoncé dans son visage plein de très vieilles rides kurdes.

Vi aimait bien la fille qui s'occupe de la cuisson des oignons, et ne manquait jamais une occasion de rappeler l'importance des oignons frits. Mais un jour, y a eu de l'eau dans le gaz, elle a commandé sans oignon et j'ai su que c'était fini pour cette histoire.

Vi habitait à deux pas de là, avec sa tante, Tati Christiane. C'est elle qui lui avait trouvé des petits boulots, qui l'avait introduite auprès de Lucky Lucy, qui lui recousait ses jeans.

III.

Un jour Vi est passée me prendre. On remontait chez elle, en haut de sa tour. Une sacrée vue sur GC, une sacrée galère, et sept étages bavards, à monter à pied même en hiver. Chez elles quand t'arrivais en sueur, le cardio à 600, t'avais la tante qui te proposait un grand verre d'eau et “une larme” de Ricard, l'accueil de leur tanière de roublardes.

On imprimait alors pendant des heures les billets, les paris, les calculs et, chacune à son affaire, on organisait l'événement, prévoyant mille excès mille contrôles mille folies et 5 300 € de gains. La vieille chatte Minouche foutait le bordel en s'allongeant toujours avec préciosité sur les tickets qui séchaient. Il n'est jamais venu à l'idée de quelqu'un de faire autrement.

Alors c'est vrai c'était spécial à cette époque, c'était le début des Confrontations Directes, l'atmosphère était électrique. Mais nous on continuait juste ce que la tante de Vi avait toujours fait : des compétitions endiablées et chèrement tarifées. Tati Christiane n'avait jamais dit le contraire !

Ensuite, on rejoignait une annexe de la grande Arène, et là, au milieu d'un rectangle d'immeubles, des étoiles montantes de Roller Derby, de Foot, et d'encore pas mal d'autres trucs, faisaient le show, voulaient gagner. Et tout le monde, jeune femme jeune homme vieux type vieille fille et les cent tronches derrière, ça parie ça chante et tambourine ça tape sur l'épaule alors même que tu portes quatre pintes à bout de doigts vers l'autre côté du terrain.

Ce soir-là c'était la demi-finale du Fuck me I'm Nowhere Contest de Pétanque Indoor.

Nous, depuis que le guichet avait fermé, trois minutes avant le coup d'envoi, on recomptait la tune des paris sur le parking, en fumant la portière ouverte, nous préparant à retourner au charbon, serrer des mains, accueillir, marquer les esprits, et agir dans le but de nos opérations. Je ne travaillais pas pour l'Agence pendant six mois, et j'aimais aider Vi.

IV.

L'attaque a eu lieu alors qu'on rerentrait dans l'arène. C'est dur de trouver des mots en y repensant. Et Manue qui avait eu le crâne fracassé, qui n'avait plus jamais été elle-même. Et les cris quand les types en cagoule, préparés et complètement abrutis, avaient déboulé pour jouer de la barre de fer. C'est les corps en sang, au sol l'incompréhension est violente.

Sur le mur dehors la peinture jaune coule :

MORT AUX GOUINES AUX COMMUNISTES ET AUX RATS

On serrait les poings, et le regard dur, personne n'a dit un mot pour faire le pacte de fer, nous, soudain réunis. Nous les gouines, les communistes, les rats, allions rentrer à notre tour dans la Confrontation.

V.

Les jours qui ont suivi, Tati Christiane a repris les choses en main. Et les fins d'après-midi, elle n'épluchait plus de légumes, elle recevait de longues heures des filles tanquées comme des Allemandes de l'Est, des rasées, des armoires à glace, des teigneuses, des cradingues, des vicelardes, des maquisardes. On avait maintenant le droit de fumer à l'intérieur, mais nous, on était encore un peu des enfants quand ces réunions se passaient dans le bureau du fond. Les bribes de mots qui en jaillissaient n'étaient pas brunch cuni tétons lissage, c'était Trafalgar fermeté chalumeau guérilla riposte politique. C'était la rage n'est pas bonne conseillère, mais la politesse timide a touché à sa fin. C'était bien de la rage quand même, et ça allait barder. Vi et moi, les muscles affûtés, nerveux, derrière Tati Christiane, nous attendions la suite.

VI.

La suite, c'est Tati C. qui nous l'a dictée : une réunion secrète devait bientôt se tenir. Et celles qui représenteraient plus tard les mailles puissantes de Gouine City allaient se réunir, soupeser les forces en présence, placer leurs pions, serrer les positions et marquer définitivement ce qui ne serait plus jamais accepté, face à nos arrogants adversaires. Bientôt toutes les composantes de la Confrontation allaient être officialisées et "il n'y aurait plus de marche arrière, de faux-semblants, de mots vides, enfin."

Tati Christiane était chargée de l'organisation et de la sécurité du sommet clandestin.

“Je vous dirai le lieu au dernier moment, les jeunes, et vous allez devoir assurer votre part, et ça sera pas le moment de claquer des fesses.”

Nous nous préparions avec une volonté farouche à tenir notre rôle, nos cœurs s'accéléraient à l'approche de ce sommet fatidique. On ne ferait pas faux bond à Tati, on n'en parlait pas avec Vi mais on savait bien qu'on était stressées, impliquées jusqu'au fond du bide.

Sans comprendre que nous étions à l'éveil de Gouine City.

Arriva ce mardi soir, dans l'arrière-salle d'un restaurant italien du Canal, le virage en épingle s'amorçait :

– Lucky Lucy, la marraine sanguinaire, le cerveau et l'arme de la mafia lesbienne

– Véro Lafont, dite La Fonte, représentante des ouvrières, des institutrices, des infirmières, des chauffeuses de taxi, des prostituées, des ramoneuses, des accordéonistes, et de toutes les travailleuses du nord de la ville

– Et Tati Christiane, veillant au grain

Au milieu :

– La lieutenant Kellyfard, juste avant qu'elle devienne la commissaire qu'on connaît, en médiatrice habile et calme

En face, de l'autre côté de la ligne de front :

– Mona De La Pie, tête d'affiche des Églises obsolètes unifiées et future candidate conservatrice libérale

– Patoche le Boss, patriarche omnipotent et verbeux, magouilleur fiscal et capable de te raconter une bonne blague sur les pauvres quand il te coule dans le béton, dans un des chantiers corrompus de sa circonscription, à l'ouest de GC

– Et Rudy Fricoeur, leader fier comme un bar-tabac de sa bande de bas du front, mélange subtil de racisme, de muscles, de caries, d'homophobie, de beauferie surdosée et de cette immense peur de l'abandon, un type touchant en somme.

—

C'est une déclaration de guerre qui eut lieu ce soir-là, et de notre côté, c'est la mâchoire serrée que plus personne ne voulait reculer d'un centimètre, coûte que coûte.

VII.

Les semaines qui suivirent furent si particulières. À chaque poing dans la gueule et à chaque mollard rendus, à chaque crime placardé sur un mur, à chaque clito dessiné avec talent sur une pub stupide, à chaque suture ratée défigurant une belle fille, à chaque insolence pacifique, Gouine City sortait doucement des flots invisibles et polis. C'était le début des heures folles, entre fronts résistants aux violences, concerts clandestins effervescents, actions éclair et chopes à tout-va.

Certaines choses changeaient facilement. À Barbès, par exemple, ça vendait maintenant des tampons avec applicateur, à côté des Marlboro.

"Le sens du commerce n'a pas de bite, il a que des mains", disait toujours Tati, "et vive les débrouillard(e)s !"

Nous, avec Vi, on traînait avec un petit groupe sélectionné par Tati C. Elle voulait qu'on continue à s'occuper des événements, qu'on serre la sécurité et étende la publicité.

D'autres se préparaient. À quoi ? Je ne le savais pas.

Dans un hangar cradingue, on entendit une bande de panthères-flingues s'armer :

"Je veux que tous les connards gras du bide, les branleurs de fillettes, les mégères à la chatte sèche, je veux que tous ceux qui battent leur femme en secret, qui pissent fièrement à côté, j'veux que toutes ces petites merdes comprennent que leur temps est fini, que leur règne valait que dalle. Je veux qu'ils vous voient, et qu'ils comprennent que le chalumeau est proche de leur bouche, proche comme jamais, n'attendant plus qu'un mot de travers." Ainsi avait parlé Lucky Lucy. Et c'est sa faction tout entière qui avait rugi.

Nous on tournait dans toute la ville, avec notre bande, dans la décapotable, on collait des affiches, on se roulait des pelles vulgaires, on annonçait les compètes endiablées en écoutant les Rolling Stones. Vi s'était casée pour l'occasion avec une petite de la ville, Iris FC, elles s'emballaient comme des collégiennes. On se marrait même si ça chauffait pas mal.

"Iris, vous reprendrez bien un peu de thé", Tati C. était aux petits oignons pour elles, leur laissait la grande chambre. Et le plan global commençait à se mettre en place.

VIII.

Un jour, on a reçu un message de Tati, nous disant qu'elle passait nous prendre.

Quand on est montées dans la voiture, un sacré choc, Iris était menottée à l'arrière, le maquillage coulant sous ses lunettes. On est restées silencieuses, le cœur battant la chamade, attendant des explications. Tati Christiane lâcha tranquille "Tiens Vi, allume nous quatre cigarettes, on va s'installer". Vi s'exécuta et nous les tendit tremblante. Iris ne pouvait pas la prendre, alors je la fis fumer sans demander mon reste. On se gara à l'entrée de la ville, dans un terrain vague. Vi et moi, on était vraiment toutes petites à cet instant.

Tati renchaîna tranquille, elle prenait son temps. Elle avait un regard qu'on n'avait jamais vu. "J'ai rien mal à ma dent, faudra que j'aille consulter." On comprenait rien, on transpirait, Vi essayait de croiser le regard d'Iris, mais rien à faire.

"Bon, Iris, tu sais que j'ai les vidéos, alors on va commencer les choses sérieuses pas vrai ?"

Elle enfonça alors l'allume-cigare avec son index costaud et cabossé pour le faire chauffer.

Elle retira d'un geste sûr les lunettes d'Iris.

Et quand l'allume-cigare sauta rouge fluo, elle le leva sans trembler vers le visage d'Iris et toutes à cet endroit, on vit le lien direct entre le rond rouge agressif et incandescent, et le contour du globe oculaire d'Iris.

La pauvre fille nous avoua tout.

Tati Christiane bossait pas dans la pub, mais elle connaissait le poids des images.

Elle s'appelait Sabine Fricoeur, c'était la nièce de Rudy Fricoeur. Elle donna leurs planques, elle donna d'autres noms, elle avoua tout je vous dis.

Quelques heures plus tard, il y eut des perquisitions, des descentes musclées. Préparation d'actes terroristes, possession d'armes, apologie de la violence, j'en passe et des meilleures.

On se sentait un peu cons avec Vi, mais si notre rôle avait été d'avoir baisé, alors on l'avait tenu, et on tourna la page sans trop en reparler.

De tous les côtés ces jours-là, les actions coups de poings se multiplièrent, violentes, symboliques ou judiciaires. Et voilà Gouine City qui bombait le torse, qui parlait fort.

Et voilà ce jour-là, le tournant puissant de la victoire des gouines, des communistes, des rats. Au moins pour un temps.

C'est ainsi que Tati Christiane et Vi, sous la coupe de la boss Lucky Lucy, récupérèrent le contrôle exclusif de l'Arène de La Chapelle, et tout décolla pour elles définitivement.

ÉPISODE 4

LE RÉSEAU ROSA MAYONNAISE

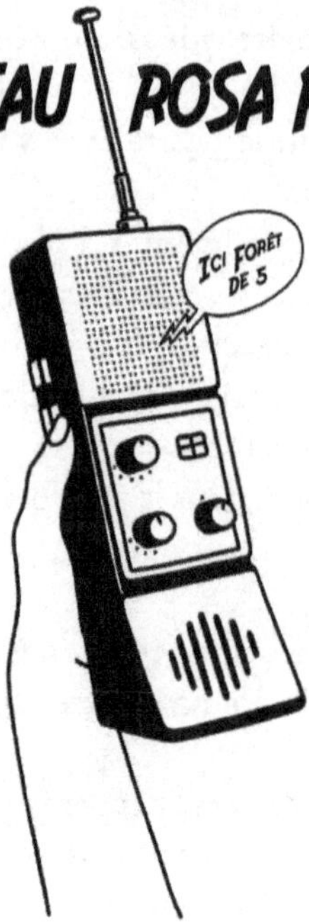

"Rackham le rouge me susurre souvent à l'oreille qu'il est bisexuel. Me laisse pas à sec et crois-moi si tu veux..."

-

entendu à Gouine City - *21 h 04*

Ça me rappelle un truc...

I.

L'air était humide, le ciel gribouillé en gris, il aurait été dur de dire quelle heure il était ce jour-là aux puces de Sainte-Chouin.

J'accompagnais une dondon, cinquantenaire d'une bonne famille du sud de la ville, bonhomie et soupçon de cruauté. Nous rejoignions à travers les rues populaires sa réservation, une balade historique avec la célèbre Lucienne Pivol.

Les “petites balades de Pivol” étaient très en vogue, et pour cause, l’Histoire, c’est important. Comme les lesbiennes avaient été très peu visibles pendant des siècles, y avait pas lourd d’histoires à raconter. Mais Lucienne Pivol avait la formule : elle était quasi en permanence sous LSD et tricotait, recomposait, animait avec passion, virtuosité, pour notre plus grand plaisir, des légendes incroyables de l’Antiquité à Napoléon. Dans les mots de Pivol, même la guerre froide pouvait devenir très chaude quand l’agente russe aux tétons en kalash rencontrait la Cubaine volcanique dans un hôtel de La Havane pour échanger des infos primordiales sur le débarquement de la baie des Cochons.

J’aimais ces parenthèses culturelles, ça me changeait du train-train des filatures, des escortes VIP, de l’agence Beurkley.

Au rendez-vous, Lucienne Pivol nous serra à peine la main, et déjà elle nous incitait, d’un pas vif, à la suivre en trottinant. Nous quittions les larges rues pour nous enfoncer dans le cœur des puces. D’étroits boyaux biscornus de bric-à-brac, ruelles aux odeurs, aux couleurs et aux voix. Pivol marmonnait “Pas de temps à perdre”, pour elle-même en bifurquant de temps à autre dans des passages minuscules.

Ma dondon, elle, était tout excitée. Elle activait ses gros mollets sur les pavés sales de Sainte-Chouin. Nous en avions pour notre argent.

Chez les antiquaires aux boutiques serrées comme des boîtes à chaussures, Lucienne Pivol me semblait habitée par l’Histoire, elle fouinait, fouillait, furetait.

Soudain elle flaira une piste. Le geste qu’elle nous adressa était clair. Elle s’était redressée triomphante, au-dessus de dizaines d’objets vieux comme le monde.

Ma dondon gloussait en agitant ses petites mains de rentière potelée “Oh la la, oh la la !”

Elle ne quittait pas Pivol des yeux.

Étais-je la seule qui n’était pas sous LSD ? Possible…

Plus tard, à la Brasserie des 3 pipettes, en bordure de cette fourmilière splendide et poussiéreuse, devant nous les trouvailles.

Une cruche Ricard en verre, une vieille boîte de tabac à chiquer et des jumelles, habilement choisies par Lucienne, on se fit emporter par l'Histoire :

"1940, en plein cœur de la Normandie occupée, rendez-vous bien compte, l'offensive nazie n'a duré que douze jours, douze jours pour tout prendre et annoncer le pire. Le IIIe Reich n'a pas fait dans la dentelle.

Dans ce contexte propice aux exécutions sommaires, la légère maison close d'entre-filles de Mauricette ne surfe pas sur la vague, c'est le moins qu'on puisse dire. Mauricette et ses nanas ont maintenant d'autres activités, utilisant l'établissement pour centraliser l'action de résistance. Car c'est bien de Résistance dont il s'agit !"

Lucienne était transfigurée, le regard à l'horizon, les gestes amples et décidés.

"Oh la la, oh la la, la Résistance !" reprenait ma dondon.

"Mauricette avait servi à l'infirmerie pendant la Grande Guerre, elle en avait tiré deux enseignements : elle détestait se faire emmerder chez elle et elle adorait caresser ses amantes.

Dès 1942, elle a sous sa direction une trentaine de filles coordonnées, spécialisées. Empoisonnements des fûts de bière, grèves des prostituées, et coups d'éclats en tout genre, Mauricette avait le sens du spectacle et le goût du bon mot :

'Qu'il vienne le Pétain, on va lui présenter notre famille à coup de calva-arsenic' le tout en patois local.

Début 43, elle reçoit secrètement Jean Moulin, qu'elle appelait affectueusement 'la Mouline', car c'est vrai, elle était affectueuse avec tout le monde, à quelques exceptions près. Ils discutent bien sûr de l'unification des Forces françaises libres. La Mouline ne sait que trop bien que le combat doit se mener avec toutes nos forces vives, les gouines et les filles folles de Mauricette incluses. Elle devient dès lors l'un des plus solides relais de la résistance en Seine Inférieure, cache soigne transite et fait exploser à l'occasion.

En 1944, alors que la Mouline est tombé sans dire un mot, les lèvres arrachées et souriant de défi, la situation devient très tendue. Les chiens de la Gestapo commencent à bien connaître l'odeur de petite culotte. Mauricette devient *Gingo*, elle est exfiltrée vers Lyon par Sœur Hélène Studler[1], religieuse spécialiste des évasions de résistants et très forte au tarot pour ne rien enlever.

Certaines de ses nanas ont été fusillées. Elle sent son arrestation proche, alors Mauricette grave sur trois objets de sa clandestine chambre de bonne les instructions pour trouver le trésor de sa maison close, finançant une partie des activités. Ces trois objets furent reçus par le couvent de Sœur Hélène Studler. Mais je vous le donne en mille, sœur Hélène n'aimait pas le Ricard, ne chiquait pas et avait une excellente vue, elle rangea donc les objets dans un coin ennuyeux du couvent et mourut elle aussi en résistante quelques mois plus tard.

Gardez-les, je dois vous laisser, l'Armée secrète organisera la suite des événements et bien entendu, la Grande Action."

Lucienne se leva et partit en relevant son col.

Ce n'était pas très clair, sacrée Pivol, toujours à planer complet. Ma dondon et moi restions là, penaudes comme deux abat-jours.

On observa quand même les trois objets, juste pour une curiosité d'enfant, et là, l'Histoire nous retourna à nouveau. Dans le fond de la cruche, gravé "120 bisous", sur le fer de la boîte, "Capucines", et sur le bord des jumelles, "BaVarDaient"... ça alors !

II.

J'avais les mêmes fesses bondissantes que Tintin quand je filais raconter tout ça à Vi.

---

1. Sœur Hélène Studler est une religieuse de la congrégation des Sœurs de Saint-Vincent-de-Paul, à Metz, et résistante française.

Arrivée chez elle, elle ne m'écoutait pas vraiment.

"Enfile ta redingote ma poule, on est sur le pont dans une heure." Le boulot. Soirée mondaine au Palais des Dames. Enchères pour fondations, du pipeau dans tous les sens, et beaucoup de champagne, de beautés. Nous devions jouer le rôle du "sang neuf".

On se faisait chier à mourir.

Sur une des terrasses, Vi trouva une solution.

"Tiens, on se partage ça, coupe la moitié et avale, ça va nous changer la vie !"

C'est un grand rire et une rasade d'eau qui lancèrent notre geste salvateur.

Plus tard à mon appart, fumant au Velux, Vi et moi commencions enfin l'enquête, à la recherche du trésor de Mauricette, planant à notre tour de mille feux espiègles.

"120 bisous"

"Capucines"

"BaVarDaient"

"Sa grand-mère la tondue !" jurait Vi en prenant des airs d'historienne ! On se marrait évidemment dans de chaudes bouffées d'idées et soudain, nous vint une théorie folle :

120 bis BouleVarD des Capucines

C'était bien sûr ! Et tout collait au poil, Mauricette, les financements, la bonne sœur Studler, le boulevard bon sang ! On décidait, pleines de bon sens, d'y foncer en pleine nuit, mais on était d'accord "l'Histoire n'attend pas".

En fait si, elle allait attendre. On tomba sur une grande porte fermée et monumentale, une robuste plaque dorée indiquait "La Congrégation des Ami(e*)s". Il était 4 h du matin.

Bientôt il se réveillerait doucement ce bon vieux boulevard des Capucines, ombragé et très très calme. Comme un cadre sup à la retraite, il regorgeait de ce genre de plaques officielles, publiques ou privées, assoupies entre les boutiques vieillottes qui ne fermeront jamais (j'ai en tête une boutique de trains miniatures, un serrurier bordélique, une rafistoleuse de pantalons, un restaurant d'huîtres, un troquet centenaire…).

Tapi au nord du prospère district Trinité, il était désuet ce boulevard bourgeois, d'un autre temps.

On n'avait rien de commun avec ce boulevard, avec ce quartier, si bien que s'y trouver nous rendait transparentes.

Nous fêtions ça avec quelques canettes sur un banc frais nocturne.

"La Congrégation a le magot tu penses ?" me demanda Vi songeuse, recoupant les informations.

"En tout cas, ils ont une belle porte…", dis-je sur ce ton.

"Ouais… une belle porte", se retourna-t-elle, suspicieuse, mirant la grande grille. "Et la Résistance alors ? Si le trésor était tombé entre de mauvaises mains ?"

Tout ça nous inquiétait et on convenait vite qu'on ne partirait pas sans avoir tiré ça au clair.

Les heures qui suivirent, il nous arriva de changer de sujet, d'évoquer 1 000 sensations ou réflexions sur le présent ou bien l'infiniment petit. Nous commencions à être usées et accueillîmes les premiers rayons du soleil avec soulagement.

III.

Il est 7 h 30. On croit avoir entendu le bruit lourd d'un cadenas qui libère la grande porte. Des lumières s'allument aux étages de la Congrégation.

On remballe nos fringues froides, on jette nos déchets. Il va falloir s'avancer devant la Congrégation et s'armer de patience.

Le mur monumental qui entoure la porte s'étend sur une cinquantaine de mètres. Les fenêtres sont trop hautes pour pouvoir distinguer l'ambiance.

Nous sommes encore cachées par les voitures quand je vois, venant de l'autre côté, une silhouette sortie des ombres s'avancer vers l'entrée.

Je reconnais ce col, l'Armée secrète bon sang, la Pivol en personne !

On ralentit, et on en allume une l'air de rien, attendant de voir. Lucienne prend aussi son temps. Devant la plaque elle met les mains sur les hanches, respire un grand coup avec un sourire béat et les yeux profonds. Elle a l'air d'en chier un peu, comme nous finalement.

"Mais personne n'avait dit que ça serait facile", conclut Vi, solennelle.

Tout le monde plane en rase-motte.

Soudain Pivol se retourne vers nous et fait un geste clair : l'Action commence.

Elle s'éloigne de la porte en longeant le mur, elle contourne, elle a un plan.

Elle s'apprête à entrer dans le troquet centenaire dont nous n'avions pas remarqué les lumières. Il est adossé à l'extrémité gauche de l'édifice et sent déjà le tabac.

Deux trois types sirotent, une nana a déjà un americano quand elle lit le Daily GC. Lucienne choisit avec soin une table de quatre, à l'écart.

Devant la vitre, Vi prend un instant avant d'y aller, elle me dit "Allez ma vieille, c'est maintenant, pour Mauricette, pour la Résistance !"

"Ouais !"

Elle tape sa pipe imaginaire dehors et s'engouffre à l'intérieur, je la suis en repérant les portes de secours, en scannant rapide les têtes.

On s'assoit gravement en face de Lucienne Pivol.

Elle va nous mettre au parfum :

"Voilà où l'on en est, je m'apprête à faire une commande au

serveur, il ne pourra pas la refuser." Et pour cause, elle commanda sans nous concerter un Ricard-Coca pour moi, un café-armagnac pour Vi et se prit un p'tit demi et un shooter de Get 27.

Le serveur était très sérieux : "Souhaitez-vous des cacahuètes ?"

"Nous prendrons plutôt les chips crevettes, merci." annonça Pivol. "Oh moi, j'aurais bien pris des cacahuètes !" s'exclama Vi, mais Pivol intercepta le regard du serveur d'une vibration calme et parfaitement sous contrôle.

"J'insiste, nous prendrons les chips crevettes", sourit-elle droit dans les yeux. Il lui sourit en retour. J'hallucine, la commande est un mot de passe, logique !

Putain tout tient à un fil je me dis,

"Allez! Pour Mauricette, pour les Forces françaises libres". On prend toutes une rasade sans dire un mot.

Lucienne charge, elle finit son demi en trois belles gorgées, envole le Get et se lève,

"Je vais pisser".

On reste très silencieuses avec Vi, les idées tournant à 1 000 km/h. On divaguait un peu aussi à dire vrai.

Tout d'un coup Vi brise notre silence agité.

"Mais ça fait une plombe qu'elle est partie nan ? Je commence à avoir envie aussi."

Vi siffle le fond de son armagnac, ça lui chauffe une dernière fois les oreilles et elle part vers le fond.

Je fais disparaître la fin des chips en me léchant les doigts, j'avance tranquillement sur mon Ricard. "Qu'est-ce que la Pivol avait bien pu découvrir ? Notre action est maintenant enclenchée..."

Tout d'un coup je sors de l'eau de mes pensées, "Mais qu'est-ce qu'elles foutent bordel ?" Mon cœur s'agite, merde, merde, il faut que j'aille voir. Je passe la première porte à battant, je tourne à moitié dans le noir et entre dans le seul chiotte en service.

Elles sont pas là et ça fait chier, j'ai la tête qui tourne, je suis bien entamée. Je m'installe pour pisser quand soudain, le toilette tourne dans un bruit sourd, et me voilà de l'autre côté du mur, avec Vi, avec Lucienne. Ça alors, un couloir secret ! Bien sûr, Hélène Studler, la Sœur des évasions.

Dans le couloir, Pivol enchaîna :

"Il nous faut agir discrètement, découvrir qui se cache derrière cette Congrégation, vous entendez ?"

"Je pense qu'elles ont le magot Lucienne !" lança Vi inquiète.

"Ça alors, on ne laissera pas le trésor de Mauricette entre des mains ennemies !

Je nous ai réservé trois chambrettes pour 48 h de retraite spirituelle, vous pensez pouvoir tenir ?"

La question avait claqué, dans le couloir de pierre qui menait à une cour intérieure.

Est-ce qu'on pensait tenir ? Il le fallait.

IV.

Ça continuait alors.

On s'avançait dans la cour, était-ce un jeu de mon esprit, ça sentait doucement la rose, la pelouse centrale était moelleuse et éclairée par un soleil beige.

Un enfant jouait sagement du piano, une fille ronde et gracieuse faisait quelques mouvements d'une danse antique en sirotant son thé, une naine en smoking avait ses écouteurs et allait bientôt partir au boulot, une vieille chanteuse de cabaret promenait le bébé de la fille maigrichonne à l'air triste assise sous les arches, là-bas, près du buffet de fruits de saison. Odeurs de lilas.

Je regardais Vi, Lucienne, on soufflait toutes de longues bouffées pour tenir, l'histoire s'accélérait et on s'accrochait. Il faisait beau ici, où étions-nous tombées ?

Une fille sobrement rasée, en jean troué, nous emmena à nos chambres spartiates.

Ça faisait du bien de se poser un peu solo, loin de ces deux folles de Vi & Pivol.

Je me surpris à servir un peu de ce délicieux thé à la menthe, à ranger mes maigres ressources, à méditer.

Silence Fraîcheur
Harmonie
soufflais-je même en pliant mes chaussettes.

Plus tard, ça frappa à ma porte, une religieuse costaude m'invita à les suivre, Vi et Pivol étaient derrière, tout sourire avec de grands yeux.

La costaude nous amena d'un pas puissant et protecteur à la bibliothèque, prenant soin de dire un mot sympa aux filles qu'elle croisait, une prostituée qui rentrait d'astreinte, une minette avec son jules, et deux grandes femmes en pleine discussion.

Assises au milieu des rangées de livres, sœur Babeth nous présenta le lieu, la Congrégation des Ami(e*)s :

"Bon bah bienvenue hein, Solidarité, Méditation, (re)Construction, Repos.

Ici on se met à l'aise, on agit de façon spontanée pour la communauté, et tout se passe bien ! Je ne suis moi-même pas religieuse", elle ouvrit ses mains volontaires pour nous accueillir en retraite spirituelle. C'était bien notre veine…

Quand elle fut partie, Pivol tournait et retournait la situation :

"Et si l'argent était sous le contrôle d'une bande de hippies ?!" elle pouvait être assez vieux jeu... Elle se leva en précisant que les opérations continuaient, que chacune rendrait compte de ses missions, "pour Mauricette, pour la Résistance!", on fit toutes un hochement de tête approbateur.

V.

"Il ne faut pas rester ensemble ma Duke. Bonne chance à toi."

"Tu as raison Vi." Une accolade scella notre plongée dans l'anonymat. Ami(e*)s seules parmi les autres, nous lancions notre enquête de voisinage.

Je filais sans plus attendre à l'atelier de menuiserie, je comptais à vrai dire profiter de ma journée spirituelle pour apprendre à faire des tenons et mortaises.

Active et précise, au milieu des copeaux de bois, ajustant mes outils, je retrouvais ma simplicité.

Le repas du midi fut accueilli par les filles de l'atelier avec spontanéité et rondeur.

Tout en silence, nous avons mis la table, et nous avons mangé calmement.

Je n'apercevais ni Vi ni Pivol du déjeuner.

Il y avait plusieurs salles à manger, plusieurs cours intérieures, plusieurs étages, et de nombreux salons d'été. La Congrégation des Ami(e*)s était une oasis médiévale, hippie et confortable. Je me détendais considérablement à leur sujet.

Dans l'après-midi, certaines menuisières rompirent notre silence avec humour et délicatesse. Les autres filles se mettaient alors à rire comme des enfants sages. Nos ouvrages avançaient à bonne allure.

J'en appris un peu plus sur les lieux. Par exemple, Vi Pivol & moi étions logées dans la nouvelle aile aux chambres spartiates. Des appartements plus anciens étaient réservés aux locataires longue durée. Ils portaient des noms de résidentes célèbres, de résistantes, d'artistes.

Le folklore, me disais-je.

C'est ainsi que je fus chargée d'installer notre beau meuble à chaussures dans l'appartement Joséphine Baker, 2e étage, aile ouest.

Je le portais en veillant à ne le binguer à aucun coin de pierre, dans les dédales de couloirs et de terrasses. Des femmes confiantes passaient par-ci par-là, affairées à dieu sait quoi. Leurs formes me plaisaient.

J'arrivais enfin au bon étage.

Une sensation étrange me gagna. Une porte entrouverte dégageait un petit bruit criard qui rompait avec le calme de la Congrégation et nous rappelait à la vraie vie.

J'avançais à pas aussi feutrés que possible, entre le meuble et mon manque de concentration chronique.

Je distinguais une fille en sweat à capuche, devant un gros poste radio. Elle semblait prendre quelques notes. Je la reverrais ici même, à toute heure du jour et de la nuit.

Je ne demandai pas mon reste et continuai ma route jusqu'à l'appart Baker.

De retour à l'atelier, je balayais mon établi avec le sentiment du travail accompli. Ma part à la communauté.

Je sautillais vers la cour pour le goûter, d'excellente humeur, impatiente de reprendre contact avec mes amies.

Mais là encore, je ne les voyais pas, et c'est au contraire des dizaines de femmes et d'hommes inconnus, harmonieux, qui flânaient dans l'enceinte baignée de soleil. Chacune savourait son pain au lait un peu sec, avec de la confiture de framboises.

Je bougeais un gravier avec la pointe de mon pied, la tête en l'air, quand une voix dans mon dos m'ordonna :

"Ne te retourne pas, c'est moi." Vi était sur ses gardes, qu'est-ce que ça voulait dire ?

"Tu vois la porte vitrée, derrière les arches ?"

Je la voyais bien sûr, derrière les murmures comblés et les colonnes rassurantes.

"Je te retrouve à l'intérieur dans cinq minutes." Et elle disparut.

Je m'approchai des arches, les mains dans les poches, en phase. Un jeu d'enfant, je me glissai à l'intérieur. Un escalier de service finissait sa course dans ce hall frais et mal éclairé. Je commençais à comprendre. En bas des marches, une stèle avec de nombreux noms.

"De nombreuses femmes, armée-ombre de l'ombre, égales dans la mort, seules et traquées comme tous les autres", et le doigt de Vi pointa un nom :

Mauricette Horlaville - *née en 1897, au Houlme - morte en 1944, à Lyon -*

"Tout se recoupe encore, vieille branche ! Mauricette a résidé ici, on se rapproche du but." Vi tirait sur ses bretelles avec le charisme d'un marin.

"Tu ne crois pas si bien dire, Mimosa", je sortis le plan qu'on m'avait fourni dans l'après-midi.

"Regarde l'aile historique, chaque chambre a un nom connu, et si mes calculs sont bons…", mon doigt se baladait sur la carte.

"3e étage, chambre Gerda Taro… chambre Marlene Dietrich… chambre Arletty… chambre Germaine Tailleferre… et … LA VOILÀ ! Chambre Mauricette Horlaville !"

"Splendide Duke, pas une seconde à perdre !"

Nous bondissions, nous galopions, les marches deux par deux. Vi ouvrait la voie en serrant le plan.

VI.

"Au 3e étage nous prendrons à droite !" Le palier grinçait de tous ses bois, ce qui nous fit ralentir considérablement l'allure. Nous arrivions maintenant à l'entrée du couloir, sur la pointe des pieds, la dernière chambre à gauche serait la bonne.

Nous étions à une dizaine de mètres, quand sa porte s'ouvrit violemment.

Je poussai Vi dans un renfoncement de pierre. De notre cachette médiévale, nous vîmes passer une femme, elle sortait de la chambre Mauricette Horlaville, et ce n'était pas n'importe quelle femme.

"C'était ma dondon Vi, la dondon avec qui j'ai fait la balade de Pivol, oui c'est Elle !" je lui serrais le bras, j'étais sur le cul.

Nous vérifiions qu'il n'y avait plus personne à l'étage et nous avancions fébrilement vers la porte entrouverte.

L'appartement était modeste – évidemment – inoccupé et propre. Les draps étaient pliés au pied du lit, prêts à accueillir les prochaines locataires, familles, sœurs ou isolées.

Au sol, des lattes en bois venaient d'être arrachées. Un pied-de-biche était au sol.

"Purée de pois cassés." J'avais promis à mes collègues de l'atelier de dire moins de gros mots et c'était affreusement dur.

"Von Dondon, elle cherche le trésor. C'est le bordel", dis-je à Vi dans les yeux.

Ma pote paniquait. "Merde. Qu'est-ce qu'on va faire ? Que ferait Mauricette ?"

"OK, OK, je sais ce qu'on va faire." Je sortis de ma poche un talkie-walkie.

"Avec les filles de menuiserie, on a convenu une petite entorse au règlement. On garde nos talkies-walkies de livraison de meubles, même pendant la soirée he he…", j'associais ça à un petit clin d'œil malin pour expliquer la chose à Vi.

Elle me regardait avec l'air déçue comme pas possible.

"Putain vous jouez pas le jeu les meufs. C'est pas cool. Je peux te dire qu'à la couture, on respecte tout de A à Z, on agit dans un 'grand recueillement', j'en parlerai à sœur Babeth tu peux en être sûre !"

"Vi, Vi, calme toi, tu prends les choses trop à cœur ! Ça s'est fait comme ça, on ne pensait pas à mal !

Et puis regarde ça…" Je tournai le bouton *ON* et entrai en communication.

"Est-ce que vous m'entendez ? Ici *Forêt de 5*", je communiquais mon surnom.

"Oui *Forêt de 5*, ici *Tourillon* ! T'as mon briquet d'ailleurs, nan ?!"

Vi me fixa avec des fléchettes façon "Ah parce qu'en plus vous fumez à la menuiserie ! Bah braaaavo la spiritualité".

"Oui, oui, je te le rendrai, mais pour le moment j'ai une urgence. Je suis au 3e nord, chambre Mauricette Horlaville. Envoie-moi *Ciseau à bois* et dis-lui de se faire discrète."

"C'est noté chouchou, à bientôt."

Vi soupirait avec les paumes ouvertes vers moi.

"Qu'est-ce que c'est que ces conneries *Forêt de 5* ?"

"Pas mal de choses sont organisées à la menuiserie, Vi… Depuis longtemps…", je me marrais, je la faisais mariner.

"J'ai pas le temps de t'expliquer, il va falloir que tu t'y fasses *Mimosa*."

Quand *Ciseau à bois* découvrit les lattes fendues, le pied-de-biche, elle resta silencieuse pendant un long moment, regarda partout dans la chambre, puis nous fixa d'un regard-lame suspicieux.

Vi coupa court.

"Ma Pote a une suspecte. Dis-lui, Duke."

“J’ai reconnu la femme qui sortait de la chambre. Ce n’est pas une meuf d’ici.

Il faut que je parle à quelqu’un… du réseau, vous comprenez *Ciseau à bois*…”

“Appelle-moi *Cizoab*
et suivez-moi.”

VII.

Nous empruntions, au train de *Cizoab*, des couloirs mystérieux, tamisés.

L’agitation douce qui régnait dans les autres bâtiments n’avait pas cours ici.

Nous étions toutes les trois au pas de course.

On arriva enfin devant une porte.

Attablée, une fille aux traits fins, le visage long, bleu nuit, et l’impression évidente qu’elle avait plus souffert que moi.

Elle notait des mots courts sur des papiers-plumes.
Les glissait dans des enveloppes
Ajoutait l’adresse imaginaire
et les déposait sur la pile

Cizoab se pencha à son oreille :

“Dis-lui que j’aimerais goûter ses conserves de fruits confits.”

La jeune femme se leva sans chichi, avec sa propre élégance et frappa à la porte. Une seconde plus tard, elle était à l’intérieur et avait pris soin de refermer derrière elle. J’aimais son regard et restais concentrée.

Elle ressortit, c’était à nous d’entrer.

Nous faisons face à Babeth, toute en épaule, en torse.

Elle est assise sur un fauteuil qui a bien vécu, confortable, les coudes aux accoudoirs, penchée un chouilla vers l'avant, vers nous.

De son menton en pomme de terre, elle nous enjoint de parler.

Vi saute sur l'occasion, chaude comme une flamme, ma pote.

"Rhaaa l'histoire est super longue à raconter, mais c'est très simple ma Sœur. Von Dondon veut le magot de Mauricette Horlaville."

"Quel magot ?"

"Les financements du réseau !" m'exclamai-je.

"Asseyez-vous."

Elle nous tendit des cigarettes indiennes. Vi était atterrée.

"Mais sœur Babeth, et toutes nos chères règles de quiétude ?"

"Chacune se met à son aise ma sœur Vi, prenez-en une si vous le voulez." Vi en prit deux.

Babeth nous alluma avec correction. Ses bras faisaient mes cuisses et son torse m'aurait fait une doudoune. Même Vi qui était grande et large comme une nageuse paraissait fluette. Babeth n'était pas belle si on avait écouté les gens, mais n'empêche que Babeth était dix fois plus belle que nous, dans ce bureau où toute sa Congrégation tenait le coup. Elle était entourée de dossiers, de formulaires, de subventions pour faire vivoter tout son monde. Leur travail était primordial à vrai dire.

Elle se libéra dès la première phrase.

"Bon écoutez, moi ça fait trois ans que je suis là, j'ai été mutée par l'International Congregation of the Ami(e*)s.

Je vais tout vous dire, et après faudra nous aider.

Tiens d'ailleurs, *Cizoab*, t'irais pas me chercher la cintrée aux livres ?!"

On attendit que la cintrée arrive, en papotant de rabotage, de tissus, etc.

Babeth reprit la parole :

“Vous n’êtes pas les premières à me parler d’Horlaville aujourd’hui. Votre amie est venue me trouver ce midi.” La porte s’ouvrit dans le contre-jour.

“Entrez, sœur Pivol.”

“AAAhhh Lucienne, vous voilà enfin. Nous devons rendre compte des Opérations. Babeth en est, ne vous inquiétez pas.” Vi était vraiment enthousiaste et c’était encore l’énergie de Tintin qui nous animait. *Passerions-nous toujours pour des enfants à côté de la plaque ou devions-nous accepter de nous faire salement coincer ?* me dis-je en aparté.

Babeth n’aimait pas les enfantillages, c’est bien normal. Nous n’étions pas là pour rire, et être défoncées depuis 17 h n’était pas une excuse. Nous avions quand même un léger sourire.

“Bon, je vais vous expliquer La Chose puisque vous me tombez toutes dessus.

Y a deux ans on a eu une fuite chambre Horlaville.

Et pis bah, on a découvert la cachette du trésor, l’or en barre.

On a voulu en faire une caisse d’Ami(e*)s mais tu parles, au début de l’été suivant, l’orage force 5. Tout le toit arraché. Les ‘belles petites terrasses’, un carnage, les canalisations qui recrachent de la merde, tout qui explose.

Bon.

On a pris pas mal de la cagnotte pour les rénovations. Garanties avec toutes les factures, les devis, je vous montre, on n’a rien volé.” Elle se retournait pour sortir un dossier étiqueté correctement, mais Pivol la stoppa sans s’en rendre compte.

“Il est établi que ce trésor constituait au moins une partie du financement du réseau. Mauricette l'aurait caché dans sa fuite. Fuite qui, de sa maison-close de Rouen à Lyon, passa donc par cette chambre de la Congrégation, ici même, à Gouine City."

Pivol parlait en faisant à peine dépasser son nez de ses notes. En tout cas, ses yeux s'amusaient bien, loin de nous. Elle n'avait pas quitté la bibliothèque de la journée. Niveau défonce, elle avait encore gravi des mètres dans les airs. Elle planait maintenant à la cime des nuages.

"OK pour l'orage force 5, OK pour le dégât des eaux et pour les devis.

Et après ?

Von Dondon est là et vous nous cachez quelque chose." Vi avait pas grandi au centre-ville si vous voyez ce que je veux dire. Et il fallait être un peu plus vif que ça pour l'ébranler. Elle pouvait sentir l'anguille sous roche à cent lieues.

"Ah ça oui, je vous cache quelque chose ! Depuis quelques heures on subit des agressions. Une voiture brûlée, maintenant le parquet retourné, et puis cette note griffonnée sur mon carnet personnel..."

Elle ouvrit un des multiples tiroirs bondés et en tira une feuillette menaçante.

OÙ EST LA 3e ŒUVRE ?
NOUS REVIENDRONS

"J'ai reçu ce message. Et vous qui questionnez le magot Horlaville. Nous prenons ça très au sérieux. Je suis là que depuis trois ans vous comprenez, moi je veux juste assez de points pour être mutée dans le Gers...

Alors toutes ces histoires..."

"Ça ne peut être que Von Dondon !" lançais-je.

Pivol, comme une prof de lettres à la masse, s'avança à nouveau et lui fit le récit en détail de nos avancées, nous rendions compte de nos découvertes au fur et à mesure.

"Nous avons collecté les trois objets du message de Mauricette Horlaville, Madame, et ils nous ont amenées chez vous.

C'est les traces d'un célèbre réseau résistant que nous suivons :

Le réseau ROSA MAYONNAISE et toutes ses ramifications !"

"Oh !" m'exclamai-je. Nous retenions notre souffle en apercevant la légende.

"Mes recherches m'ont permis d'établir que Mauricette et ses nanas constituaient une branche active du réseau Rosa Mayonnaise, le RRM.

Mais revenons en 1938. Avant le début des hostilités, leur maison close d'entre-filles était un lieu d'effervescence. Tout à la fois galerie d'art, auberge, foyer, et fête de village. Les artistes fauchées et brillantes côtoyaient les femmes du monde, enivrées, cultivées, et les communistes les plus passionnées, sexy même.

Mais 'On ne ferme pas une maison à tapin quand une armée arrive', ordonna le grossier colonel Von Bistouk.

Grâce aux nerfs d'acier des filles de Mauricette, elles gagnent du temps, s'organisent, exfiltrent certaines, mettent des œuvres à l'abri.

En 1942, Mauricette Horlaville ferme la maison close et rejoint en tant que sergente de 6e grade le réseau Rosa Mayonnaise. Ses nanas et elle entrent alors dans une complète clandestinité.

À Londres, la résistante Horlaville est enregistrée sous le pseudo *Bobby Bi.*

Elle deviendra comme nous le savons, *Gingo,* pour son ultime fuite lyonnaise. Fuite qui passe par ici ma sœur, dans votre Congrégation, pour sa dernière nuit à Gouine City.

Eh oui Mesdames, l'hyperactif réseau Rosa Mayonnaise. C'est maintenant avec la grande Histoire que nous flirtons !"

Pivol replongea dans ses notes, poussant des classeurs sur le bureau de Babeth.

La robuste religieuse s'affala dans son fauteuil.

"Pour le réseau Rosa M, je le savais déjà, mes camarades." Elle était au bout du rouleau et répétait à qui voulait l'entendre : "ça fait que trois ans que j'ai été mutée ici. Trois ans…"

Elle continua sans forces.

"Il y avait une lettre avec le trésor."

On se saisit avec délicatesse de la feuille fragile, avec la vieille écriture de Mauricette-*Bobby Bi-Gingo*, femme puissante dans l'action. Nous étions a contrario des enfants très obéissants, il fallait le reconnaître.

La lettre commençait fermement :

Message de BobbyBi RosaMayonnaise_06_test
À mes cousines : l'Œuf est avec les voix disparues de l'Ave Maria
L'adresse référente devient Boîte postale 7890
Dites à ma chère Jeanne qu'elle reçoit mes derniers et bons baisers.
Sa Mauricette qui l'a tant aimée.

Chacune intégra à sa façon cette lettre poignante.

"Ouahhhh le délire !" ne put que répéter Vi, la main au front.

"Très intéressant, très intéressant. Les ouvrages sur le sujet sont-ils à notre disposition ? Il faudra que je demande à Mendel. Oui, oui…" Pivol devenait cette experte lunaire.

"Mmmm… je vois…", finis-je par conclure.

"Vous voyez la galère que j'ai sur les bras.
Votre *Von Dondon* qui nous menace, qui cherche la 3e Œuvre, mais quelle 3e Œuvre ? Et *Bobby Bi* qui se planque chez nous. Le réseau Rosa Mayonnaise rien que ça !"

Pivol n'écoutait plus du tout, elle fourrait ses notes dans sa poche et retournait de ce pas à la bibliothèque.

Vi invita Babeth à nous remettre le Post-It de menace et la lettre de *Bobby Bi*.
Nous rentrions dans nos chambrettes, silencieuses, les mains jointes, les méninges au galop.

VIII.

"Il faut entrer en contact avec le RRM
Coûte que coûte." Vi faisait les quatre cents pas devant son lit.

"On est bien d'accord.
Passe-moi une feuille et de l'encre." Je m'installais à la table en bois.

"Quelle journée on a eu ma vieille…" Je lui tendis une clope indienne qu'on alluma à la lueur de la bougie.

Je cherchais encore mes idées quelques instants puis je lançais ma plume.

Message de BobbyBi_RosaMayonnaise_06_test
Venez goûter nos fruits confits
120 bis bd des Capucines
URGENT

Vi glissa la feuille dans l'enveloppe et ajouta l'adresse : Boîte postale 7890.

"Je sais à qui on ira la donner cette enveloppe." Vi avait un air espiègle, elle pensait à la fille aux traits fins, au beau regard lointain. Oui, cette fille bleu nuit qui gérait les piles d'enveloppes codées, sous les voûtes secrètes.

Notre enveloppe partit sans que l'on réussisse à entamer une conversation avec *Bleu nuit.* Nous étions anonymes, agentes transparentes.

"Il est temps d'aller se reposer sœur *Forêt de 5* !

À demain, que ta nuit soit douce." Vi adorait faire son petit numéro.

Nous nous allongions dans nos humbles couchettes bien méritées et nous endormions religieusement.

Mes rêves avaient été étranges, tortueux même cette nuit-là, à mon grand désarroi. Ce havre de paix faisait-il remonter mes angoisses?

Au petit déjeuner, le silence était toujours de mise, on pouvait entendre les multitudes de biscottes trempées dans la Ricoré.

Alors que je rejoignais les filles de l'atelier de bois et Vi ses jeans à rapiécer, *Bleu nuit* vint nous trouver. Nous étions assez fières de ça, Vi et moi, romantiques comme toujours.

"Nous allons en ville aujourd'hui. Préparez vos affaires et sortez par la rue Léopoldine.

Je vous y attendrai à l'arrêt de bus.

Vous ferez comme si on ne se connaissait pas, et vous suivrez mon trajet, c'est entendu ?" Elle posait son regard sur nous, avec sa voix sobre comme du fer blanc.

"À tout à l'heure alors", lui lança Vi.

Le réseau Rosa Mayonnaise prenait contact avec nous. Nous entrions dans la cour des grandes.

Bus 332, passage dans 8 minutes...

Bleu nuit s'assoit à côté de la fenêtre, elle pose son panier d'osier sur le siège voisin, et regarde la rue avec mélancolie. À moins que ce ne soit de la sagesse.

Trois rangs plus loin, nous ne la perdons pas de vue. Nous sommes impressionnées par l'ombre qui l'entoure.

Elle a des pensées foncées, accrochées derrière la vitre. On aurait voulu savoir l'aider.

De son doigt fin, elle replace une mèche et nous ignore royalement.

Nous descendons non loin du canal pour prendre le 58 et enfin, nous arrivons à ce qu'on imagine être la destination. Un rade sous le pont, à la limite avec les docks, le Cause Toujours bar-brasserie.

Y a pas mal de monde sur le large trottoir. Un type vend des avocats. *Bleu nuit* lui en prend trois pour 3 € et elle les met dans son panier, et nous fait signe de la tête d'entrer dans le rade. Sans elle.

On prend une table à l'opposé de l'écran télé. À l'écart des parieurs, des gratteurs de jeux, des pauvres gus qui s'accrochent à leur chance en répétant les mêmes histoires en boucle. Ne faisions-nous pas strictement la même chose ?

Nous commandons deux cafés serrés, et songeons à la suite. Et puis cette fille arrive et s'assoit à notre table.

"*Bobby Bi* est mort. Qui êtes-vous ?" Entrée en matière vigoureuse de cette brune rasée aux piercings impeccables. J'hésitais.

Mais Vi ne laissa pas passer deux secondes et déclara avec autorité :

"Avec votre autorisation, nous reprenons la branche de Mauricette Horlaville alias *Bobby Bi*. On va vous expliquer.

Je suis *Mimosa* et voici ma camarade *Forêt de 5*."

Elle s'appelait *Armada*, et une fois de plus nous racontions les événements de la veille avec force détails.

Elle prit une gorgée de thé, pas déstabilisée pour un sou par notre récit incroyable.

"Bon alors, déjà pour l'argent du trésor, vous direz à la Congrégation qu'elles ont très bien fait de piocher dedans, et qu'elles ne s'inquiètent pas pour ça." On n'y avait pas pensé et fûmes immédiatement rassurées.

"Pour Von Dondon, je vais me renseigner. Je n'aime pas ça..."

"Et enfin, pour la 3e Œuvre, je sais pas... Peut-être une référence aux cinq œuvres mythiques du 'Malin lesbien'... Mais c'est impossible, ce n'est qu'une légende urbaine, vivace comme le métro et nulle part à la fois. Nan, vraiment je ne vois pas."

"Continuez vos opérations *Mimosa* et *Foret de 5*, je vous inscris au registre.

Bonne chance à vous." Elle se leva et s'en alla.

"Elle abuse, elle a pas payé son thé." Vi espérait mieux de ce rendez-vous, et moi aussi d'ailleurs.

IX.

"Les 5 Mythiques ? Ah mes amies, il faut revenir en arrière, encore !

1937, le IIIe Reich prépare une exposition noire, sans précédent, et sans retour possible.

L'exposition des Arts dégénérés.

Des œuvres volées, confisquées, réquisitionnées, ou simplement arrachées aux vivants et aux morts."

Pivol commence à nous foutre les chocottes, entourée de ses vieux livres.

"Des œuvres d'art moderne, Picasso, Chagall, j'en passe et des meilleures, toutes réunies à cet enterrement. Tout y était fait pour montrer leur dégénérescence, leur nullité tarée et inquiétante. L'exemple gay juif bolchevik des humains à tuer."

"Gay juif bolchevik ...", Vi et moi répétions, à la ramasse.

"Et les cinq œuvres mythiques dans tout ça ?"

Pivol s'engouffrait dans une allée obscure de la bibliothèque, en se frottant le menton. Cinq minutes plus tard elle nous tirait de nos pensées.

"Ça y est je l'ai, écoutez plutôt ça :

Suivant la mythologie, une pièce cachée de l'exposition nazie abrita

les 5 Travaux dits 'du Malin lesbien'"

Elle nous tendait un gros bouquin qui semblait très rare. Nous nous sommes installées pour le lire.

La liste des cinq était fort détaillée. Je ne sais pour quelle raison, je lisais en diagonale tout le laïus, sûrement que j'étais un peu gênée, lisez plutôt :

- *Éternelle - 1931 - artiste inconnue - sculpture en bronze du corps d'une très vieille femme nue - crue - n'épargnant aucune ride, aucune peau affalée vers la mort, aucun de nous - musée des Arts radicaux, Gouine City.*

- *Le triptyque Divine - 1432 - les sœurs Moutier - 2,50 m de hauteur pour 5 m de largeur. Colossal. Les volets extérieurs représentent*

Babylone pardonnée, Terre d'accueil avec des poissons-volants dans les rivières. Selon les rares témoignages, ces volets s'ouvraient sur une femme noire énorme, divine, nue d'elle-même, de 2 m de haut, peinte au sommet d'une pyramide de gens qui la sucent – brûlé en 1944.

- *L'Ovaire, en marbre et en bois d'ébène - 1747 - sculpture de 40 cm, commandée par Madame de Pompadour, alors maîtresse-en-titre du roi Louis XV, à Jeanne Beaubois – disparu après l'exposition, en 1937.*

- *La Chambre Bleue Rouge - 1920 - chambre offerte par le Prince de Waxe à la célèbre dominatrice Lady Aïe - chambre envoûtante, entièrement sertie de saphirs et de rubis, d'ambre aussi. Deux tonnes de désirs sexuels et de communion. Installée dans un confortable manoir d'un Vienne effervescent, la chambre passe les décennies. En 1945, elle est ardemment recherchée par les Russes qui arrivent de l'est à la fin de la guerre. Oui mais voilà, dans le confortable manoir, la Chambre Bleue Rouge a entièrement disparu. Les murs avec. Il n'y a qu'un trou béant et des légendes – disparue en 1945. On l'aurait vu en 1994 dans l'Ohio.*

- *Le Médaillon de la Chatte d'or - année inconnue - artiste inconnu - grand comme un vinyle, épais comme un camembert, il s'ouvrait sur une large et poilue chatte en or – disparu après l'exposition, en 1937.*

"Bah dis, *Bobby Bi* nous en fait vraiment voir de toutes les couleurs…

Vivement la méditation, c'est moi qui te le dis." Je ne savais plus si Vi blaguait. Ça devenait une histoire de fous. Pivol continuait de bouquiner avec impatience et nous nous dispersions par la force des choses.

La méditation m'offrit le temps d'une belle sieste et d'une étincelle.

Vite, il fallait que je trouve Vi dans sa chambre.

“Réveille-toi ma poule ! J'ai cogité et je tourne une idée en boucle.

L'Ovaire en marbre et en bois d'ébène, volatilisé n'est-ce pas ?

Bah imagine un peu, L'Ovaire, la troisième Œuvre, sauvée après 1937 par Mauricette, grâce à sa maison close, sûrement.

Alors en 44 voilà notre 3e œuvre du ‘Malin lesbien’ sur les routes de fuite, dans le baluchon de Mauricette-*Bobby Bi-Gingo*.

Elle le cache et envoie dès qu'elle peut les instructions pour retrouver l'Ovaire précieux.

Et puis regarde.”

Je sortis la lettre de Mauricette.

L'Œuf est avec les voix disparues de l'*Ave Maria*.

“Tout colle encore Vi. Tout colle encore.” Après quelques secondes de choc, on décollait comme des feux de bengale.

“Stupéfiants bénéfices de la sieste, ma sœur Alex !”

Nous allions en informer cette chercheuse de Pivol mais elle nous accueillit froidement.

“Bien sûr, l'œuf est l'ovaire en marbre et en bois d'ébène ! Ah.

Mais puisque nous ne connaissons pas les voix disparues…

Écoutez, revenez plus tard, je suis occupée aujourd'hui, j'ai beaucoup de choses à lire et j'aimerais m'y remettre au plus vite.”

X.

Nous passions la fin de la journée et le matin du lendemain chichement, maillon simple de la communauté. À bout d'idées pour le reste.

Je m'étirais après un temps calme, sur mon matelas-paillasse, quand j'aperçus un mot glissé sous ma porte.

"V'là aut' chose !" dis-je avec ce que j'espérais être la voix de Jean Gabin.

"Message de Armada_RM_03_no

Cause toujours Léopoldine"

Je bondissais dans le couloir, ma pochette sous le bras. Vi était sur le qui-vive également. Le même mot sous sa porte, et nous foncions à pas de loup vers la petite rue Léopoldine.

La brasserie Cause Toujours venait cette fois jusqu'à nous.

Dans cette petite rue accolée à la Congrégation, les énormes rectangles de pierre montaient haut et faisaient forte impression.

Nous repérions *Armada* facilement.

Elle était chez le buraliste et choisissait un carnet de mots croisés. J'y allais en premier et Vi nous rejoignit au kiosque à cartes postales.

"Il faut qu'on parle de deux choses et ensuite ça sera à vous de jouer. Écoutez bien ce que je vais vous dire." Elle reprit la marche et nous la suivions à courte distance.

"Vous connaissez le marché noir des arts radicaux ?"

"Vaguement", tentai-je.

"Des gens très, très riches s'arrachent les œuvres d'art radicales. Vous êtes pas tombées sur des tendres.

D'un côté, les lesbiennes toutes-puissantes du monde des affaires, néo-collectionneuses aux moyens illimités, aux intentions égoïstes et vulgaires.

De l'autre, l'ultradroite milice Gallia et ses budgets souterrains, sa soif de destruction et ses millions de vues.

Les unes pour confisquer, les autres pour détruire en *live*."

"Oh mon dieu, *Armada*, alors elles veulent l'Ovaire de marbre et d'ébène." Vi frissonnait.

"Je me suis renseignée, au marché noir, l'Ovaire vaudrait au moins seize millions.

Et votre Von Dondon, c'est une chasseuse de reliques, héritière d'une riche famille d'industriels peu recommandables.

Je ne sais pas à qui elle le vendrait... Mais si l'Ovaire mythique tombait entre ses mains, ça serait d'une tristesse infinie..."

On marchait maintenant en s'éloignant de la Congrégation.

On reprenait un peu nos esprits.

"Et le 2e truc que tu voulais nous dire ?

"Ah oui."

Nous avons appris que votre camarade Pivol avait contacté Mendel, le bouquiniste viennois.

Sa demande est très délicate à gérer. Le livre qu'elle souhaite se voir prêter est un ouvrage inestimable, à plusieurs millions. Rendez-vous compte, c'est l'Annuaire F, transmis de génération en génération entre femmes d'arts et de vie."

"Jamais entendu parler de ce bottin-là..." Non vraiment, là on ne pouvait pas aider.

Armada devenait de plus en plus chaleureuse, elle devait bien reconnaître notre implication.

"Von Dondon rôde et qui sait, derrière elle encore d'autres vautours...

On va vous l'amener votre livre, mais va falloir faire à notre façon. Voilà le protocole pour les livraisons clandestines à haut risque."

Elle nous tendit un papier, un énième papier :
Tous les poissons ne volent pas

"Voilà votre code.
Je crois savoir que vous avez une équipe radio à la Congrégation.
Mettez-la sur le coup. BBC Radio. Tous les jours.
L'opération de livraison se passera dans cette rue Léopoldine.

Le message codé doit passer impérativement dans trois émissions radio.

Dans celle de 13 h 30, l'opération est projetée, dans celle de 19 h 30, elle devient probable ; et enfin, à 21 h 15, elle est confirmée pour la nuit même, entre minuit et deux heures du matin[1].

Vous m'avez bien comprise ?"

"Oui."

"Alors brûlez le papier-code dans votre chambre et bonne chance mes camarades."

Nous étions toutes engagées.

"Ramener une œuvre mythique dans le domaine public, quelle belle mission, *Forêt de 5*, Alex, ma poto." On se souhaita bonne nuit avec le cœur sérieux.

---

1. Extrait d'instructions issu de témoignages décrits dans le livre *Résistance(s), Rouen, sa région, la vallée du Cailly, entre histoire et mémoire, 1940-1944*, de Stéphane Cauchois et Alain Alexandre, éd. L'Écho des Vagues, 2015.

On resta assises toute la journée suivante dans la petite chambre-radio, avec cette fille à capuche qui prend des notes.

Dans l'émission des messages personnels de la BBC Radio (Butch Bitch & Co Radio), le code passa à 13 h 30 mais à 19 h 30 plus rien... Une journée de perdue. Les deux jours suivants furent perdus aussi.

Pivol ne pensait qu'à ses livres, ne parlait qu'aux pages et ne répondait que par ses notes griffonnées. L'atmosphère devenait éreintante pour Vi et moi avec nos journées au coin radio et Von Dondon qui nous tournait autour.

Et puis le quatrième jour, notre message est passé à 13 h 30. Par expérience, on n'en faisait pas tout un fromage. Mais à 19 h 30, notre message est répété. “Notre opération devient probable” avait déclaré *Armada*.

Alors à 21 h 15, autant vous dire qu'on est là, à ronger le bord de la table.

Les premiers messages passent et autant de chances perdues.

Et puis soudain sont lancés dans notre chambre ces petits mots :

“Tous les poissons ne volent pas”

La livraison du vénérable Annuaire F est confirmée pour la nuit même.

Pas besoin de prévenir Pivol, elle est à trois années-lumière.

Voilà, nous sommes prêtes. Entre minuit et 2 h du matin.

Vi ne cesse de répéter :

“Un plan réussi est un plan qui se passe le plus simplement du monde, Duke.

Et c'est exactement comme ça que ça va se passer pour nous !”

On se rassure comme on peut.

À minuit et demi, on descend nonchalamment s'en griller une aux abords de la rue Léopoldine, elle est déserte. Et puis, à 1 h un cycliste passe. Et rien. Au loin une mamie avec son petit chien. On avance dans la rue, on voit le petit chien faire une petite crotte, et la mamie la ramasser dans un sachet à crotte. Elle et le chien reprennent leur marche.

Vi commence à douter de tout ce plan. "Où est le réseau, bon sang ?"

La mamie, qui a encore le sachet à la main, arrive avec le chien à notre hauteur. Elle nous tend un livre dans une pochette hermétique, va à la poubelle, jette le sachet à crotte et poursuit sa balade.

On se précipite quatre à quatre dans la chambre de Vi.

"Tu avais entièrement raison *Mimosa* ! D'une simplicité enfantine !

Et voilà cette relique vibrante sous nos yeux. Amenons-la à notre chère Pivol, elle saura quoi en faire."

"Attendez encore un instant, encore un instant. Posez l'Annuaire sur la pile, je vous remercie", et elle nous congédiait. Pivol restait injoignable.

Les jours passaient, et puis les semaines. Nous désespérions à vrai dire de trouver quelque chose. Von Dondon avait-elle trouvé ? Va savoir.

Ça avait quand même été une belle aventure, et nous voulions repasser, dire au revoir à tout le monde avec des bulles.

Sur une terrasse entourée de soleil, nous fîmes un petit apéro sympa et doux.

Babeth était soulagée. *Bleu nuit* était toujours un peu loin de nous. *Cizoab* picolait à balle.

Pivol était sagement assise. Elle avait quitté ses livres, rangé toutes les piles et repris une vie normale.

"Aux voix disparues de l'*Ave Maria* !" lança Vi pour tout toast.

"Ah oui alors, j'avais oublié tout ça", s'exclama Pivol qui avait retrouvé la joie de vivre.

"Les voix disparues, he he... ça doit sûrement être celles de Germaine Tailleferre[1] he he he..."

"PIVOL qu'est-ce que vous avez dit ???"

"Eh bien, les voix de Germaine Tailleferre enfin.

L'*Ave Maria pour voix de femmes a capella*, perdu en 1941. Tout est dans l'Annuaire F, vous devriez lire plus, mes enfants."

Je me mis à courir comme une dératée.

"Vi, la chambre voisine de Horlaville !"

"Je sais ! La chambre Germaine Tailleferre !" éclatait de rire Vi en me doublant.

Les autres nous suivaient comme elles pouvaient.

Et puis ce fut un miracle pour nous toutes.

Derrière de très vieilles lattes de lambris, nous avons trouvé l'Ovaire en marbre et en bois d'ébène. Majestueux et immortel.

On était toutes émues comme des saintes.

Les journalistes de tout le pays vinrent couvrir l'événement, rencontrer Pivol. Elle restait parfaitement hermétique à la célébrité. Elle fut pourtant célébrée dans tout GC.

Quant à nous, certains articles parlaient avantageusement de deux jeunes historiennes téméraires et incorruptibles.

Il ne se passe pas un mois sans que l'une ou l'autre, on ne raconte en entier cette histoire à couper le souffle.

---

1. Germaine Tailleferre, compositrice française connue comme membre du Groupe des Six.

L'Ovaire en marbre et bois d'ébène est maintenant au musée des Arts radicaux et on peut aller le voir quand bon nous semble. Le RRM a gagné une splendide bataille.

Des semaines plus tard, je repassai discrètement par la Congrégation.

À l'écart, sur une terrasse cachée, je sortis le talkie-walkie de ma poche et l'allumai une dernière fois.

"Message de Foret5_RosaMayo_bla
Bonne chance à vous les ami(e*)s. stop."

Puis je le rangeai dans une armoire de l'atelier de menuiserie et m'en allai.

ÉPISODE 5

LES PUTES NE VOULAIENT PLUS DE FILS

"Voilà c'qui arrive à ceux qui mangent
trop gras trop sucré trop salé!
Et j'suis à sec!
Rhabille-moi le gamin et
attendons qu'ça chauffe."

-

entendu à Gouine City
- cœur de l'après-midi – 15 h 48

Par une belle petite journée, ensoleillée et fraîche,
quand on s'en frotte les mains…

I.

Je déménageais le taudis d'une pauvre fille avec Clarysse Billot, en pleine journée de semaine. Vite fait bien fait, que son ex-gars vienne pas jouer les trouble-fêtes, les bourre-pifs.

Clarysse bossait pour les Brigades solidaires du Syndicat de Véro Lafont depuis un lustre. Trois jours par semaine. Véro Lafont, toujours elle, et ses grandes paluches, sa tête en boulon de 10 et son gros Syndicat de travailleuses du bitume. La Fonte.

Clarysse comptait parmi les plus trashs de Gouine City (même si elle n'avait pas "la licence") nominée catégorie "court-terme". Après avoir installé la pauvre fille dans une chambrette du foyer, on se posait à un bar homologué, attendant que le biper sonne pour la prochaine mission.

Les discussions circulaient facile avec Clarysse. Elle parlait rarement de sujets sérieux et était pourtant complètement dans le vrai.

Jojo arriva, "Allez les filles je vous paye un coup", et s'installa en me poussant, faut dire que Clarysse en jetait malgré ses trente-neuf balais et ses bourlingues.

"Jojo bordel, tu commences à m'plaire, je parle pénarde avec ma pote Alex et tu peux pas t'empêcher de nous casser les boutons c'est ça ?"

Tout penaud puis vexé, "Va chier alors", le dialogue était bon enfant à vrai dire.

"Tiens, tu sais ce que tu peux plutôt faire avec ma pisse ? Tu la fais bouillir et tu la mets direct au congélo avec du sucre et de la cannelle, tu me diras si ça fait de la gelée. Allez bouge, putain." Les potes de Jojo étaient morts de rire et même Clarysse partait dans un fou rire dingue en y pensant. Alors Jojo aussi rigola, sa bite sous le bras. Peut-être que ça ferait de la gelée ! Tout s'arrangeait toujours comme ça avec Clarysse Billot. Tout le monde ici aimait bien les insultes et les sourires. "Le reste est plus dur", disait-elle tout le temps.

II.

Une autre journée d'astreinte on reçut le bip d'un type qu'on rejoignit au troquet, place de Pique-Puce. On reverrait ce type plusieurs fois par la suite. Il s'appelait Jacky et Clarysse le surnomma Jacky Dayo ; pourquoi ? parce qu'il parlait toujours lentement et fort, il professait plein de leçons stupides et pesantes, comme si sa génération était pas la pire des emplâtrées, et un soir : “Putain Jacky, tu serais pas maître Yoda en fait ? Mais siiiii, sauf que toi, t'as même pas le passe Navigo !! Toi t'es Maître Da-Yo, va !!! Ahhah Maître Da-Yo !!” C'était une tarée, et Jacky Dayo se marra en fermant enfin sa gueule.

Mais des jours plus tard c'est pour une vraie histoire qu'on le retrouvait. Lui était veilleur-gardien-vigile et “bonne bouche-bonne oreille-bon bras-bonnes jambes” pour tous les vieux de plein de quartiers, au sud de la ville, vers Bel Air et les Magnolias.

Y avait un problème, un petit pépé se faisait escroquer par sa mesquine concierge. Il perdait la tête et elle en profitait pour se faire livrer plein de trucs avec son RIB, son adresse. On allait bientôt la redresser.

Villa des Jacinthes - jeudi aprèm vers 16 h et des pâquerettes “On va la faire parler par le cul cette vieille truie, c'est moi qui te l'dis. – Calme-toi, commençons par lui imposer la situation, après on avisera.” Temporisation.

Pooom poooom plooommm (= toc toc toc mais façon Clarysse). Elle aimait ensuite être toute calme, attendant que ça ouvre. Elle chargeait la 1re note et commençait son numéro d'impro, elle pro et forcenée, super bien maquillée, et moi froide raisonnée.

“C'est quiii… ?” la voix qui grince et qui contrôle sans se fouler. On entend des pas de pantoufles vers la porte.

“C'est pour une livraison pour Raymond Petit”, j'enchaîne.

“Il a rien commandé.” Elle est sèche et dégueulasse.

“C'est un cadeau pour sa fidélité.”

“Ahhhh c'est bien ça !” et on entend le loquet s'ouvrir.

La suite ressemble à ce que vous pouviez imaginer, je lui ai d'abord expliqué par A+B qu'elle était à un tournant, qu'un chèque ne suffirait pas, mais que ça serait un bon début. Elle était très en colère et ne lâchait pas son pouvoir pervers comme ça, elle griffait sa bave en nous insultant. Je me suis reculée d'un pas, signifiant à Clarysse que c'était son tour.

"Écoute-moi bien p'tite merde de mes deux, tu vas payer et ensuite tu vas aller postuler à Pôle Emploi et on saura ton identifiant, ou alors on reviendra te crever la gueule, on chiera dans tes poubelles la nuit, on arrachera toutes les branches de ta courette à la con pour te les enfoncer dans le nombril, on badigeonnera tes fenêtres de fiente...", etc, etc.

J'avais pas trouvé Clarysse très en forme, elle devait avoir la tête ailleurs... Mais le coup des branches enfoncées dans le nombril avait fait mouche. On s'assit toutes les trois autour de la table démodée et on la vit écrire le chèque, "Raymond Petit" pour l'ordre, tremblotante. Clarysse se leva en posant lourdement sa main sur l'épaule de la concierge. C'était fini.

On repartait et clôturait le dossier pour un moment. Clarysse n'était pas d'humeur ce jour-là, et fila après le service sans prendre de coups, "j'ai des choses à faire".

III.

Elle comme moi on avait plein d'affaires, plein de plans pour tirer le drap par les quatre bouts. J'avais mes affaires, mais elles étaient rares, fantaisistes et quasi-bénévoles.

J'avais aussi les soirs de matches avec Vi, et enfin les jours de service avec la brigade de solidarité du syndic. Je savais aussi avec brio me dégager du temps à vaquer, à penser à tout et rien sans dépenser un sous.

Un jour de fin d'aprèm avec la joie secrète de revoir le printemps, je papillonnais en butinant les bars, dire un petit bonjour, taxer une petite clope, faire une partie. C'est pas à vous que je vais apprendre ça. Je reçus un vocal de Clarysse :

"Dis ma pouliche, ma sœur peut pas emmener ma p'tiote à mon

match, ça te dérangerait ? Je joue vers 20 h à Lutèce ! Et pis dis, mets un p'tit billet sur mon équipe, ce soir c'est moi qui te refais le carrelage."

"He he, ça marche !"

J'appris à cette occasion que Clarysse Billot avait une fille et qu'elle jouait dans une ligue d'habituées, roller derby D2.

Je mis vingt balles sur son équipe, les Bétonneuses des Lilas, et laissai arriver le soir, bien heureuse et mini ivre.

Sa p'tite et moi on était très bien placées pour ne pas rater un geste précis audacieux et puissant de sa maman. La Billotine, n° 14 ! Je peux pas dire qu'on ait crié des masses, sa p'tite était sourde et muette. Mais pour sûr elle connaissait tout le protocole, et appréciait me rassurer avec des gestes sur la suite des événements, les temps morts, les pénalités, alors je faisais semblant de pas connaître. Une petite muette sourde de 10 ans et des fraises Tagada ne clignait plus des yeux, fronçait les sourcils, tapait le poing dans sa main, frappait le pied au sol, bon sang allez Clarysse ! Impacte la situation ! Je m'emportais aussi complètement et moi et la petite parlions alors avec des gestes clairs et experts sur la tactique à adopter pour que les Bétonneuses cimentent la victoire.

À la fin on but quelques verres avec l'équipe, la petite allant checker chaque joueuse comme l'aurait fait la propriétaire du club. Puis Clarysse rentra coucher la gosse chez sa sœur et je ne sais pas après. On se reverrait deux jours plus tard à la brigade.

J'avais gagné quarante-cinq balles sans y penser et je les dépensai sans m'en souvenir.

IV.

Clarysse dort tous les lundis matin et c'est pas volé.

Les lundis aprèm, elle file à la Cantine des enfants rouges prendre un tas de tupperwares remplis pour la semaine.

Le lundi soir, elle reste avec sa petite.

Clarysse se lève tôt les mardis pour me rejoindre à la brigade solidaire et c'est parti pour la journée.

Le soir, elle récup' la petite et la pose chez sa sœur, puis file tenir la nuit.

Les mercredis, tu la trouveras vers le Château d'eau, pour ses faux ongles, des rajouts, ou d'autres choses de saison.

Puis elle fonce, canon sur ces hauts talons.

Elle tient encore la nuit les mercredis.

Le jeudi retour aux brigades, le jeudi les affaires sont crades.

Le soir, la Billotine affûte son jeu, n° 14, les muscles saillants dans ses mini-shorts aux messages violents.

Le vendredi rebelote, on règle ferme on fout les chocottes. Brigade, notre bonne brigade.

L'équipe 46, moi & Clarysse.

Et les vendredis soir, elle ne les aime pas trop. Un week-end sur deux, il emmène la petite. Et n'oublie jamais d'appliquer une violence ou une autre, mais Clarysse n'est pas une carrosserie à railler, elle est un tank d'assaut et de l'acier trempé.

Enfin arrivent les week-ends tristes, et là c'est la nuit qui la tient. Et ça jusqu'au lundi.

Elle avait du succès avec les hommes, avec l'alcool aussi
Du succès avec les nonnes, avec les indécis
La force d'une reine dragonne et toutes les taches de suie

C'était une des plus belles, et j'étais son amie.

V.

Je bossais avec elle depuis huit mois maintenant, ça crée des liens c'est sûr, même s'il était puéril de trop s'attacher.

Une fois, on allait aider une aide-soignante à la bourre à cause d'une fuite d'eau vicelarde. J'intervenais au culot, puisque j'étais autant plombière que libraire...

"Clarysse, trouve-moi un tuyau comme ça, celui-là est archi cuit", on jouait un peu la comédie c'est vrai. L'affaire fut vite réglée, et l'aide-soignante nous offrit des cookies. C'était gentil.

C'était un des mauvais vendredis, et Clarysse qui en avait bavé toute la semaine.

On le sait bien, que les lèvres ne se fendent pas de froid en été, que cinq brûlures de doigts sur un bras ne forment pas un tatouage. Elle était un tank d'assaut, comment pouvais-je l'aider ?

On repartit de là chacune à ses pensées. À l'angle de la rue des Bagnolettes, à la terrasse du bar, une clocharde un peu paumée haranguait dans des tirades sans queue ni tête. Peut-être bien qu'elle était en train de crever, qui sait.

"Tire-toi salope, j't'ai déjà dit de pas venir mendier ici." Mais sitôt le patron grassouillet rentré, elle retentait sa chance de dingue.

Alors à dix mètres de nous, le maudit destin, plus fort à son tour. Le patron lui agrippa la tête par les cheveux et son autre main rougeaude lui claqua un gros cendar en verre dans la bouche. Le bruit fut horrible. Si lui aussi avait eu une mauvaise semaine ? Je ne le sais...

La pauvre fille saignait de la gueule comme une bouche d'incendie. Elle s'éloigna sonnée et déchiquetée.

Quelques mètres plus loin, elle lui gueula, la langue pleine de bout de dents, crachant son émail :

"Fichhh de putchh..."

Clarysse prit dans son sac le tuyau mort, et posa le reste à mes pieds.

"Garde-moi ça, j'reviens."

"Laisse tomber, Clarysse, on n'est plus en service, allez viens, on rentre."

"Je le prends sur mon temps libre Alex, ouais, sur mon temps libre."

Elle regardait droit, noir nuit noire, calme, elle marcha vers le type. Ce maudit destin serrait ma gorge, et pour le reste il était trop tard.

VI.

Au procès je ne lui fus d'aucune aide. Elle n'attendait rien de moi et semblait savoir que personne ne viendrait l'aider. Tout était allé vite. C'est dur d'y repenser. Le procès fut rapide, direct, simple. Ça fait mal au cœur, car je sais bien que rien n'avait été rapide, direct, simple, dans ce qui s'était passé.

Ils me posaient des questions simples et je répondais simplement.

Deux ans ferme. Sa petite va chez son père. Clarysse est défractée. Le boxeur tant admiré, au bord du chaos mortel. Je suffoquais. Clarysse tient la barre en vacillant, l'autre main sur sa bouche ouverte géante d'effroi, ne sortant pas un son. Elle crève je vous dis. Sa sœur pleure en la serrant en criant à Dieu sait qui.

Je suis allée la voir, mais elle regardait l'horizon de l'enfer et elle devait y aller. C'était fini, sa petite, c'était fini la brigade, c'était fini sa vie, l'obscurité l'absorbait.

Je lui serrai le bras avec tout mon amour et partis sans marcher.

Sur le parvis, une phrase me hantait
“Je le fais sur mon temps libre Alex
Ouais
Sur mon temps Libre.”

Les mois ont passé. Je ne crois pas en Dieu et certains soirs je me surprends à prier.

“Mon Dieu, qu’elle ait retrouvé sa p’tite, qu’elle soit en train de secouer des cocotiers en se marrant, en train de rendre tout le monde content pour une seconde ou 3 600, en train de fumer en train de baiser, qu’elle soit un tank magnifique, elle & sa p’tite, ouais un tank fragile et magnifique, comme elle l’avait toujours fait. Clarysse, je pense à toi.”

ÉPISODE 6

L'ASSOURDISSANTE AFFAIRE ESTRAVALDA

"Je vois peut-être une montagne où il n'y a qu'une fourmilière."
A.B.C. contre Poirot - Agatha Christie -
lu sur un banc lors d'une aprèm sans travail

À la demande de la famille Estravalda et d'Elvire Pottier, et dans le but de rétablir la vérité face aux stupides rumeurs qui fleurirent des années après la résolution de l'affaire, je fus chargée de rédiger le compte-rendu des faits tels qu'ils se déroulèrent sous mes yeux, à partir du printemps, à Fluette-sur-Bignolle.

En voici la retranscription.

PARTIE 1

Celle qui commence son stage

Mars pluvieux à Gouine City…

Suite à une longue usure, lassitude du salariat, ne trouvant même plus goût à l'argent, qui en est pourtant la (seule) récompense, j'avais décidé de changer de cap.

Bye-bye Gouine City pour quelque temps. Sentant que c'était la bonne décision, j'étais comme neuve, ce que je veux dire, encore pleine d'espoir. Pas marquée pour un sou par cette mauvaise période, que j'attribuais à un fâcheux hasard du calendrier comme ça peut arriver à tout un chacun.

C'était dans cet état d'esprit conquérant et aventurier que le coup de chance me tombait dessus. C'est souvent le cas pour les gens qui ont le temps.

La célèbre détective Elvire Pottier, la femme qui avait résolu “deux affaires pour un cure-dents”, mis au tapis le “mystère du fumoir hanté”, retrouvé “le cake de la discorde”, et j'en passe. Bref, Pottier, la grande Elvire Pottier, quittait la ville elle aussi. Elle installait son agence pour un temps en campagne et cherchait une assistante, une stagiaire, son nouveau poulain, je m'y rêvais.

Voilà comment le 3 mai, je pris le train puis le bus pour Fluette-sur-Bignolle.

Le trajet avait été planant, par-dessus les magnifiques étendues de nature.

L'entretien d'embauche serait une formalité.

Mon sac était fait, je m'attendais fermement à vivre cette vie de reporter-détective, chassant sans relâche la vérité et la justice.

J'arrivais en fait dans une toute gentille bourgade de campagne.

"Fluette-sur-Bignolle - deux minutes d'arrêt."
Je ne traînai pas, agrippai mon baluchon et c'était parti.

Je fis du stop jusqu'à l'église.
Je devais rejoindre Mme Pottier en terrasse - prenons un verre Elvire -

La place de l'église était vraiment trop mignonne, comme quand nous, du nord, on imagine le sud. Vous le voyez, le bien que ça fait ?

Les vieilles pierres, les vieilles poutres, ici ça n'a jamais été bombardé je pense. Les fleurs aux fenêtres, les bonnes odeurs du sud.
L'église n'a plus l'air très croyante, elle est surtout gourmande. Alors autour d'elle, elle place le marché, et puis derrière sa dernière voûte elle ombrage la boulangerie.
Et enfin la terrasse du troquet de l'église, autour des gros platanes.

Je cherchais d'un coup d'œil soigné ma future patronne.
Je la repérai facilement, j'étais sous le charme.
"Bonjour madame Pottier, Alex Duke, pour le poste d'assistante."
"Bien sûr, asseyez-vous, ne faites pas l'idiote.
Commençons par commander. Le maire vient d'offrir une tournée générale pour m'accueillir, et ils nous attendent maintenant tous pour trinquer, vous savez ce que c'est…"
"Un kir mûre", dis-je avec sophistication.
"Eh beh, il va falloir faire mieux que ça si vous voulez nous aider d'une quelconque manière à l'avenir… Enfin partons sur deux kirs mûre, puisque c'est ainsi !"

Elle avait l'air de pouvoir être cassante comme une pince de crabe, mais elle semblait enjouée à la fois, vieille chatte sûre de sa force.

“Elle est moins classe que ce que j’imaginais”, me dis-je pour moi-même.

“Le maire est sympa d’organiser ce petit pot d’arrivée. Cela va nous être très utile pour développer notre agence ! Laissez-moi vous le présenter.” Elle fit un geste vers un homme d’une cinquantaine d’années, aux épaules larges comme les anciens rugbymen, une mâchoire épaisse ouverte sur un grand sourire, une blague à chaque table.

“Monsieur le Maire ! Voici ma jeune associée, Alex Duke.”

“Bonjour, encore merci pour ce bel accueil.” Je le disais sans conviction, je venais d’arriver après tout. Je traînais la patte comme une ado.

“Mais c’est avec plaisir ! Si je peux aider une célébrité comme madame Pottier à s’installer dans notre charmant village”, s’exclama-t-il. “Et puis l’apéro, y a que ça de bon, pas vrai Duke ?” me fit-il avec un léger mouvement de coude. Il me rechargea plus tard d’un whisky glace.

Ce soir-là

Au comptoir de cette guinguette permanente qu’on appelait le Bar de l’Église

Je rencontrais un jeune homme rigolard et flegmatique aux gestes désinvoltes,

Carlos

Il deviendrait bien vite mon ami, mon poto

Mais vous le savez déjà.

À peine deux heures plus tard, nous étions tous pleins comme des cartables.

Je fanfaronnais à Carlos :

“J’ai une carte de visite ! Eh oui ! Et mon numéro sur le site de l’agence !!”

“Putain ! Tu sais que chez Carglass aussi ils ont une carte de visite ? Et si l’impact est moins gros qu’une pièce de deux...” Carlos se foutait de tout le monde avec dextérité, sens du rythme.

“Monsieur le Maire, vous prendrez bien la carte de mon amie ?” lança-t-il.

“Mais avec plaisir jeune homme ! Je vais même faire mieux ! Donnez m’en un tas, je vais les distribuer chez tous les commerçants et les entreprises que je rencontre dans la région !”

“Bsartek le maire !! Venez boire avec nous”, et nous fûmes bons pour une liqueur de poire.

Elvire était partie depuis longtemps, elle n’aimait guère ni la folie ni les actions vaines.

La soirée avançait chaudement, mon cher village français, m’attendais-tu ?

Au détour d’une conversation animée avec Carlito

Je vis passer de l’autre côté de la terrasse une Égyptienne, Vénitienne, Russe, Bohémienne

Je rêvais qu’elle soit mienne.

“Tu vois ce que je veux dire : on ne peut pas faire confiance aux contrôleurs...”, Carlos ne me lâchait pas avec son histoire de dingues. J’avais du mal à LA regarder discrètement.

“Et les contrôleurs aériens alors ?” ajoutai-je sans trop y croire.

“Nan, eux ça va.” On peut se souvenir de discussions minimales très longtemps.

On en grilla encore quelques-unes en parlant de la pluie et du beau temps. Comme des jeunes vieux, à la retraite enfin. Puis je fus prise d’un bon coup de barre qui me décida à quitter la tablée. Je fis la bise à Dédé le proprio, que je connaissais très bien à présent. La bise à Carlos, un dernier regard vers l’Égyptienne. Et voilà, je partais.

Sur la route nocturne vers mon logement, je rêvassais à des scénarios – travelling sur l'Égyptienne – au comptoir, et dans un son de lumière, dandy je rentre dans le bar.

Pas grand-chose pour ainsi dire, dans mon film de fortune.

J'avais pas oublié mon baluchon au bar, c'était le plus important.

Je sursautai quand le chien des proprios aboya sur mon passage, c'était en fait un chien affectueux et très bavard, je le découvrirais plus tard.

L'escalier grinçait comme un chat qui ronronne. Arrivée au 1er étage, toit de grange aménagé, j'ouvris la porte avec la seule clef qu'Elvire m'avait fournie.

Ce fut un bon moment, éreintée, découvrir son petit nid, son odeur, ses meubles en bois.

Je m'endormis dans mon nouveau lit comme une plume d'oie.

Celle qui prend ses marques à Fluette

Le mois de mai s'offrait ainsi à moi. Loin de Gouine City, loin des trottoirs loin des zonards, loin de moi-même. Ici un nid d'hirondelles me veillait chaque nuit, s'assurant que je rentre bien. Comment aurais-je pu mal rentrer, il me semblait que Fluette était une île au milieu des champs.

Les herbes sauvages, les arbres fruitiers, les insectes super occupés, quelle vie j'avais à Fluette ces jours-là, ce mois de mai, ce printemps de ma vie, une insolente escort-détective devenue bonne sœur incorruptible. En plein cagnard, je marchais souvent en pensant à ce genre de choses, sourire aux lèvres, radieuse à Fluette-sur-Bignolle. L'étincelle.

Et ne me parlez plus de lesbiennes névrosées, du nucléaire, des violences conjugales ou policières, de carbone, de gros bâtards, de traîtresses, d'OGM, de l'iPhone-Bite, de *Paris Match*, de chimio, du gouvernement !

Je suis à Fluette, Fluette-sur-Bignolle, bye-bye je vous ai dit !

Légèretés aux bruits des abeilles
Aux accents du sud, aux fins des problèmes

Comme c'était très facile de recroiser les gens à Fluette, j'étais comme un poisson dans l'eau, la chouchoute des mamies et des serveurs. J'allais acheter de vieux livres au bouquiniste-vendeur de *weed*, dans les rues ombragées du vieux Fluette. Ils sentaient bon les vieilles pages, et on pouvait s'y croire en 1965.

"Salut mon Dédé, un Get 27-Perrier et un café s'il te plaît !" Je me plongeais dans ces romans toutes les matinées.

Au début je me sentais un peu tiraillée, "Bon sang je fous rien ! Elvire me laisse entièrement quartier libre, mais je connais les patrons, ça va finir par me retomber dessus."

Mais ce moment-là n'arrivait pas. Bien au contraire, il semblait que Pottier voulait simplement se mettre en pré-retraite. Le soir, elle appréciait parfois sortir à mon bras, célébrité à Fluette, façon Elton John sur la Croisette.

* * *

Avec Carlos, on se retrouvait régulièrement, au bar ou ailleurs, pour occuper le temps. On s'organisait des sorties comme des adolescents en camp de vacances.

"Tu as vu ça, faudrait qu'on aille piquer une tête", Carlos me tendait la gazette du coin, le *Petit Bignollais*. En page centrale, une photo du maire, en short de bain pour l'occasion, avec ses larges épaules et son grand sourire, inaugurant le nouveau centre aquatique, toboggans, transats et bains à bulles, à l'entrée de Fluette.

Fluette était formée de deux îlots bien distincts.

Le vieux Fluette, avec ses rues en pierres anciennes, son église, ses boutiques pour touristes aisés, ses gourmandises et ses siècles de secrets.

Et puis le nouveau Fluette, qu'on rejoignait par une route longeant des grandes baraques et les champs. On y trouvait la gare routière, quelques immeubles des années 70, grisâtres, difformes et impersonnels. Et une zone d'activités un peu moche, hangars peints de grandes enseignes aux promotions imbattables.

Et en marge de ça, le nouveau centre aquatique où nous rêvions de bécoter des filles espiègles autour de glaces à la vanille.

“Parle pour toi ! Les gars ont grillé toutes leurs chances à la piscine y a bien longtemps, puis l'obligation des slips de bain a fini de nous achever. Et maintenant les types comme moi essuient les pots cassés !” Carlos n'était pas porté sur la drague, à son grand regret d'ailleurs.

“Tu exagères mon Carlito, les filles sont bien obligées de vous faire un peu confiance !”

“Bien sûr ! Mais elles se font avoir à nouveau, souvent très douloureusement, et c'est reparti pour un tour !”

“Et les types bien alors ?”

“Pfff… ceux-là sont trop conscients de toutes les crasses qu'elles ont subies ou vont subir !

Alors ils préfèrent les laisser tranquilles… Ou pire, ils tombent sur des vicieuses. Ou pire de chez pire, ils ressassent salement leur timidité solitaire.”

“Un peu d'insouciance mon vieux !”

“L'insouciance ?

C'est avec ça qu'elles se retrouvent à 17 ans avec une vidéo de pipe prise en loucedé qui tourne dans tout le village, ou avec un type fier de retirer sa capote dans leur dos, de les baiser quand elles dorment, quand elles cuvent, j'en passe… Alors quand elles vieillissent, elles se méfient, elles se vengent parfois, elles se protègent toujours. Et les types comme moi, pas dégourdis et pas vraiment méchants, on sait même plus comment bander. Y en a qui tournent vinaigre pour ça… On leur avait promis de la chatte porno et ils découvrent amèrement que c'était un mensonge, et payant en plus." Il avait bien réfléchi au sujet. J'étais triste pour lui du coup.

"Bon tu m'accompagneras quand même ?"

"Je vais te couler dans le toboggan, sale gouine", il prenait la tête d'un *hater* tapant fiévreusement sur son clavier sale. Il me faisait marrer.

"Tu m'attraperas jamais, t'es trop pauvre pour moi, salopard ! Suce-toi tout seul dans le jacuzzi !"

"Bourgeoise féministe !" se bidonna-t-il.

On jouait la comédie facilement, pour ne pas se plomber le moral avec ces sujets amers et angoissants.

* * *

Quelques jours plus tard, le 15 mai il me semble, Carlos me rejoignait en terrasse, comme c'était souvent le cas en fin de matinée. Il ne dit pas un mot à part sa commande. Je n'insistais pas, finissant un chapitre haletant d'un vieil *Arsène Lupin*

"Elle poussa un cri d'horreur, tenta de se lever et tomba évanouie."

Je refermai mon bouquin, le posai doucement sur la table, et fis au mieux pour parler naturellement

"Ça va mon gros ?"

"Ouais ouais." Un silence s'intercala encore. Je laissais flâner mon regard, pour le laisser tranquille. Il se décida

"Ma reum revient à Fluette…"

"Cool ! Elle va crécher où ?" Je rajoutais un peu d'enthousiasme à l'histoire.

"À la maison. Elle doit déjà y être là. C'est ni cool ni pas cool."

"La maison ? Quelle maison ?!!"

Carlos, lui, vivait à deux pas du vieux Fluette, dans une HLM de campagne, vous voyez le genre – peu d'étages, des petits balcons chargés de bordel sympa –, entourée de pinèdes.

La majorité des enfants du vieux Fluette venait de ce lotissement affectueux et gentiment démodé.

“Bah la maison où j'ai grandi, la maison de famille quoi. Elle s'installe pour bosser sa prochaine expo.”

“Sa prochaine expo ?!” Il me faisait mariner à chaque phrase et je jouais de bon cœur la scène.

“Oui, c'est une Artiste”, il prenait un petit air, “Elle est connue dans ton coin, Carmen Est°, une des reines de Gouine City ! Ma mère ! Voilà le tableau Duke, et pas besoin d'en rajouter, sache qu'elle fait bien ce qu'elle veut, je m'en fous allègrement.”

“OK, OK”, je devais avoir la voix intéressée.

“T'avise même pas de la draguer.

J'ai vécu un temps à Gouine City, je vous connais ! s'amusa-t-il, tu vas l'adorer.”

Une certaine hâte de la rencontrer m'anima.

On passa à autre chose, comme à notre habitude.

* * *

Une après-midi que je passais à l'agence Pottier – je glandais encore plus que d'habitude – nous papotions avec Elvire. Disons plutôt que je l'écoutais parler de ci et de ça, d'une vieille connaissance qui apparaissait dans un journal, d'une affaire autrefois résolue, de son avis sur tel ou tel point de réglementation.

“Aujourd'hui 22 mai, date anniversaire de Charles Aznavour, Guy Marchand et Novak Djokovic, date étrange que ce 22 mai. Victor Hugo et Roger Moore sont morts un 22 mai...”

Elle divaguait et je commençais à en avoir ma claque de faire semblant d'attendre une affaire. Tu parles d'un stage !

Vers 15 h 30, un homme engoncé dans son costume, l'air inquiet, suspicieux, poussa la porte de notre agence après avoir regardé à droite à gauche en retirant son chapeau. Il semblait fier de sa soixantaine d'années, et devait porter sa calvitie depuis longtemps déjà comme gage de sa bonne foi en affaires.

"Bonjour, je me présente, Hervé Dubois, habitant de Fluette-sur-Bignolle depuis mon mariage en 1985, et que la sainte Geneviève – *c'était vaguement la sainte du coin* – m'en soit témoin, je peux me vanter de n'avoir jamais eu d'ennemis.

Droit dans ses bottes, droit dans son lit, voici ma devise."

Pottier l'interrompit :

"Curieuse devise monsieur Dubois, qu'est-ce qui vous amène ici, loin de votre lit et de vos bottes ?" je devinais une pointe d'ironie que Dubois ne prit pas le temps de relever, trop occupé à son indignation :

"Un graffiti madame Pottier, un odieux graffiti. Sur Mon mur !

Regardez par vous-même !" Il nous tendit son téléphone et l'on put constater un tag en forme d'œil, barré d'une pupille en croix.

Elvire Pottier rendit le téléphone et se leva fermement.

"Notre agence ne prend pas les affaires de graffitis ni de collages, tenez-le-vous pour dit ! Je suis navrée monsieur Dubois, et vous souhaite malgré tout une bonne continuation." Elle lui serrait déjà la main en le raccompagnant à la porte, il ne pouvait que pouffer quelques contestations stériles, un peu sous le choc par tant d'effronterie. "Mais Madame, attendez que… Ohh ça alors…" Et *clac* ! La porte se referma.

"Vous avez vu ça Duke ! Prenez-en de la graine !" Pottier se rasseyait, ronronnante, reprenant ses activités anodines de l'après-midi. Et je retombais dans l'ennui. Je comprenais qu'en plus de n'avoir quasi aucune affaire, nous en accepterions encore moins. Tu parles d'une célébrité !

Elvire Pottier avait 57 ans et un caractère bien trempé. Forte de ses succès passés, elle aimait tout à la fois contrôler discrètement et se donner en spectacle. C'était une femme coquette, mais pas m'as-tu-vu. Classe et discernement, voilà son crédo. J'ajouterai qu'elle pouvait être très directe, sans jamais hausser le ton. Elle portait aujourd'hui une chemise légère, en soie bleu foncé, qui se mariait à ravir avec ses yeux verts, malins comme ceux d'un chat. Ses yeux pratiques, agiles, poussés vers l'action, qui tranchaient un peu avec le reste, d'ensemble plutôt bourgeois et rangé. Son pantalon ample mais serré aux hanches – *le sexy du matriarcat façon GC* – complétait parfaitement le tableau. Et tous les jours c'était ainsi, garde-robe impeccable, boucles d'oreilles discrètes et parfum élégant.

Mon stage vivotait et je restais fidèle à moi-même.

* * *

Le 28 mai je rencontrais enfin la mère de Carlos, dans des circonstances un peu spéciales il est vrai. Quelle femme !

Je ne vais pas y aller par quatre chemins, elle était en garde à vue pour avoir planté la main d'un type avec un pic à escargot. Cocasse. Comme son assistant ne répondait pas, elle avait appelé Carlos, et comme il était avec moi et que j'avais la voiture de fonction, je me suis retrouvée dans cet instant de famille. Je me jurais de rester en retrait, comme toujours.

Quand nous arrivâmes au poste, elle était en train de signer des papiers pour sa sortie.

Je fus immédiatement conquise – je suis une cliente facile pour tout ce qui concerne le Rock'n'Roll – par sa voix cassée, son allure d'actrice, cheffe de gang maigre et habitée, dans son jean intemporel. 1,70 m d'électricité en action.

"Salut mon loulou", elle claqua un bisou sur la joue de Carlos et me regarda comme si j'étais un cheveu sur la soupe.

"Salut m'man, ça c'est Alex, une pote. Elle a la voiture, pour te ramener."

"C'est pas de refus. Quel connard ce type, cassons-nous de là."

Carlos suivit sa mère qui sortait ses clopes, et moi je suivis Carlos.

Elle en alluma une sitôt sur le parking. Elle prenait des lattes de pyromane, solide. Elle imposait souverainement le silence, et aucun de nous deux ne semblait avoir le cran de proposer autre chose.

"Ah Mark !! Tu as fini par avoir mon message !"

On se retourna vers le jeune homme qui arrivait à grandes enjambées. Son Assistant. Il était élégant, fin, sophistiqué et n'avait rien à faire à Fluette-sur-Bignolle, je me disais.

"Qu'est ce qui s'est passé chérie ?" Mark était gay et dynamique, l'inverse de Carlos en somme.

"J'étais au resto, et merde quoi, ce con, ce connard, ahhh il arrêtait pas de me faire chier. Putain les mots ne suffisaient plus pour lui répondre, ce branleur, oh j'ai vu le pic à escargots, six j'en avais pris, une aubaine, je lui ai planté la main sur la table !

Ah, t'aurais vu la tête qu'il a fait !"

Mark explosa de rire, et même Carlos et moi fûmes bien obligés de nous laisser aller, passée une forme de stupéfaction.

"Maman tu peux vraiment pas rester tranquille ?" Carlos souriait devant la fatalité.

"Eh non mon chéri ! Pas cette année !" La mère de Carlos semblait parfaitement heureuse de cette situation.

Dans la voiture, Carlos monta à l'avant avec moi et comme des enfants uberisés, nous laissions "les grands" parler sur la banquette arrière. Ça faisait une drôle d'impression de voir Carlos, qui était son fils, s'effacer au deuxième plan, l'air pastel. Mark et elle faisaient leurs discussions et à vrai dire, c'était pas plus mal que ça se joue sans nous. J'appris tout ce que je voulais savoir.

"Tu as maintenu le rendez-vous de demain ?"

"Bien sûr. Mais allez, dis-nous comment tu es sortie si vite de chez les flics ! Tu as payé ?" Mark, comme moi, adorait ce genre d'histoires un peu fofolles.

"Tu parles d'une couille molle ! Tu sais qui c'était ? Ce foutu auteur comique, un peu bellâtre un peu clown... John Desprès !"

"Mais nonnn", Mark jouait à merveille le rebond.

"Si si ! Il fait une résidence dans le coin, pour une pièce. Ça nous fait une belle jambe !

Lourd comme pas possible le type 'je peux être un modèle nu Carmen' 'vas-y Carmen, dessine un plan à trois sur la nappe', tout ça pour draguer mes copines.

Oh, j'te l'ai planté, façon brochette de boudin blanc !"

Elle s'appelait Carmen. La mère de Carlos, cette flamme violette de 51 ans.

"Bien joué Chérie, mais l'évasion bon sang ?" Mark était hilare.

"Bah j'étais là pour plainte, le type furieux, douillet !

Mais heureusement y avait des vidéos de gens autour, de sa grande gueule de connard ! Et tout à l'heure, il les a visionnées avec cette offre de ma part : 'je dirai à personne comment tu peux être con et en échange tu retires ta plainte et ta main.'

Ahahah faux-derch comme il est, il a dit oui direct !"

Elle s'en grilla une après avoir ouvert la fenêtre arrière, fière de son coup.

Soudain elle s'adressa à Carlos, un effort de douceur dans la voix "Au fait es-tu passé à la maison hier soir ?"

“Non, pourquoi, j’aurais dû ?” Carlos n’était pas agressif, mais comme distant. Très distant.

“Non, non, c’est que j’avais cru entendre du bruit dehors. Je me suis dit que tu aurais pu vouloir voir l’étang, avec la Lune, comme quand tu étais petit…”

“Non.”

Lui et sa mère semblaient un peu mal à l’aise pour se parler. Pas une réelle froideur, plutôt une affection sans repère, instable comme un radeau.

Mark et Carmen Est°, cette peintre renommée, discutèrent encore de choses d’adultes, d’artistes, deux nobles à Gay City.

Elle s’appelait Carmen
Carmen Est°
Cette flamme violette
Auprès de laquelle
Carlos était muet.

* * *

Le 2 juin, je prenais ma première affaire. Et j’étais loin de m’en vanter tellement elle ressemblait pour moi à un pétard mouillé.

Un papi fermier du coin était entré dans l’agence. Après avoir hésité un long moment, il avait raconté devant Elvire et moi son histoire en malaxant sa vieille gapette.

“Sainte Geneviève aidez-moi. Vous connaissez la présentatrice, Sophie Before ?” Il parlait dans sa barbe avec un fort accent. On lui fit répéter plusieurs fois avant de comprendre tout.

“Sophie Before, la vedette TV, elle fait apparaître des fantômes dans mon champ tous les lundis.”

“Quoi ?” osa quand même Pottier.

“C’est comme je vous dis, elle parle dans le poste et les fantômes arrivent.

Tout blancs, creusés, à zieuter le soleil comme des ombres. Je sais plus quoi faire…"

Il était au bout du rouleau le pauvre vieux.

Qui ne le serait pas à sa place, Sophie Before et ses matinales foutent le bordel.

C'était pas encore pour aujourd'hui l'Affaire Incroyable. Je m'attendais à ce qu'Elvire le congédie comme elle avait congédié Hervé Dubois, mais bien au contraire.

"Bien sûr Monsieur, nous prenons très au sérieux votre cas. Ma jeune collaboratrice que voilà va prendre les choses en main ; écrivez ici votre adresse, je vous prie."

Il s'exécuta et partit, toujours très tracassé.

Je trouvais que Pottier se foutait un peu de ma gueule, avec cette histoire sénile et délirante.

Mais j'étais jeune et souple, je sortais donc une nouvelle feuille pour écrire l'ouverture de l'Affaire dite "Des fantômes de la présentatrice - pour Gégé le fermier".

Ne croyez pas que mes journées furent ensuite plus actives autour de cette enquête. En effet, Elvire me conseilla immédiatement de "ne rien faire du tout, c'est souvent le meilleur moyen de faire décanter une situation. Il faut en toute chose agir en temps et en heure !"

Elle avait toujours une bonne phrase pour ne pas se fouler et je commençais à y trouver mon compte, passé l'ennui, cette technique présentait ses avantages. Il fallait juste avoir de la ressource.

Celle qui reçoit un appel étrange

Lundi 8 juin en fin de matinée…

Je ne vais pas m'éterniser là-dessus, je suis en terrasse, je bouquine, vous connaissez le topo, Carlos me rejoint, il a l'air d'avoir fait la bringue la veille, rien de particulier à tout ça.

Et puis je reçois cet appel. Cet étrange appel, cette voix étouffée...

"Venez à la maison-coquelicots, une affaire de la plus haute importance. VITE."

J'annonce à Carlos avec l'air des gens qui bossent

"Bon mon Carlito, j'dois te laisser, les affaires décollent, un truc de la plus Haute importance", je bombais le torse en rangeant mes quelques bouquins.

"Je file maison-coquelicots ! Pour te dire !"

"Meuf t'es chelou, c'est chez ma mère." Cette phrase de Carlos eut le retentissement d'un meuble qui bascule et s'écroule.

On fonce à la maison, c'est une chaude matinée
Carlos est absent, il regarde au loin à la fenêtre ouverte
Par-delà les arbres et les oiseaux, avec une froideur en cristal
Je suis silence et frais d'avant orage.

Cela dit, notre relative jeunesse et notre goût pour les rebondissements nous préservaient d'une concrète inquiétude : nous roulions encore naïvement vers la maison.

Nous longeâmes le champ de coquelicots, j'aperçus un étang derrière des maisons baignées de soleil. Je n'avais rien vu de tout ça le soir où j'étais venue après la garde à vue. Et maintenant tout était un peu glacé.

Nous arrivâmes, Tout s'emballa

SOS en morse - gravé au burin dans la mémoire

garée - allée - porte d'entrée - maison - spartiate - vide - calme
fond du jardin - atelier - fenêtre - peintures - chevalets - corps
SON corps - entrer dans l'atelier- il faut ENTRER
un cri - MAMAN - fenêtre explosée
bondit vite - main sur son épaule - sang - STOP

1 h plus tard…

L'adjoint du commissaire prenait mal des pincettes et interrogeait
"Expliquez-nous comment vous avez découvert votre mère ?"
Carlos fixait un caillou par terre, sans cligner sans respirer
Ses six sens s'étaient figés.

Je détournai le flic en répondant :

"J'étais au Bar de l'Église, d'astreinte, Carlos m'a rejointe. Vers les 11 h 15 j'ai reçu cet appel me disant de venir à cette maison-coquelicots, pour une affaire urgente, pis ça a raccroché. On a stressé quand Carlos m'a dit que c'était chez sa mère.

Voilà, on a foncé en caisse et pis bah arrivés là, on l'a cherchée partout.

On l'a vue par terre au fond de l'atelier depuis la fenêtre mais tout était fermé putain, on a paniqué en essayant de défoncer ce fichu double-vitrage. La voisine et le maire et pis le fils de la voisine, ils sont arrivés, sûrement à cause de comment on gueulait. Le maire nous a aidé à casser la vitre pour entrer... Oh putain... Bah ensuite… on a découvert… euh… la situation..."

J'étais un peu fébrile et disait plein de gros mots.

Le maire me tendit de l'eau.

La voisine était blanche comme de la farine en mer du Nord.

Le flic notait sur son indémodable petit calepin

"OK, OK, et vous m'sieur ?"

"Mais enfin, je suis Monsieur le Maire, Berleig Frimoux", avec une poignée de main chaleureuse mais tout en retenue, la situation n'étant pas à l'effusion.

"Écoutez c'est très simple, j'avais rendez-vous avec Mme Talbot et son fils Dylan, les voisins de la défunte, à 11 h pour discuter des études du gosse". Il montra de la tête un gamin de 17 ans, qui avait l'air de se demander ce qu'il foutait là. À côté de lui, sa mère toujours aussi pâle de stupeur. Le maire était digne, et faisait au mieux. Le Bon Maire de Fluette. Il reprit, "Quand nous avons entendu toute cette agitation nous sommes venus aider ces deux jeunes. À casser la vitre d'abord et puis... pour les soutenir. C'est terrible..."

La voisine reprenait soudain pied : "Oui M. le maire était là depuis 11 h - et puis ces cris et les coups contre la vitre, oh la la...", elle se tut de nouveau.

Nous étions sous le choc
Et à quelques mètres de nous

Carlos était là
Ses pleurs des secondes hystériques
Qui tombaient dans le vide

La distance entre lui et nous venait de prendre 1 million de kilomètres

Sa mère était morte.

Là où nous avions de l'effroi, lui venait d'être jeté dans le désert et n'avait même plus envie.

Il n'a plus sa mère, alors qui l'aimera pour sûr ? Vous avez compris ?

On se tut tous. Et je me souviens comme ce fut assourdissant.

Celle qui fait sa déposition

Le commissaire Malibard et son adjoint avaient installé leurs affaires dans la maisonnette, cette maison-coquelicot donnant sur la route. Donnant sur le passé.

Une personne était morte, sa maison ressemblait pour moi à un tombeau, à un musée tragique à honorer. J'étais de plus en plus blême, le contre-coup. Comment aider mon ami. On ne rigolerait plus.

Les interrogatoires commencèrent – questions de routine on nous assura –, tour à tour convoqués dans la maisonnette.

Je fus la première.

"8 juin - Homicide de Mme Carmen Estravalda - Déposition d'Alex Duke"

L'adjoint Perez tapait en parlant tout haut à sa machine à écrire.

Madame Estravalda - Carmen Est° - ...

Ce qui suit est la stricte copie de la déposition que je fis aux policiers. Je m'étais appliquée, vous le verrez, à être le plus précise possible, concentrée au max, occasion en or de prouver à Pottier que je n'étais pas une pipette, une roue voilée. Le flic quant à lui me regarda comme si j'en faisais trop, pas faux, voici ce que je leur déclarai :

A : Je suis posée en terrasse, Bar de l'Église, je sirote depuis 10 h. Carlos me rejoint vers 10 h 45, il prend un café il dit qu'il est rincé et ça a l'air vrai.

B : À 11 h 12, je reçois un appel mystérieux sur une affaire urgente, maison-coquelicots.

C'est la maison de la mère de mon pote qui est indiquée par cette voix étouffée.

Et il s'avère que c'est le téléphone fixe de ladite maison qui m'a appelée.

C : On fonce avec ma voiture de fonction, sans dire un mot, on arrive à 11 h 30, je me gare dans la rue à côté de deux voitures qui sont celles de la voisine et celle du maire – vérifié– *et on se précipite à l'intérieur de la maisonnette où nous nous trouvons actuellement : personne. On traverse le jardin, on va vers l'atelier : on voit sa mère au sol par la fenêtre, tout est fermé. On cherche de tous les côtés. La fenêtre et la porte sont closes, on fait le tour, la vieille porte arrière est condamnée par les ronces et les années : impossible de chez impossible, on panique. On crie pour réveiller sa mère en donnant des coups contre la fenêtre. Mais mon pote est rincé, tétanisé, et moi j'ai la force d'une feuille... Alertés par nos cris, la voisine, son fils et le maire sont arrivés, le maire a réussi à péter la vitre avec une barre de fer.*

D : On saute à l'intérieur, Carlos se rue sur le corps, je suis juste derrière. Stupeur :

On découvre l'impact de la balle dans le crâne, le sang, l'arme pendant à la main de Carmen Est°, euh Mme Estravalda.

La mère de mon pote
Morte

Carlos est horrifié, anéanti

Je l'éloigne d'un pas du corps, mon cerveau en tornade.
*Le maire se rapproche de nous, "*Ô mon dieu…*"*

E : Je dis "il faut qu'on touche à rien, et attention où on marche."
Rien n'a l'air d'avoir été fouillé, c'est juste un gentil bazar sur le bureau.
Je prends Carlos par l'épaule, c'est un enfant momifié que j'emmène "Viens, il faut appeler de l'aide".

Sur la porte de l'atelier pour sortir, la clef est solidement, tragiquement enfoncée dans la serrure, fermée. Je dois la tourner deux tours avec un mouchoir pour déverrouiller.

Nous nous jetons dehors.

Le maire part chercher de l'eau, Carlos s'écroule dans l'herbe.

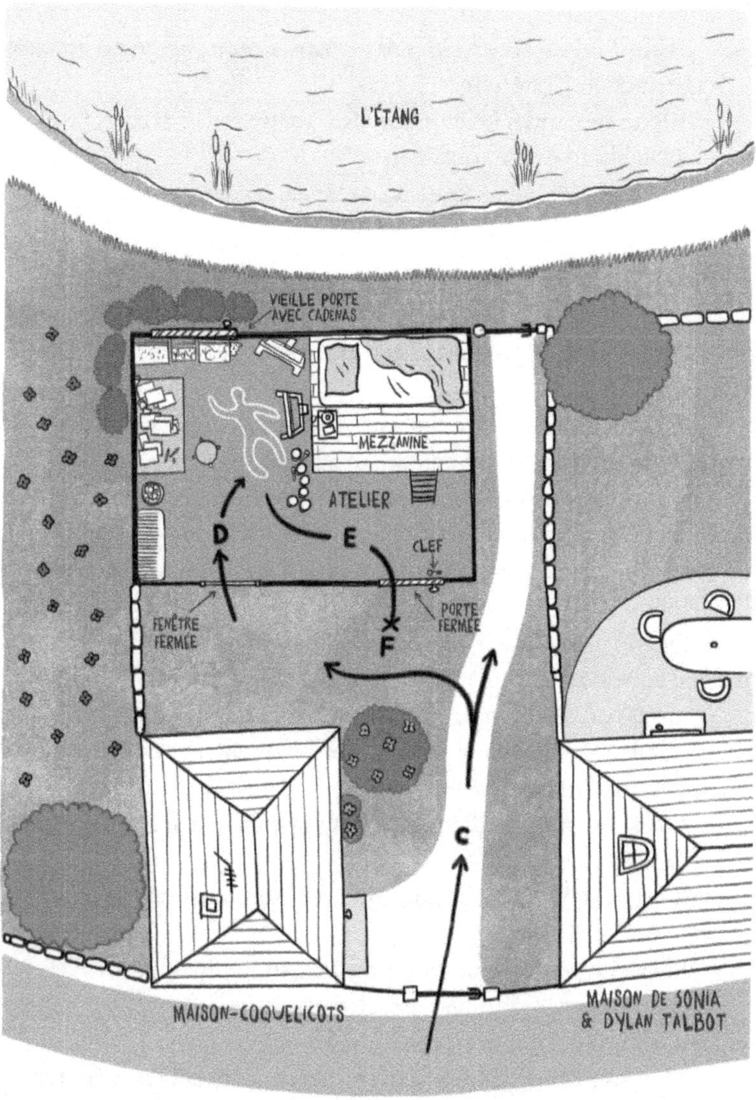

F : Les pompiers, appelés par la voisine, arrivent mais c'est bientôt la police, vous, qui prenez le relais et nous voici.

Ils insistent sur la clef. J'en suis certaine, à mon plus grand désarroi.

Fermée de l'intérieur.

À leur demande, je les emmène à l'arrière de l'atelier, face aux ronces. Malibard est circonspect.

"Je crois entrevoir même un cadenas… Allez rentrons."

Où les grands parlent entre grands

Perez tapa encore quelques constatations puis je fus priée de sortir du salon transformé en bureau austère.

Il y eut un temps de battement. Elvire Pottier venait d'arriver. Le commissaire Malibard sortit pour saluer la célèbre Pottier. C'était un type d'un certain âge, avec une allure d'ancien pilote Air France. Ils s'éloignèrent pour parler entre grands.

Quand ils revinrent vers nous, sans savoir pourquoi, le Maire, la voisine et moi attendions qu'ils nous disent un mot. Il n'en fut rien. Le commissaire entra en annonçant sur le pas de la porte :

"Carlos Estravalda, si vous voulez bien rentrer pour répondre à quelques questions factuelles."

Mon pote n'entendait rien, c'est ma main sur son épaule qui le fit tressaillir.

Il suivit là où on lui indiqua. Un rail dans le vide.

Elvire Pottier lui emboîta le pas en me soufflant :

"J'ai vu avec le commissaire. Nous suivons le début de l'enquête en consultantes. Allez hop, entrez Duke."

Et nous prîmes place à l'arrière, presque invisibles, vitre fumée irréelle.

* * *

Déposition de Carlos Estravalda

L'adjoint Perez était toujours derrière son clavier, réglant les détails de paperasse avec entrain.

Carlos prit place sur la chaise en face d'eux. Il était égaré mon poto, un véritable albatros dans un panier de crabes. Impassible et maladroit.

Perez commença, la tête dans ses formulaires

"Carlos Estravalda, né en 1987, 34 ans, c'est bien ça ?" Carlos hocha la tête.

"Vous avez découvert votre mère à 11 h 30 avec votre amie Mlle Duke et le maire, vous confirmez ? Rien à ajouter ?"

Carlos n'avait évidemment rien à ajouter. À cet instant, il n'avait plus rien.

C'était une sensation étrange.

Malibard, qui était à l'arrière, se rapprocha de la table.

"Carlos, vous comprenez que nous devons vous poser quelques questions pour nous aider à comprendre la situation ?"

Carlos leva les yeux vers le commissaire, sans expression, ni réponse. *Lui qui n'aimait déjà pas les contrôleurs,* me surpris-je à penser...

"Où est votre père ?"

Carlos répondit sans bouger, du tac au tac.

"Je ne sais pas, je n'ai jamais su et je ne saurai jamais. Voilà pour votre réponse." Il en avait marre.

"Votre mère fréquentait quelqu'un ? Ou une bande d'amis ?"

"Je ne sais pas. Elle venait de rentrer à Fluette."

"Vous n'étiez pas très proches c'est ça ?" Malibard la jouait façon complicité.

"Voilà c'est ça", trancha Carlos. La complicité ne marchait pas.

Mon pote respira profondément.

"Écoutez, je vous l'ai dit, elle venait de rentrer, je ne sais pas son emploi du temps, je ne connais pas ses fréquentations, je sais que dalle !

Je sais juste qu'elle préparait sa nouvelle expo, ici à la maison, et j'imagine qu'elle était dure à suivre. Je ne la suivais pas, et nous n'étions pas en froid pour autant. J'étais son fils, pas un proche, vous captez ?

Maintenant j'en ai assez, je veux être seul. Appelez Mark ou ma tante pour tout le reste."

Carlos clôtura ainsi l'interrogatoire.

Il avait le regard en sable noir quand il sortit. On l'entendit transmettre la consigne

"Sonia Talbot, c'est à vous."

J'avalais ma salive avec peine

Mon ami dans la broyeuse.

* * *

Déposition de Sonia Talbot

Une femme petite et musclée entra dans le salon-bureau. Elle avait 38 ans. On pouvait entendre son cœur battre d'ici, mais elle tenait une certaine force, un dynamisme. Une blonde-rousse qui bossait tous les jours au grand air, et les rides qui vont avec.

Malibard prit les devants

"Madame Talbot, vous êtes ici en tant que témoin indirect de la découverte du corps de Mme Estravalda, et en tant que voisine la plus proche." Il arrondissait les angles pour la détendre.

"Oh oui, oh la la… Mais moi je ne la connaissais pas hein ! Elle venait de temps en temps de Gouine City, une femme de la Ville, mais attention elle savait se retrousser les manches, elle a bien bossé à son atelier. Oh la la pour ce que ça va servir… C'est choquant."

Malibard ne voulait pas s'éterniser sur ces détails.

“Exact, madame Talbot. Cela étant dit, pouvez-vous répéter ce que vous avez dit à mon collègue tout à l'heure, vos activités les heures ayant précédé la découverte ?”

“Bah j'étais au marché de Bidoufle à vendre mes barquettes de fraises. Mon Dylan était à la maison. Je suis rentrée pas tard. À 11 h, le Maire est arrivé, on avait le rendez-vous. C'est pour les études de Dylan. Mon gars y veut faire un BTS, mais le prix du logement et tout, en ville là-bas, c'est pas bonbon j'vous l'dis. Le Maire il nous… aide à trouver un truc, une bourse, un job étudiant. C'est pas évident pour les jeunes vous savez, m'sieur le commissaire…

À 11 h il est arrivé oui.

(Elle fit une pause pour revoir le moment.)

Oh, pis après bah les cris des deux jeunes. J'les entends encore à chercher de tous les côtés pour rentrer dans l'atelier. Les pauvres malheureux.

Oh pis moi dans ces cas-là je suis pas dégourdie.

Ils ont réussi à casser la fenêtre et à entrer et pis là bah…, le cauchemar quoi.”

Une voisine comme une autre, cette Sonia Talbot, une pas mauvaise même.

Malibard changea de position, comme pour une confidence entre femmes

“Est-ce que vous aviez trouvé votre voisine, m'dame Estravalda, déprimée ces derniers temps ?”

“Oh, c'est une artiste, c'est tout ce que je sais. Déprimée ? j'en sais rien, mais les artistes c'est pas comme vous et moi nan ? Enfin c'était une gentille dame quand je la croisais…”

Quand le commissaire l'autorisa à partir, Sonia Talbot ne demanda pas son reste et fila comme une maman-souris.

À la porte, elle aperçut un vieux dreadeux qui venait d'arriver dans le jardin, accompagné par un flic. Elle se retourna vers nous, un peu moqueuse

“Vous avez amené Al ! Autant interroger le peuplier à c’t’heure-là, il sera plus bavard ! Ce bon vieux Al…”

Et elle disparut après avoir appelé le maire.

* * *

Déposition de Berleig Frimoux

Le Maire entra dignement dans le salon.

“Écoutez faisons au plus vite, j’ai pas mal de rendez-vous qui attendent.” Il souriait à Malibard en s’asseyant.

“Enfin je comprends bien que votre enquête passe avant tout. C’est terrible ce qui est arrivé. Plus jamais ça à Fluette ! Je vous écoute Messieurs.”

Malibard imposa un silence. Il n’aimait pas qu’on lui force la main. Je souriais en voyant notre bon Maire dans ce bourbier d’enquête, loin de l’apéro et de la piscine.

“Bien sûr, Monsieur le Maire. Nous allons faire au plus vite.

Tout d’abord, quelques vérifications, vous avez 56 ans, vous vivez à Fluette depuis toujours et en êtes le Maire depuis sept ans. C’est exact ?” Malibard en rajoutait pour prendre son temps.

“Totalement exact.”

“À 11 h vous arrivez chez Mme Talbot pour parler avec son fils du BTS.”

“Encore exact, monsieur le commissaire. Il n’y avait pas un chat sur la route à cette heure-là.”

“À 11 h 30, alertés par les cris de Carlos Estravalda et d’Alex Duke son amie, vous accourez pour les aider à pénétrer dans l’atelier au secours de Mme Estravalda. Toujours bon ?”

“Comme si vous y étiez, Commissaire Malibard !”

“Une fois à l’intérieur, vous découvrez l’irréparable – *Malibard fit une pause.*

En voulant sortir par la porte, vous tombez sur la serrure fermée à double-tour par la clef qui s'y trouve. Concentrez-vous bien, est-ce que c'est ça ?"

Berleig Frimoux ferma les yeux un instant, puis revint vers nous avec la réponse

"Oui c'est tout à fait ça. Fermée de l'intérieur. C'est la jeune Duke, perspicace – *il me glissa un regard flatteur* –, qui a tourné la clef avec un tissu propre."

"Très bien, très bien.

Je crois que ça sera tout pour nous, Monsieur le Maire."

Ils se serrèrent la main, privilège de Maire, et M. Frimoux prit la porte après avoir salué Pottier.

* * *

Déposition de Alain Troissous

Alain Troissous semblait être un chaman au chômage, un original. Il écrasa son pète devant l'entrée, rassembla ses dreads, et marcha mollement, très mollement, avec ses vieilles Reebok et son jean trop grand.

Enfin arrivé devant la chaise, les yeux délavés, Troissous regarda le commissaire. Je ne saurais dire si c'était de l'insolence ou de l'absence.

"Asseyez-vous Monsieur. Vous savez que l'usage de stupéfiants est interdit ?"

Malibard n'aimait pas qu'on le nargue.

"C'était du CBD, m'sieur l'agent." Troissous continuait avec sa voix sans énergie. L'ironie absolue.

"Bon passons pour cette fois.

Vous savez pourquoi vous êtes là ?"

"Non m'sieur."

"Vous êtes bien le dénommé Alain Troissous, 55 ans, résidant la maison là-bas en face, de l'autre côté de l'étang ?"

"Oui m'sieur, mais on m'appelle plutôt Al."

"D'accord Al, d'accord."

"Pourquoi on est chez m'dame Estravalda d'abord ? Elle est où ?" Al aussi commençait à en avoir marre des manières de Malibard, mouche du coche comme pas deux !

"Nous sommes là Troissous, parce que Mme Carmen Estravalda a été retrouvée morte ce matin. Et que toi, tu as peut-être vu quelque chose – *il se mit debout à côté d'Al, imposant une menace* – tu as peut-être entendu du bruit ?"

Je croyais discerner un infime tournis chez Al.

"J'ai rien vu, m'sieur l'inspecteur."

"Commissaire, Al, commissaire.

Tu passes tes journées à fumer de la marijuana c'est ça ?" Malibard perdait patience.

"C'est ça monsieur le Com-mi-ssaire" le courant ne passait pas bien entre les deux.

"Allez file, Troissous, et tiens-toi à carreaux, je t'ai à l'œil." Malibard prenait parfois les choses trop à cœur. Je n'aimais pas ces moments-là.

Quand Al fut dehors, Malibard s'esclaffa :

"C'est la Talbot qui avait raison. Une plante verte ce Troissous."

Pottier ajouta à demi voix :

"Il y a beaucoup de sortes de plantes vertes..."

Malibard n'en fit pas cas, il appelait déjà la dernière voisine.

* * *

Déposition de Andrée Vasseur

Une femme âgée entra dans la pièce. Elle était dynamique et on sentait sa poigne de tous les jours. Elle habitait un peu plus loin, avant l'arrivée sur l'étang.

"Bonjour messieurs-dames. Andrée Vasseur, institutrice à la

retraite, j'habite au virage en s'éloignant vers Fluette. J'imagine que vous voulez savoir si j'ai vu quelque chose ? Pauvre dame..."

Malibard, une fois encore, n'avait pas la main, et voulut la reprendre immédiatement

"Asseyez-vous d'abord Madame. Ici c'est nous qui posons les questions d'accord."

"Oh, mais faites à votre guise jeune homme." Il n'était pas jeune et c'était une façon pour elle de marquer sa supériorité, l'ancienne qu'on devait écouter.

"Bon bah oui racontez-nous, quelque chose de bizarre aujourd'hui ?"

L'institutrice se redressa sur sa chaise, remit droit un bouton de sa chemise usée. Elle ne roulait pas sur l'or, ça se voyait, mais elle tenait son rang. Pas par prétention, mais parce que c'est ce qu'elle avait fait toute sa vie. Tenir sa classe, apprendre des choses à une bande de bambins chouineurs et attachants.

Et puis elle était contente que quelqu'un l'écoute à nouveau, contente de servir.

Alors elle commença.

"Je me lève toujours à 5 h pour arroser mon jardin. J'ai à peine fini les tomates, 5 h 30 maximum, que je vois sur la route une femme qui marche. Non, elle ne marche pas, elle défile. Une grande rousse. Ses bouclettes dans le vent, ça oui je m'en souviens. Une poitrine comme ça – *elle fit un geste évocateur* – et des jambes comme des échasses. Elle marchait vers l'étang, vers ici."

"Vous êtes en train de nous dire qu'à 5 h 30 du matin passe une femme-mannequin, rousse qui plus est, ici, en route vers la scène de crime ?" Ni Malibard ni nous ne l'avions vu venir.

"Jusqu'ici même, je ne sais pas, mais vers ici, oui.

Une grande Rousse de cinéma, voilà qui vous cherchez inspecteur."

"Commissaire !"

Il y eut un silence de réflexion.

“Bon très bien, et cette Rousse, elle est repassée ?”

“Oui, dans l’autre sens vers 8 h 30. Je faisais les mauvaises herbes.

Entre nous commissaire, cette femme était trop belle pour être une meurtrière.” Andrée semblait sûre de ce qu’elle avançait, malgré la pauvreté de ses arguments.

“Ne vous faites pas d’idées préconçues sur les tueuses madame Vasseur, laissez-nous faire.”

“Avec plaisir Commissaire.”

“Bon et rien ensuite ?”

“Non plus personne n’est passé jusqu’aux deux jeunes dans leur épave. À 11 h 28. Je passais de l’antirouille sur mes outils.”

Elle se leva.

“J’aimerais bien que vous retrouviez cette femme mystérieuse.

Bonne chance Commissaire. Messieurs-Dames.”

Elle referma derrière elle.

Et une chute de réflexions dévala ma tête.

Celui qui briefe au déjeuner

Malibard fit quelques mouvements pour se délier les jambes.

“Ça fait du bien quand ça s’arrête !” et dictant son ordre à Perez :

“Dites au cuistot qu’il est réquisitionné, qu’on arrive pour 13 h 30 avec une faim de loup et la carte bleue du ministère.”

Ils prirent leur voiture pour rejoindre le vieux Fluette, et de mon côté j’emmenais Pottier.

Carlos avait été ramené chez lui par un agent. Il voulait rester seul, mon ami.

Le commissaire avait réservé notre table dans un bon petit resto de Fluette, le La Fontaine, au coin d'une arche.

La placette était plus délicate, plus secrète que cette bonne vieille place de l'Église. Ici une colombe vient animer la carte postale, elle boit dans la fontaine de pierre, elle l'adore son village, éternel sous les arbres.

Là, le Commissaire Malibard et son adjoint Perez, Elvire Pottier et moi-même prenions place à la terrasse ombragée.

On pouvait sentir que Malibard était un meneur de l'ancienne école, traditionnel et loyal à sa façon, habitué à être écouté et obéi. Confiant.

“Bon on a du pain sur la planche, voilà la situation à H+2 de la découverte du corps. Un pichet de rouge ça vous va ? Je vais prendre la pièce du boucher, saignante, sauce roquefort, ajustez votre commande le temps que je vous mette au parfum.

Au passage, madame Pottier, comme vous le savez, c'est votre grande réputation qui vous permet d'être ici, et je me réjouis de pouvoir discuter de l'affaire avec une pointure telle que vous, mais je reste le pilote. Et il faudra tôt ou tard que j'arrête de vous informer des avancées.”

Elvire en fine diplomate acquiesçait d'une voix douce.

Malibard joignit ses mains

“Alors voilà ce qu'on a au frais :

Un/e mystérieux/se inconnu/e vous appelle depuis le fixe de la maison-coquelicots à 11 h 12 pour vous faire venir. Cet inconnu ne reste pas sur les lieux et n'appelle personne d'autre. Votre carte de visite traîne dans toute la région, donc pas d'infos de ce côté-là - *j'acquiesçai.*

l'atelier est clos quand vous arrivez. Par la fenêtre vous voyez Mme Estravalda écroulée au sol il est impossible de mettre une clef dans la serrure quand une autre clef de cette porte est déjà enfoncée de l'autre côté, vu ? On ne peut donc pas avoir utilisé dans notre cas de 2e clef depuis l'extérieur pour refermer

vous forcez la fenêtre à coups de barre de fer et découvrez la blessure à la tête

le flingue, pas d'empreintes, pas de numéro, encore quatre balles dans le chargeur. Ce qui a fait un peu tiquer les collègues et le légiste, c'est la position du flingue dans la main d'Estravalda, pendouillant sans vraiment de sens. C'est que la Carmen a une espèce de brûlure chimique qui lui colle quasiment joints les doigts. Donc pour tirer, ça devait être coton. Enfin à vérifier...

dans l'évier de la maison quelques tasses à café sont parties pour ADN et empreintes

on attend le retour des analyses de sang et de l'autopsie, pour l'heure du crime. Pour la cause du décès, je pense qu'on est servi, balle dans la tête

l'agenda est parti en analyse et les fadettes vont bien arriver un jour.

À côté d'une couchette, sur la mezzanine de l'atelier, en évidence, on a trouvé cette note écrite sur un carton. C'est un peu barré, c'est pas ma came :

'Sa vérité
Ce combat de vie ou de mort
Contre ce chétif soi-même, ce peureux, ce bourgeois.
[...]'"
Il ne nous montra que cette phrase écrite au feutre noir sur ce

bout de carton-pancarte. Le reste du texte était caché par une feuille A4, placée là par les soins de Perez. Ils menaient leur enquête à leur façon…

“Le dernier mot d’une femme au bout du rouleau ? Possible”, asséna-t-il.

“Enfin, notre priorité Numéro 1 c’est bien sûr de retrouver cette Rousse arrivée avec panache à 5 h 30 pour repartir à 8 h 30. Faire plaisir à une vieille dame, ça me botte !

Bon, on commande ?”

Le repas fut songeur. Je m’éclipsai avant la fin, pour passer voir Carlos à son appart.

Il m’ouvre la porte sans vie. Il ne dit qu’une phrase, qu’il tourne en boucle dans tous les sens

“Il faut qu’ils arrivent. Demandez à Mark et à ma tante. Dites-leur de venir. Il faut qu’ils viennent. Dites-leur. Vite. Il faut qu’ils arrivent.”

Je repartis sans avoir rien pu faire pour lui.

Ceux qui doivent arriver

Je filais à nouveau à la maison-coquelicots, ça allait reprendre vers 15 h.

Quand j’arrivai, une femme abattue, broyée par ses pensées, attendait dans le jardin. Elle retenait tous les sanglots avec douleur et force. Elle avait dans les 50 ans, elle en paraissait des siècles aujourd’hui.

On l’attendait maintenant à l’intérieur, suivant notre rituel.

***

Déposition de Dolores Estravalda

Malibard prenait une attitude digne et respectueuse, le timbre impeccable. Il gagnait enfin des points dans mon estime.

"Nous sommes désolés de devoir vous poser des questions en cet instant. L'enquête l'exige."

"Allez-y monsieur Malibard." Elle parlait en comptant ses mots au minimum.

"Vous avez 49 ans, deux de moins que votre sœur Carmen. Vous habitez une caravane au-dessus du vieux Fluette, dans un champ. Vous y étiez toute la matinée, jusqu'à notre appel, c'est bien cela ?"

"Oui. Mais à quoi bon ces questions ? C'est ridicule. Où en est l'enquête Malibard ?" Dolores ne comptait pas se laisser balloter.

"Vos parents sont décédés il y a vingt-cinq ans en vous laissant cette maison-coquelicots", le commissaire suivait son idée.

"Oui mais j'y mettais plus les pieds. Carmen y revenait régulièrement depuis le décès de notre mère. Je sais vraiment pas pourquoi. C'était son retour au bercail en somme."

Ça lui faisait mal à Dolores Estravalda de penser à ça.

"Elle y revenait, elle en était partie ?" suggérait Malibard avec tact.

"Oui, et en pleurs."

"Racontez-nous", mais Dolores n'avait pas envie de raconter. Elle fixait le commissaire avec aucune envie de parler. Elle lâcha :

"À votre avis commissaire? Rassurez-moi, l'enquête est entre de bonnes mains ?

Alors vous, racontez-moi." Dolores devenait plus froide, plus belle, à chaque minute. La petite sœur de Carmen. Elle lançait un défi à Malibard. Il resta impassible quelques instants, activant toutes ses compétences.

Pottier se pencha vers moi, nous étions bien à l'arrière et je fus la seule à l'entendre.

"Je parie que Carmen est partie en 1987." Je pris le pari sans trop comprendre.

Malibard feuilleta les dépositions, et les reposa, calme, un bon commissaire.

"Je vais vous raconter et vous m'arrêtez si je me trompe.

Carmen a 17 ans, elle est enceinte de Carlos, et ça passe mal. Vos parents sont catholiques, ou a minima soucieux des regards du village, travailleurs, discrets, têtes de mule peut-être.

Après l'accouchement, qui n'a pas forcément été rose, vous voyez votre sœur quitter dans des éclats de voix la maison avec son bébé, Carlos. Vous aviez 15 ans."

Il laissa un silence comme à la mer, grave.

Dolores fermait les yeux, une prière en souvenir.

"Il n'y a pas eu d'éclats de voix ce soir-là. C'était un silence, un silence abyssal.

Je n'ai pas su pour la grossesse, jusqu'au jour où j'ai vu Carlos. C'était le nom de notre papi." Elle marqua encore un souffle.

"Voilà comment c'était quand elle est partie." Elle essuya une larme brûlante au coin de son œil.

"D'accord madame Estravalda. Tout cela peut nous servir. Merci."

Chacun faisait à nouveau un pas vers l'autre.

"Et où est-elle partie ?" continua-t-il.

"À la Grande Ville. Elle avait toujours rêvé de ça. Elle a pris son bébé sous le bras et elle y est allée. Une coriace ma sœur, Malibard, sachez-le."

"C'est noté Madame. Je vous remercie pour tous ces détails.

Une autre question, qu'a votre sœur à sa main droite ?"

“Sa main de pingouin ? J’ai jamais su exactement comment elle s’était fait ça. Elle était en colère énorme ces années-là, elle s’en foutait de sa main. Un jour elle est revenue avec une vieille brûlure, genre chimique, ça a empiré, infection. Bref, elle en a gardé des séquelles à vie de ce truc-là ! Sa main collée. Elle en riait. Playmobil, pingouin, Django, on n’arrêtait pas.”

“On m’a dit qu’elle était artiste, ça ne la gênait pas ?”

“Tu parles ! Vous croyez que les artistes peignent avec leur main de nos jours ?!

Non elle se démerdait. Elle tenait son stylo ou le pinceau avec toute la main.”

Dolores nous montra en mimant puis continua :

“Quelques années après son arrivée à la Grande Ville, ça a décollé pour elle. Elle en a fait des expos, des soirées urbaines, des galas.

Carmen Est° – Reine de l’azote liquide fluo à Gouine City – monsieur Malibard, vous en avez entendu parler ?” Dolores était fière de sa sœur. Vachement fière. C’était touchant.

“Je m’excuse, je vais rarement au musée.”

“Moi non plus”, avoua finalement Dolores.

“Continuons si vous le voulez bien.

Carlos nous a dit qu’il ne connaissait pas son père.

Mais vous, vous avez peut-être votre petite idée ?”

“Non Monsieur. Je n’ai jamais vu ma sœur fréquenter un garçon, ni même en parler. Nous avions trop d’énergie pour ça. Je l’ai questionnée sans succès.

Puis elle m’a fait promettre de ne plus lui demander. Elle se débrouillait bien entre Carlos et sa vie, un peu chaotique parfois, mais ça tenait bien. Alors petit à petit j’ai oublié que je ne savais pas.”

“Oui je vois.

Écoutez madame Estravalda, je suis devant une situation ambiguë.

Vous êtes une femme intelligente, vous me pardonnerez. J'ai bien peur de devoir vous poser des questions plus sombres."

Dolores fut à la fois un peu surprise de cette soudaineté et soulagée qu'il se lance enfin.

"Allez-y."

"Des éléments pourraient nous porter à croire que votre sœur s'est suicidée...

Est-ce que cela vous surprend ? Vous aviez sûrement senti des choses depuis son retour ?"

"Un suicide ? Impossible ! Quelle Blague ! Vous pataugez complètement Malibard.

Carmen ! Se suicider !

Et comment ? Mon dieu, avec le pistolet ? C'est absolument ridicule, on n'est pas au Texas les gars !" Elle était sous le choc d'une telle idée, entre rires et larmes nerveux. Rejet complet.

"Et avec sa main de pingouin ? Enfin voyons, un peu de sérieux.

Elle ne pouvait même pas utiliser de ciseaux ! Voyons..."

Elle nous trouvait nuls. Elle partit peu de temps après, nous laissant dans un flou intégral.

"Comme deux ronds de flan", ajouta Pottier alors qu'elle nous servait un thé.

Nous attendions l'arrivée de Mark, l'assistant-mystère qui se faisait attendre. Dolores nous avait assuré qu'il venait tous les jours à 10 h 30. Pas aujourd'hui. Il était injoignable et notre lumière allait bientôt le viser.

* * *

Il ne tarda pas à arriver, le sourire aux lèvres avec un bouquet. À 16 h pétantes, il fit son entrée dans le salon.

“Messieurs-Dames, vous venez voir Carmen Est° j’imagine? L’avez-vous vue à l’atelier ?”

Malibard le fit s’asseoir. Je n’avais pas pensé à ça comme ça. On allait devoir lui annoncer. Ce que je pouvais être naïve parfois.

“Déposition de Mark”, annonça Perez.

“Monsieur, Carmen Estravalda a été retrouvée morte ce matin. Ici, dans son atelier. L’enquête est en cours.” Malibard observait la réaction de Mark.

Il gardait contenance, il se scratchait à l’intérieur sans sourciller. Il avait le regard intelligent, humain.

On le laissa reprendre ses esprits.

Malibard articula doucement.

“Mark tout court, c’est ça ? Vous êtes l’assistant personnel de Carmen Estravalda depuis deux ans.”

Encore une pause propice à l’échange.

“Oui voilà. Enfin puis-je développer ?”

“Allez-y Mark, nous vous écoutons.”

“Je suis gay et Carmen est lesbienne, comme vous l’aurez compris. Je ne suis pas l’assistant personnel de Mme Estravalda, je suis l’assistant de Carmen Est°. J’ai fait une école d’arts, OK. Carmen a sa vie, ses baises ses colères ses amies. Moi pareil.

Moi je gère les à-côtés de ses créations. Intendant, petit frère, dealer, régisseur, ce que vous voulez dans cette liste.”

“Je sens que vous l’appréciez beaucoup quand même, je me trompe ?”

“Non, vous ne vous trompez pas. Elle est incroyable, quelle

vision, ces 22 mois à ses côtés ont été ...", ça y est, il pleurait. C'était triste de le voir réaliser.

«Posez-moi vos questions commissaire. Je suis à votre disposition pour aider à retrouver l'assassin", se reprit-il.

"Nous n'en sommes pas là Mark.

Nous vous attendions à 10 h 30.

Donc déjà expliquez-nous votre arrivée si tardive."

"Très simple. Carmen me l'a demandé." Il sortit son téléphone, bidouilla un truc et nous le tendit.

"Voyez donc, à 8 h 40 elle me dit qu'elle a travaillé la nuit jusqu'au petit matin. Qu'elle va se coucher et préfère que j'arrive à 16 h pour un rapide point. J'ai fait des soins toute la matinée." Il avait une très belle peau, de très beaux cheveux courts, gracieux.

"J'aurais aimé être là, vous imaginez bien.

À quelle heure a eu lieu l'attaque ?"

"J'insiste, nous ne parlons pas du tout d'attaque pour le moment monsieur Mark." Ça gênait Malibard d'appeler ce type par son unique prénom, ça créait une complicité dont il ne voulait pas.

"Nous vous communiquerons ces informations en temps et en heure."

"Je comprends monsieur le Commissaire.

Que voulez-vous savoir d'autre ?" Mark aurait pu être anglais, fils déshérité et valeureux d'un vieux Lord réac. Il m'inspirait confiance.

"Eh bien racontez-nous, la vie à Gouine City, les galas... Dites-nous tout."

"Elle allait revenir comme la papesse qui agite enfin le drapeau blanc. Comme une visionnaire. Elle est une artiste de renom !"

Malibard coupa, insensible aux frasques de Gouine City, un peu réfractaire même.

“Je sais tout ça. Ça doit créer quelques rivalités ces mondes-là non ?”

“Quelques jalousies sans envergure de cinquantenaires sans niaque. Rien de prononcé tout haut.”

Il prit un temps, comme pour faire le tour de chacun d’entre nous.

“Je vois où vous voulez en venir, mais aucun d’eux ne colle. Ces gens-là n’ont pas de tonus concret. Je les vois mal en meurtriers. Ils sont trop confortables, trop fades.”

“Comme je vous le précisais, nous ne parlons pas encore de meurtre.

À ce sujet, certains poids sont du côté du suicide dans la balance de notre enquête.

N’y allons pas par quatre chemins.

Que pensez-vous de cette hypothèse qui nous apparaît ?”

Mark redevint Mark. Le jeune homme endiablé du retour de garde à vue, étoile à Gay City.

“Un suicide ? Impossible mes loulous.” Il était complètement naturel. Il réfléchissait vite.

“Nous avons pourtant retrouvé une arme dans sa main…”

“Avec une arme à feu quoi ! *No way* ! En pleine création...” Ses mains se rejoignirent en sanglots. Il réalisait que c’était mort, à chaque seconde.

Il se reprit encore.

Avec une voix convaincante, il nous regardait dans les yeux pour que les choses soient claires

“Voyez-vous commissaire, madame Pottier, j’aimerais que vous compreniez bien.

Elle était complètement motivée par son nouveau projet, enthousiaste de tous les instants créatifs depuis son retour ici.

Si son exposition avait été un échec, là peut-être que je pourrais vous entendre, un suicide d’artiste…

Mais aujourd'hui, je vous le dis comme je le ressens, c'est impossible."

Catégorique.

La fin de l'entretien ne nous apprit quasiment rien.

L'assistant ne connaissait pas le texte sur le carton, "*Sa Vérité*", qui était pourtant bien de l'écriture de Carmen, avec sa main-pingouin, il le certifiait.

Il n'existait pas de deuxième clef à sa connaissance. La première ne servait même pas, la porte restait toujours ouverte d'habitude.

Pottier me souffla à l'oreille, avec un air amusé :

"Voyez comme sont les policiers. Ils nous disent que c'est impossible d'utiliser une seconde clef depuis l'extérieur, et nous voilà cherchant une seconde clef..."

Nous finissions ainsi la journée.

Les dépositions bourdonnant dans nos têtes.

"À demain midi", balança Perez en allant vers leur caisse. Malibard était déjà à l'intérieur, au téléphone avec des gestes de pro.

* * *

Je passais la nuit chez Carlos, ou plus exactement sur le toit de son HLM de campagne. Nous restâmes silencieux en chaque action.

Seuls les bruits du village et de la nature nous raccrochaient à la vie.

Il lui fallait du courage pour tout maintenant. Surtout pour s'endormir.

Nous avons fumé énormément et bu et bu et bu.

Jusqu'à tomber en ruine dans le sommeil.

Ceux qui débriefent au brunch

Mardi 9 juin…

Ils étaient déjà installés sur les confortables banquettes du La Fontaine.

Quand je poussai la porte, Perez me fit un signe.

Elvire et moi écoutions leurs blablas matinaux en consultant la carte.

Il fallait se rendre à l'évidence.

La police, faute d'imagination, se raccrochait au suicide malgré les éléments qui bloquaient un peu cette thèse.

Mais entre peu probable et impossible, le choix s'imposait…

La tournure que prenaient les choses m'inquiétait.

Et puis Pottier se parla à elle-même, presque en rêvassant.

Impossible…, songeait-elle.

Nos regards se tournèrent vers elle.

Sa Légende allait-elle être galvaudée ? Gonflée à brasser de l'air ? On ne peut pas dire qu'elle m'avait scotchée depuis le début de mon stage.

Mais maintenant nous étions là, à attendre ses lumières dans une sombre histoire.

Elle savourait l'instant, elle aimait les flatteries, absorber son auditoire, je le découvrirais par la suite.

Elle se lança comme une cheffe d'orchestre.

"Cette mort est Impossible ?

On le dirait bien.

Pourtant si. Carmen Estravalda est morte hier matin."

Elle fit une pause, avant tout pour nous laisser souffler, prendre notre température.

“Il faut en toute occasion garder la tête froide. Le bon sens de la logique.

Si Tout est impossible, mais que cela s’est produit quand même, cela implique qu’une des choses impossibles ne l’était qu’en apparence.

Se suicider ? On nous répond impossible, ni par le caractère, ni par l’humeur, ni par la manière.

Un tueur ? Alors il aurait dû pour s’enfuir traverser des murs, ou une fenêtre close, une porte fermée à double tour, ou encore l’autre si vieille, si condamnée par un cadenas, les ronces et les cartons ? On considère que c’est impossible.

Ce huis clos est mortel.

Et voilà comment commence notre angle d’attaque.”

Elle en imposait, Elvire Pottier.

On soupirait tous songeurs, le brouillard encore si dense.

Elvire, qui n’était pas aussi romanesque que moi, enchaîna pragmatique.

“Avez-vous tiré des infos de l’agenda, des fadettes de Mme Estravalda ?”

Le Commissaire Malibard mâchait en kiffant le pain de campagne aux graines, prenait un peu d’œufs brouillés ciboulette, de la truite fumée (tactique efficace pour gagner du temps), puis répondit :

“Bah venez demain si le cœur vous en dit, on va prendre la déposition d’un dénommé Bismuck, son comptable. Il apparaît souvent dans les fadettes, quelques discussions longues, quelques courtes. Enfin le topo quoi. Le comptable. Il va nous en dire plus sur la situation financière d’Estravalda. ‘La peintre et ses agios’, vous voyez le truc ?”

Il se foutait un peu de nous.

Malibard jouait lui aussi son numéro à merveille et son alternance entre manger et parler était remarquable. Il toastait maintenant avec une délicieuse audace, salade d’endives roquefort noix.

Je sentais que ce petit jeu agaçait Elvire au plus haut point et je désamorçais.

“Commissaire, je me présente – *personne s’en était soucié jusque-là* – Alex Duke, assistante de Mme Pottier. Tout d’abord merci de nous laisser assister à l’enquête.

Je me demandais du côté des nanas, y avait pas des filles qui lui tournaient autour ? Une vernisseuse, une bricoleuse ?”

Finissant sa bouchée il me répondit :

“De ce côté-là on a bien une ex, mais ça n’a duré que quelques jours intenses, y a trois semaines. Pis la Carmen a coupé court. Prétextant vouloir se concentrer. L’autre a pas eu l’air de mal le prendre. Clara Bellecourt. On la voit aussi demain. Toujours le topo. Ce que j’imagine, une petite histoire de mains, de hanches, de langues, avec Clara Bellecourt en jeune première, mais rien de sérieux.

La Clara a 26 ans, notre Carmen 51...

Enfin, on verra, comme on dit !”

Malibard me faisait à vrai dire bonne impression, et Elvire Pottier avait l’air satisfaite au final.

Ils discutèrent ensuite de vieilles affaires, d’anciennes gloires, de pochards, de chanceux de poissards. On rigola bien, rougis de vin rouge comme des vieux de la vieille, jusqu’à la fin du déjeuner. Même Elvire avait l’air de se laisser aller.

J’étais là à mon stage avec eux, les ténors, les fins limiers.

Après un armagnac de trop, nous repartions chacun de notre côté, nous au bureau et eux, dieu sait où.

“À demain.”

On partit en fait à la sieste.

J’étais vidée, comme souvent les mardis.

Ceux qui remontent les pistes

Mercredi 10 juin au matin…

Nous entamions la journée tambour battant, par un café à l'agence. J'avais les yeux qui collaient. Il fut très silencieux ce café. J'avais espéré que Pottier parle, évoque ses intuitions. Mais elle resta muette, et ne voulant paraître idiote, je l'imitais : rien ne me venait, c'était une histoire de fous.

Nous sommes ensuite parties à nouveau à la maison-coquelicots. L'atmosphère était plus humide. Presque frisquet à Fluette.

Perez et Malibard étaient déjà derrière le bureau avec leur machine à écrire et leurs classeurs.

“Vous tombez à pic, Bismuck arrive dans quelques minutes.
Comment fut la fin de journée ?” Il était relax, dans son élément. Le Commissaire.

“Remarquable”, répondit Pottier. La sieste nous avait fait un bien fou.

Le comptable arriva timidement. Il devait avoir dans les 45 balais et ressemblait tout bonnement à un haricot vert. Ses jambes maigres et filiformes, des phasmes, cliquetaient en marchant vers la chaise. Son visage était celui d'un homme fiable, discret au possible. Une bonne pâte faite en os.

* * *

Déposition de Jean-Pierre Bismuck

Malibard prenait une voix rauque.

“Vous êtes le comptable de Mme Estravalda depuis longtemps monsieur Bismuck ?”

“Oh, depuis trois ans. Elle revenait souvent à Fluette, et trouvait ça pratique d’avoir son comptable ici.“ Il semblait hésitant et stressé.

“Je suis affecté... C’était une chouette femme.”

“Je comprends ça, Monsieur.

D’ailleurs il semblerait que vous l’aviez régulièrement au téléphone ces derniers temps.

Avait-elle des problèmes financiers ? Des dépenses inhabituelles ? De quoi parliez-vous ?”

“Loin de là. Elle était constante dans ses dépenses, quasi exclusives dans les bars et restaurants. Elle ne dépensait pas tant et rentrait facilement dans ses frais.

Nous discutions des affaires courantes.

Elle était occupée depuis son retour à la maison-coquelicots.”

“Merci monsieur Bismuck.”

Cette déposition était creuse. Je tournais en rond,

On devait encore entendre Clara Bellecourt, l’amante de trois jours, avant la pause déj.

J’avais la flemme.

* * *

J’étais en train de trier mes notes quand l’annonce

“Déposition de Clara Bellecourt”

me fit lever la tête. Et ce fut un choc.

L'Égyptienne, la Russe, la Bohémienne.

Oui c'était Elle.

Malibard était un type classique, il ne fit pas d'efforts pour cacher qu'il était envoûté par la beauté de Clara. J'étais en ce sens un homme assez classique aussi, je m'en rendis compte à cet instant et me jurai d'arrêter, avec plus ou moins de succès.

Clara était élégante, jeune, influente. Son parfum de printemps grisa la pièce comme dans une pub.

L'interrogatoire commença. J'avais hâte d'entendre sa voix.

"Mademoiselle Bellecourt, merci d'être venue. Nous ne vous prendrons pas beaucoup de votre temps." Alain Delon dans le rôle de Malibard.

"Est-ce grave monsieur l'agent ?"

"Assez. Une femme est morte. Nous croyons savoir que vous la connaissiez, Carmen Estravalda."

"Carmen Est° vous voulez dire ??

Merde !" puis reprenant une voix d'ingénue.

"On n'était pas ensemble !

Je n'ai rien à voir avec elle.

My God, le délire."

Elle n'était pas attristée, elle ne semblait pas ultra-maline voilà tout. Elle avait dû regarder pas mal de tutoriels sur l'élégance et elle nous avait tous piégés.

Les questions ne donnèrent que du vent et même Malibard avait perdu son envie de lui plaire.

C'était comme il nous avait briefés deux jours plus tôt.

Clara et Carmen avaient eu trois jours d'amanteries. Et c'est tout.

On se rappelait aussi ce que Mark nous avait glissé à son sujet :

"Carmen n'en avait rien à faire de cette minette, et c'était réciproque.

Dès qu'elle a eu fini l'œuvre

2 doigts dans la chatte

2 doigts dans la prise

Carmen est passée à autre chose.

Sa nouvelle collection, c'était *elle* son amante."

On dirait bien que c'était vrai.

* * *

Le lendemain nous reçûmes les résultats de l'autopsie et des analyses par fax à l'agence.

Sur une des tasses à café dans l'évier, empreintes et ADN inconnus.

Toujours ce brouillard collant, cette ombre au loin.

L'heure de la mort est placée aux environs de 9 h 30 du matin, le 8 juin.

Pour ce qui est des analyses, quelques traces de marijuana et c'était tout.

Le Commissaire nous appela 1 h après.

"Un peu artiste, un peu droguée, un peu suicidaire. Sacré numéro cette Carmen !"

Il me saoulait.

Pottier commenta après avoir raccroché cordialement :

"Un peu rustre à des moments le Malibard. Mieux vaut être dans son camp Duke."

Nous devions le retrouver dans l'aprèm.

* * *

Carlos ne répondait plus à sa porte, ni au téléphone, ni aux pensées que je lui envoyais en permanence.

Je rentrais à ma grange pour le midi, une boîte de saucisses lentilles que j'agrémentais de moutarde. Ce déjeuner solitaire, je le passais morose.

Seul le chien des proprios m'arrachait un sourire en repartant.

L'après-midi et ce retour à la maison-coquelicots acheva mes dernières énergies.

Perez reprit la routine

"Déposition de John Després"

Després cherchait en permanence, sourcil à l'appui, à être beau.

Il avait commencé sa carrière en jouant au beau, il avait été marrant.

Maintenant il ne jouait plus, il était puant.

Malibard, en loup dominant, ne l'aimait pas non plus.

"Monsieur Després, né en 1972, vous avez grandi dans la région, avant de monter à la capitale. Vous êtes maintenant en résidence au centre culturel de Fluette, c'est exact ?"

"Exact ! 49 ans d'humour !" Il était fier de lui. Pourquoi pas.

Le Maire de Fluette avait fait rénover quelques années plus tôt une ancienne usine de briques, pour la transformer en résidence d'artistes, lieu de création, de concerts et de célébrités.

La FF, la Fluette Factory.

Clara Bellecourt, influenceuse de renom, et John Després, entre autres, y logeaient pour se concentrer sur leurs créations.

Ça n'était pas bien productif quand on les écoutait. Ils sentaient la coke.

"Pour ma part, je n'aime pas Andy Warhol", me souffla Pottier en référence à la Factory new-yorkaise des années 60. C'était un avis comme un autre.

Rien ne faisait avancer l'enquête et ça me rendait folle.

On expliqua à John Desprès la raison de sa présence, la mort de Carmen, leur altercation, sa plainte retirée.

Il était à l'aise et pour cause, il avait un alibi en béton : 7 juin au soir, Représentation privée devant des producteurs et nuit mondaine jusqu'à midi le lundi 8 juin, avec des gens puissants de la Ville en garants.

"C'est vrai Messieurs, moi et Carmen Est° avons eu un différend. Mais tout s'est réglé amicalement. On est tous les deux des enfants de la région, on a le sang chaud c'est tout ! Elle m'a même proposé de venir ici, enterrer la hache de guerre et prendre un café."

Ce furent bien ses empreintes et son ADN sur la tasse de l'inconnu. Mais ça ne changeait rien.

"Vous souvenez-vous de la date de cette invitation ?"

"Laissez-moi réfléchir, son coup de folie a eu lieu le 28 mai il me semble. Vous connaissez les femmes…" Malibard ne put qu'acquiescer malgré son antipathie pour Desprès.

"Eh bien c'était deux jours plus tard, le 30 mai donc !"

Il s'en alla quelques minutes plus tard.

Le brouillard restait collant autour de nous.

* * *

Sur la route vers le centre-ville, Elvire jouait machinalement avec un prospectus pris sur le frigo de Carmen.
"Pourquoi vous avez pris ça ?"
"On a toujours besoin de connaître une bonne crêperie Duke, vous devriez le savoir.
Le 'Kouign amann', j'irai y faire un saut un jour de pluie."

"Carmen ne faisait pas la vaisselle très souvent..."
Pottier songeait à des phrases stériles à la chaîne, sur la route du retour vers le vieux Fluette. Je conduisais avec des pensées en plomb.

"Nous allons appeler cette Leïla Didi nous-même, puisqu'il le faut", conclut-elle.
Quelques instants plus tôt, après avoir demandé l'autorisation à Malibard, Pottier avait interrogé Deprès.
"Connaissez-vous Mlle Didi ?"
"Et très bien ! C'est mon ex." Desprès dans son rôle.
"Nous voyons son nom apparaître dans les relevés téléphoniques de Carmen, pouvez-vous nous l'expliquer ?"
"C'est Carmen qui avait voulu la contacter, les femmes décidément ! Je lui ai donné son numéro ce 30 mai."

Leïla était en tournage depuis un mois à Los Argelès, elle n'en avait pas bougé.
Face à un alibi si costaud, Malibard avait rangé la piste sur-le-champ. Pottier voulait se différencier, je me disais.

À peine arrivées à l'agence, elle décrocha le téléphone et composa le numéro.
"Allô Mlle Didi.
Je me présente, Elvire Pottier, la célèbre détective."
L'autre se taisait, visiblement sceptique.
"Je vous appelle concernant une personne que vous connaissez, Carmen Est°."

“Oui bien sûr, qu’est-ce que vous lui voulez ?” Leïla ne s’attendait pas à ça, comme Mark avant elle, elle allait perdre une amie.

“Asseyez-vous Mlle Didi, l’annonce que je m’apprête à vous faire est difficile.

Carmen Est° est morte le 8 juin au matin. Nous sommes le 11 juin et nous essayons d’y voir plus clair.”

Le silence fut long, s’étirant jusqu’à quasiment rompre.

“Que voulez-vous savoir ?” Leïla devait être une bonne amie. Elle en avait la voix.

“Quel était le sujet de vos appels ?” Pottier annonçait la couleur.

“Une œuvre sur laquelle elle voulait travailler. Vous savez, sa future exposition.”

“Pouvez-vous nous en parler.” Pottier se faisait cordiale, complètement à l’écoute.

“Elle voulait faire vingt-cinq œuvres anonymes, des portraits de femmes. Vingt-cinq rencontres de hasard.

Elle avait eu une embrouille avec ce grand con de John, mon ex, vous l’avez interrogé ?”

“Oui mademoiselle. Il a un alibi en béton…”

“Ah ça pour être lourd, il s’y connaît.

Bref, elle voulait en avoir le cœur net des jours après l’embrouille, alors elle l’a invité chez elle. Et c’est lui qui lui a parlé de moi. Vous connaissez les hommes… Des coqs !

Enfin voilà, elle m’a appelée, elle voulait me connaître. Quel honneur !

J’ai adoré son concept : une toile et un texte par portrait, ‘pour changer de langage’. Et j’ai adoré y participer.

On a discuté une après-midi en visio, le 2 juin je crois, et elle s’est mise à l’œuvre me concernant

La Ville désertée

Je n’en sais pas plus.

C’était une surprise que je devais découvrir au vernissage…

C'est horrible ce que vous me dites..."

Ça y est, elle se prenait la vague entière, comme nous trois jours plus tôt.

"Merci beaucoup mademoiselle. Je vous tiendrai personnellement informée des suites." Et Pottier raccrocha.

On en savait maintenant plus sur la fameuse collection inachevée de Carmen Est°.

Vingt-cinq portraits anonymes, poèmes graphiques.

Pour le reste, c'était encore un coup d'épée dans l'eau.

Un coup de pinceau gris à notre tableau gris.

Celles qui se prêtent enfin au jeu

Quelques jours passent, plus rien ne bouge. Seuls les insectes et les commerçants continuent leurs activités.

"Ma mère ne s'est pas suicidée Alex. Je te l'jure.

J'comprends rien..."

Carlos continue sa chute dans le vide. Je suis angoissée à chaque instant, ne sachant que faire pour l'aider.

Une après-midi, décidée, je lançais à Elvire :

"Que faisons-nous pour le meurtre de Carmen ?" J'insistais sur le mot *meurtre*, je pesais de tout mon poids – minuscule – sur cette théorie.

La police allait-elle conclure à un suicide ? Peut-être, mais Nous, nous valions mieux que ça. Je jouais sur la corde de l'orgueil.

"Alors vous ne croyez pas au suicide, jeune Alex ? s'amusait Elvire en sirotant sa grenadine fraîche, Moi non plus, rassurez-vous. Alors qu'allons-nous faire maintenant ?"

Elle prenait une voix de professeur, tout ce que je voulais éviter.

"Je n'en sais rien justement, c'est bien pour ça que je vous demande", fus-je obligée d'avouer sèchement.

"Ah la jeunesse !

Bon voilà ce que vous allez faire pour nous aider : un plan !

Dessinez-nous le plan de Fluette, accrochez-le sur ce tableau en liège et le décor de nos débuts sera posé."

"À quoi bon ?! Le nouveau Fluette, le vieux Fluette, l'étang, la maison-coquelicots, et voilà", je m'agaçais, Elvire voulait me semer ou quoi ?

"Allez ne faites pas l'enfant.

Quand on ne sait rien, il faut se détendre et comprendre qu'on sait quand même des choses !"

Elle s'amusait de mon agacement, de ma mine de déterrée.

Voici ce que je punaisais au liège de notre bureau 1 h plus tard.

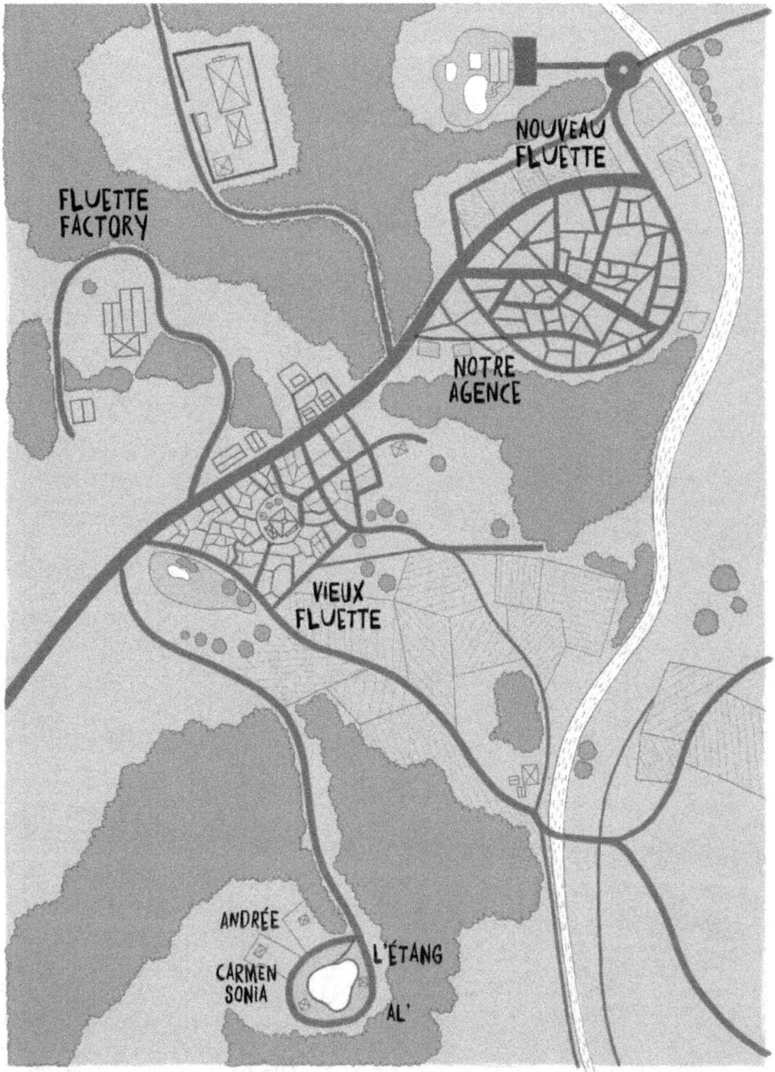

J'y ajoutais le plan de la maison et l'atelier de Carmen, celui que j'avais fait aux policiers.

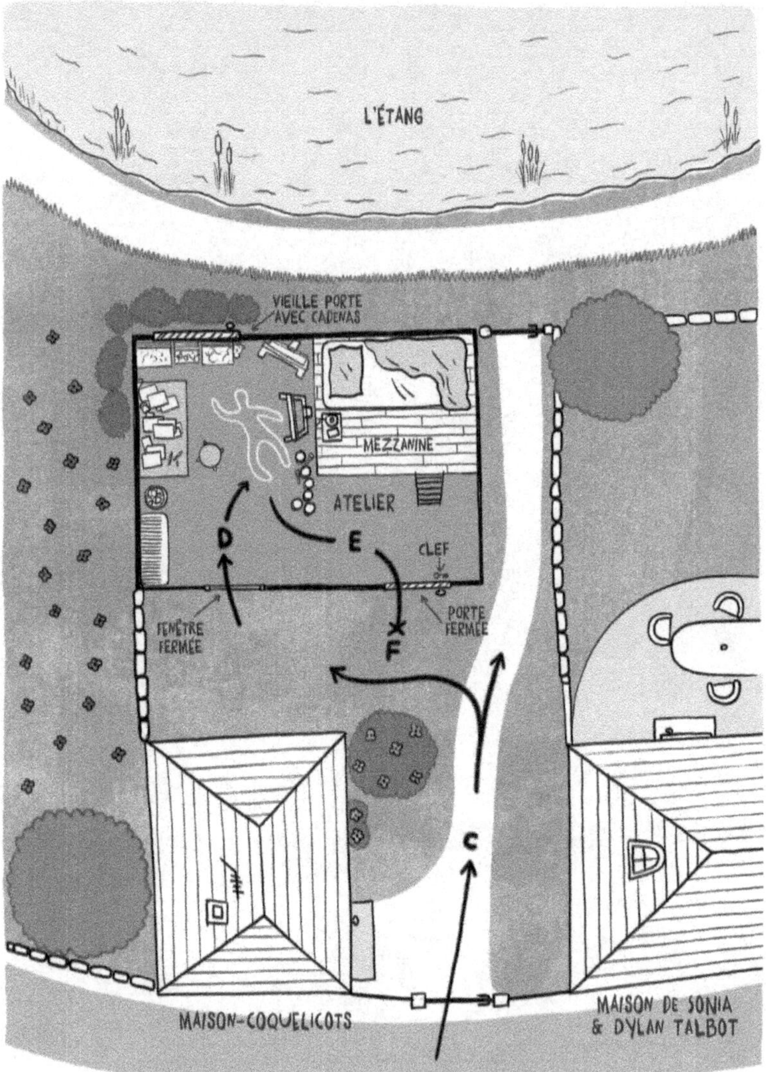

"Magnifique Duke, vous avez un sacré coup de crayon, comme la plupart des flemmards d'ailleurs !

Maintenant, tracez un trait sur cette feuille blanche.
Vous allez écrire la chronologie, grande et petite, des événements.
Comment les protagonistes sont-ils arrivés jusqu'à l'Heure Zéro ?
À défaut d'être utile, ça passera le temps.
Accrochons-nous aux branches !"

Je m'appliquais.

"Je commence au retour de Carmen à Fluette.

15 mai : elle revient s'installer à la maison-coquelicots de son enfance, pour travailler sur sa nouvelle collection de vingt-cinq œuvres-portraits. Elle est accompagnée de son assistant Mark.

Du 18 au 21 mai : Carmen flirte avec Clara Bellecourt. Elle en tire l'œuvre 2 *doigts dans la chatte,* 2 *doigts dans la prise,* et coupe court à la relation.

28 mai : altercation avec John Desprès, qui ne maintient finalement pas sa plainte.

30 mai : elle invite Desprès. Façon d'approfondir la sensation initiale, d'en tirer quelque chose. Il lui parle de son ex Leïla Didi.

2 juin : Carmen appelle Leïla Didi qui est depuis quelques semaines à Los Argelès. Elle en tire l'œuvre *Ville désertée.*

On arrive maintenant au jour du drame. Zoomons."

Je me prenais au jeu et relevais mes manches. Pottier m'écoutait attentivement

"8 juin – 5 h 30 : une grande Rousse mystérieuse passe devant chez Mme Vasseur, en direction des maisons de l'étang. Pour quoi faire ? Pour voir qui ?

8 h 30 : la Rousse passe dans l'autre sens, sans signe de nervosité ni de lutte.

8 h 40 : Mark reçoit un message de Carmen qui lui signale qu'elle a travaillé jusqu'au matin et qu'elle part se coucher. Elle décale l'arrivée de Mark de 10 h 30 à 16 h.

9 h 30 : heure estimée de la mort de Carmen Estravalda.

À cette heure, Desprès est encore en after avec ses amis de la Ville d'après plusieurs témoins.

10 h 45 : Carlos me rejoint en terrasse.

11 h : le Maire arrive chez la voisine de Carmen, Sonia Talbot et son fils Dylan. Il ne croise personne, ni sur la route ni dans le quartier. Talbot non plus n'a vu personne dans le coin.

11 h 12 : je reçois l'appel mystérieux qui me convoque à la maison-coquelicots.

11 h 30 : Carlos et moi arrivons sur place et découvrons le drame en chambre close. La voisine et le Maire nous rejoignent et nous aident à entrer dans l'atelier."

J'avais un peu le tournis. Les choses s'éclaircissaient mais je ne voyais toujours rien derrière.

"Très bien, Duke. Sentez-vous comme nous avançons ?"

"Bof…"

"Eh eh, allez, ne traînez pas les pieds en permanence !

Parlez-moi des personnes qui sont apparues au cours de l'enquête préliminaire. Je veux avoir votre avis sur toutes choses."

Elle se prélassait dans le fauteuil, enthousiaste et maternaliste.

Ce peu d'actions me faisait du bien, enfin mon sang circulait à nouveau dans mes veines.

"Commencez par Carmen Estravalda je vous prie mon p'tit", indiqua-t-elle en se resservant un cocktail bien frais. "Et je ne veux pas des faits, je veux Votre ressenti."

"Carmen Estravalda. Une artiste de renom, pas du genre arrogante, plutôt barrée et volontaire, comme j'ai pu la rencontrer. La mère de mon pote Carlos, mais pas à l'aise en mère, ni lui en fils. Je crois qu'ils s'aimaient quand même beaucoup ces deux-là…"

Je prenais le temps d'analyser ce que je venais de dire. Mon pote orphelin.

"Mark, son assistant. Gay brillant dans le ciel de Flash City. Efficace. Attaché à sa patronne.

Étonnant hasard, il n'est pas là ce lundi 8 juin à 10 h 30. Il aurait découvert Carmen. Il me semble sincère et son alibi est solide à l'institut de beauté. Il perd beaucoup avec la disparition de Carmen Est° et ne semble rien y gagner. J'aurais tendance à le croire innocent."

"Belle tendance", ironisa-t-elle en aspirant élégamment à sa paille.

Je restais concentrée et reprenais le fil de ma pensée.

"Dolores Estravalda. Une femme solide qui en a vu passer des drames sourds, des fractures. Elle aime sa sœur. 'Une souris des villes et une souris des champs'.

Dolores n'a que faire de la maison-coquelicots, elle a sa caravane.

Elle n'a sûrement pas pu pardonner à ses parents.

La blessure d'être bloquée ici, chaque jour d'adolescence seule avec eux, a dû être pénible, harassante. N'est-ce pas ?"

"Eh bien, vous avez le goût du lyrisme qui me manque, Alex Duke ! Je vous rejoins en tout point !" Elle montrait enfin un bout de compliment, je m'enhardissais.

"Les voisins me semblent parfaitement inutiles.

Al Troissoux est trop mou pour un meurtre, à mon goût, c'est juste un ermite.

Sonia est une mère, une maraîchère, une bonne nana. Son Dylan est un adolescent, pas original et pas méchant avec son BTS. Le Maire tombe là par hasard, un type serviable. Il reste fidèle à lui-même, sportif et VRP.

Andrée Vasseur a un témoignage primordial, la Rousse, le début de notre piste. Andrée veut être fiable, ça lui tient à cœur.

Mais ces cinq-là n'ont rien du meurtrier invisible. Ils sont juste là et n'ont rien de mieux à dire."

Je reprenais ma respiration en attendant son commentaire mais elle ne disait rien et me regardait maintenant absorbée. Par moi ? J'en étais pas sûre du tout.

"Pour Jean-Pierre Bismuck, cette grande gigue de comptable sérieux, et pour Clara Bellecourt, la sulfureuse jeune première, idem, pas grand-chose à en tirer, ni à en craindre à mon humble avis."

"Vous parlez comme un merle ! Vous devriez chanter, Duke ! On vous l'a déjà dit ?

Vous rendriez intéressant un mauvais poème !"

Est-ce qu'elle se foutait de moi ?

"Pour John Desprès c'est différent. Tout me porte à le vouloir coupable.

D'abord, il m'est antipathique au possible, arrogant à l'encolure et un mal vieilli de 49 ans. Ensuite, il a ce qui ressemble à mes yeux à un bon mobile. 'La vengeance du gars blessé' est toujours un nuage noir, mais a-t-il plu pour autant ?"

"Continuez !" Elvire m'encourageait et je pensais définitivement la conquérir.

"Seulement voilà, il me semble vachement trop 'bien heureux' pour tourner colère autour de ça. Il sniffe, il encaisse les chèques, il baise, parfois mal j'imagine. Et alors ? Là il va tourner en boucle cette histoire de pic à escargots que personne ne connaît ? Et se venger en devenant l'agent qui traverse les murs ? Dur dur à imaginer.

D'autant plus qu'il a un gros alibi, cette fête nocturne avec de gros bonnets.

On peut toujours croire qu'il ait pu s'absenter au pic de la défonce du matin, mais quand même…"

"Et puis il y a cette Rousse-fantôme, sexy et brûlante.

C'est très sûrement Carmen qu'elle est venue voir. Le texto de Carmen à Mark à 8 h 40, dix minutes après le départ de la Rousse devant chez Vasseur, le suggère."

Je plongeais à nouveau en réflexion, prise dans un tourbillon lent.

Pottier me fit sortir de l'eau.
"Vous n'oubliez pas quelqu'un ?"

C'était vrai.
"Oui.
Il y a Carlos, son fiston de 34 ans, Carlito. C'est un bon gars. C'est mon pote. Il lit beaucoup. Il est enjoué à sa façon, il se déplace très peu.
Enfin maintenant, il va mal.
L'amour qu'il vivait si maladroitement pour sa mère, maintenant cet amour le noie."
Je pleurai soudain.

Elvire Pottier se leva posément.
Elle s'approcha de moi avec une allure d'une grande intelligence et posa sur mon épaule une main forte et aimante.

Puis elle alla vers la carte dessinée par mes soins.
"Nous avons fait le tour de ce que nous savons. Ce n'est pas rien n'est-ce pas ?"

C'était pas rien, mais ce n'est pas parce qu'il y a moins de brouillard dans une impasse que ça n'en reste pas une impasse…

Elle continua en professeur.
"Bien sûr, peut-être s'est-elle vraiment suicidée, peut-être que personne ne savait ce à quoi pensait Carmen, enfin seule le soir… Peut-être…
Mais puisque nous ne sommes pas satisfaites de cette théorie – c'est vrai après tout, la pièce du puzzle rentre très mal dans l'angle manquant de cette affaire – nous devons continuer à réfléchir."

Elle me regardait pour s'assurer de mon éveil et prit une grande inspiration.

"Je vais m'essayer à votre style Alex, un peu d'allure ne nous fera pas de mal :

Une rousse si belle que personne ne l'a jamais vue, ni avant ni après

Une pièce jamais fermée à clef soudain close à double tour de l'intérieur

Une femme sans ennemis soudain prise dans un piège mortel, personnel

Une main impotente qui soudain tire une balle

Une artiste solide, passionnée soudain suicidée…

Nous ne pouvons croire que Carmen dans cette affaire

Il va falloir l'écouter attentivement, et il va falloir la croire

N'oubliez jamais ça Duke, c'est la victime le centre de chaque affaire de meurtre.

Pour une raison simple : ses mensonges et ses vérités ne bougent plus et forgent la pièce centrale.

Ne vous trompez pas, je ne parle pas de responsabilité ici, juste du prisme de l'enquête, de la mort d'une personne qui vivait et qu'il faut comprendre."

On laissa encore nos pensées creuser.

"L'Affaire est ainsi.

Nous ne sommes pas officiellement mandatées Duke. Nous devons rester neutres et ne pas nous en mêler plus que ça."

Elle partit dans ses appartements pour faire une sieste, une de plus.

Je tournais en boucle devant la carte comme devant un sac de nœuds barbelés.

"On avance mon Carlos, on va le trouver ce salaud, je te l'promets."

Celui qui disparaît dans la rivière

Une après-midi, pour essayer de se changer les idées, de se laver, j'emmenais Carlos à la rivière, la belle Bignolle. Fraîche et rapide.

Un accord tacite, entrer vite dans l'eau, ne pas faire de chichi
À la violence de la nature, s'y soumettre, on était défoncés aussi.

Carlos s'y plongeait le corps entier, la tête de longues secondes sous l'eau.

Il lâchait prise, ne plus cacher ses larmes, dans les clapotis puissants de la Bignolle.

Allongé à la surface il flottait face au soleil, brûlé et glacial
Emporté par les flots, il rêvait de l'évaporation de ses muscles, de ses os
De son crâne.

* * *

Le 16 juin, début d'après-midi calme à l'agence quand nous reçûmes un coup de téléphone de Malibard, que Pottier mit sur haut-parleur.

"Mesdames, je vous prie de venir fissa à la maison-coquelicots !
Une bonne partie de la résolution va avoir lieu."

On enfila une veste et on partit dans la foulée.
C'était louche. Très louche même.

On longe pour la énième fois la forêt, la maison d'Andrée Vasseur, l'étang en contrebas et le champ aux fleurs, mais ça n'est pas pareil.

C'est bizarre et Elvire est agitée.

“Pourvu que la vieille porte condamnée ne s’ouvre pas vers l’extérieur.”

“La Brèche est là… Arf…”

“Quelle négligence de ma part.”

Elle est dans ses pensées, impossible d’en sortir, les yeux en laser.

Quand nous arrivons, nous sommes immédiatement accueillies par le commissaire Malibard. Il y a du monde en plus, le juge d’instruction, et des gratte-papiers menaçants discutent dans le jardin, dans le salon, dans l’atelier, partout ils discutent.

“Bonjour ! Comment allez-vous depuis la dernière fois ?”

On devait avoir l’air méfiantes.

“Bon c’est du sérieux aujourd’hui.

Je ne peux pas encore vous en dire plus. Mais venez avec moi.”

On le suit par l’allée, on entre dans la maisonnette toujours aussi simple dans son mobilier.

Malibard s’arrête, secret, devant un grand tableau de campagne. Une croûte avec un cadre énorme.

Il le décale comme un agent secret et nous voyons apparaître un coffre-fort. *Qu’est-ce que c’est que ce bordel ?* je me dis.

“On a reçu un appel d’une compagnie de sécurité. Un de leurs coffres-forts avait été victime d’une tentative d’effraction chez Mme Estravalda. Trois codes erronés le 13 juin.”

Malibard savourait de nous scotcher sur place.

“Qu’en dites-vous Pottier ?

Et si je vous dis que ce jour-là, Carlos et sa tante ont nettoyé l’atelier et rangé des affaires toute la journée ?

Je vous laisse, je dois parler au juge.”

On nous laisse dans un coin du jardin, comme si nous étions transparentes, plus d'une heure passe.

Elvire regarde partout, comme un chat qui attend qu'on fasse tomber un bout de poulet rôti.

Elle m'inquiète.

Soudain un appel interrompt les affaires de tout le monde. Malibard raccroche et annonce

"Ils ont trouvé ! Ils sont là dans quinze minutes."

C'est quoi ce cirque, pourquoi je panique ? Pourquoi un rat sent un tsunami ?

Quinze minutes plus tard, une voiture de flics se gara devant, et Carlos en sortit, escorté par Perez.

Escorté jusqu'à la chaise, dans le salon, cette maudite chaise.

J'étais dingue. Elvire me prit le bras pour m'ordonner de la fermer, je brûlais.

"Qu'est-ce que Carlos fout là Elvire ? expliquez-moi."

"Chuuut…"

Perez à la machine à écrire, Malibard debout autour de la table et le juge en retrait.

"Interrogatoire de Carlos Estravalda"

"Carlos, j'imagine que c'est dur, depuis le 8 juin. Tu tiens le coup ?"

Malibard rejouait la complicité et j'avais envie de lui sauter dessus *Putain de daron, tu crois pouvoir niquer mon pote.*

"C'est pas ton problème", lui balança Carlos.

"Tu veux partir sur ces bases-là ? Très bien.

On va parler en adultes alors. Crois-tu que ta mère se soit suicidée ?"

"Impossible."

C'était clair pour Carlos et il ne tergiversait pas avec ça.

"On est bien d'accord Carlos. Mais alors par où est sorti le tueur ?"

Carlos haussa les épaules. On n'en savait rien et c'était ça notre folie.

"Eh bien je vais te le dire, par la vieille porte condamnée par les ronces et fermée avec le vieux cadenas, tu sais, la vieille porte du fond de l'atelier."

Carlos ne semblait pas réagir.

"Devine chez qui on a trouvé une vieille clef qui va aller avec le cadenas ?

Chez toi !"

La mise en scène était nulle à chier et mon pote n'eut pas la réaction escomptée par Malibard

"Tant mieux pour vous.

Moi j'ai pas utilisé cette clef depuis quinze ans. C'est quand j'étais ado. Je l'avais zappée.

Pfff… avec les ronces et tout derrière la porte, ça a pas de sens votre truc…

Parlez à ma tante, elle vous dira." Et il croisa les bras.

Non vraiment, il n'aimait pas les avancées de l'enquête.

"Ta tante justement. Elle sera surprise d'apprendre que tu as voulu ouvrir le coffre-fort pendant que vous nettoyiez l'atelier. Appelons-la, ta tante !"

"Quel coffre-fort ? Je connais pas de coffre-fort. Vous faites une enquête de caniveau ou quoi ? Putain de cauchemar", et il se prit la tête entre les mains, toujours à la recherche de la vérité, de quelque chose à comprendre.

"Faites votre numéro à Pôle Emploi si vous voulez, mais pas ici Carlos !"

Malibard tapait du poing sur la table.

"Suivez-nous." Carlos fut emmené par deux types de mauvais caractère qui le chahutèrent.

Je mordais ma lèvre, mon cœur à 1 000 impacts minute.

On longea l'atelier pour arriver derrière, au bord de l'étang. Le ciel était gris comme dans un film français. Il faisait humide. Ça grouillait dans les herbes et les ronces.

Je subissais, Elvire était à une quinzaine de mètres de moi et ne nous aidait pas.

Tout ce petit groupe s'arrêta devant les hautes ronces qui cachaient la vieille porte et son cadenas centenaire.

"Perez, montrez-nous." Perez eut l'air surpris et compris très vite qu'il était niqué.

"Ici se trouve la seule issue qui a pu être ouverte, et en voici la clef. Alors le tueur est forcément sorti par ici.

Perez allez-y, faufilez-vous jusqu'au cadenas pour la déverrouiller !" Malibard balançait son coup d'éclat en se tournant vers le juge, puis vers Carlos.

Perez s'exécuta à contrecœur, il prit la clef dans sa poche et il entama son expédition épineuse. Seuls trois mètres nous séparaient de la porte, mais c'étaient des griffes de ronces acérées qui les gardaient ces trois mètres. Des milliers de ronces vieilles et surpuissantes. Perez faisait peine à voir, écrasé par la hiérarchie, son veston accroché de toute part.

"Ça va mon p'tit Perez ? Vous vous en sortez comme un chef !

Prenez plus à droite, oui voilà à droite ! Avancez Perez !"

Il prenait un temps fou pour faire les deux premiers mètres et le troisième avait l'air pire. Il commençait à gueuler et on craignait qu'il craque au milieu des lames.

Il avançait maintenant comme un furieux, un kamikaze claustrophobe.

Il finit, quinze minutes après son départ, par atteindre le cadenas. Il enfonça la clef avec grande peine, la rouille, la mousse, les épines encore, tout le gênait.

Il arriva enfin à ouvrir le cadenas et "libérer la porte". Avec les ronces tout restait relatif.

Malibard, qui ne lâchait pas le juge, reprit :

"Très bien Perez, revenez maintenant !"

Et ce fut la même galère au retour.

Si bien qu'une grosse demi-heure après notre arrivée devant la porte, Perez était revenu devant nous, tremblant et le regard noir.

"Retournons dans l'atelier", ordonna Malibard.

Et tout le groupe suivit.

Une fois à l'atelier, serrés au milieu des chevalets et des pots de peinture, Malibard continuait sa partition.

"Nous voici de l'autre côté de la vieille porte. Elle s'ouvre vers l'extérieur, ce qui explique l'absence de traces de déplacements des cartons et du foutoir devant.

Perez, ouvrez-la je vous prie."

Pour l'ouvrir il fallait se contorsionner par-dessus les piles de livres, entre les chevalets. Et puis pousser très fort. Perez y alla pour finir avec le pied, tellement les ronces de l'autre côté faisaient pression. Il obtint au mieux une ouverture où un homme pouvait se faufiler.

Un homme agile et fou.

“Allez-y Perez, sortez par là et refermez de l’autre côté le cadenas, à la façon de notre tueur.

Puis ressortez des ronces comme vous venez de le faire.”

Il souriait au juge d’instruction, ça y est, il le tenait son succès.

Perez s’indigna.

“Retourner dans les ronces ?? Plutôt crever !! J’ai ma dose !”

“Très bien Perez, je comprends. Mais je pense que notre démonstration est complète !”

Il se frottait les mains et fit d’un regard de chef le tour de tout le monde.

Puis revint sur Carlos.

“Et vous Carlos, êtes-vous satisfait ?”

“Bof, c’est vraiment limite votre truc…”

“Carlos, retournons au salon, je vous prie.”

Ça ne sentait pas bon du tout.

On aurait dit que Carlos ne comprenait pas, et que je ne comprenais pas non plus.

Une fois sur la chaise, la tambouille reprit.

“Vous êtes en garde à vue à compter de ce 16 juin à 16 h 28.

Voulez-vous un avocat ?”

“Vous délirez Malibard ! Vous en faites un beau d’Salaud !

Vous pouvez vous l’mettre au cul votre avocat !”

“Je vais vous dire, moi ce qui s’est passé, puisque vous êtes un bon à rien.

Vous n’aimez pas vraiment votre mère, vous la jalousez n’est-ce pas ?

Elle a le succès, l’argent, les femmes. Et vous? Vous n’avez rien !”

“Ferme-la tu sais rien toi.” Carlos se débattait avec violence dans les griffes du chat.

“Et voilà qu’elle revient dans TON espace.” Malibard jubilait dans son délire.

"Elle baise même la p'tite Clara, ça a dû te faire quelque chose." Il parlait pour lui.

"Alors tu te dis que sans elle, et avec son argent, tu vivras bien mieux !"

"Putainnn…" Carlos gémissait.

"Tu n'as pas d'alibi, tu as un mobile et tu as la vieille clef."

"Avec les ronces là ? C'est n'importe quoi et vous le savez !

Collabo de chiotte va."

"Je ne retiens pas l'outrage à agent monsieur Estravalda, votre cas est déjà assez désespéré comme ça."

"Retiens ta gueule enfoiré."

Carlos fut menotté et ça lui fit l'effet d'un coup de poing terrible.

C'est son squelette qui entra dans la voiture pour aller au poste.

Je n'avais plus de vie en moi, je me trouvais naze. Tu parles d'une amie...

À la Une du *Petit Bignollais,* le lendemain, ça continuait le calvaire.

Le fils de l'artiste Carmen Est° arrêté pour le meurtre de sa mère

PARTIE 2

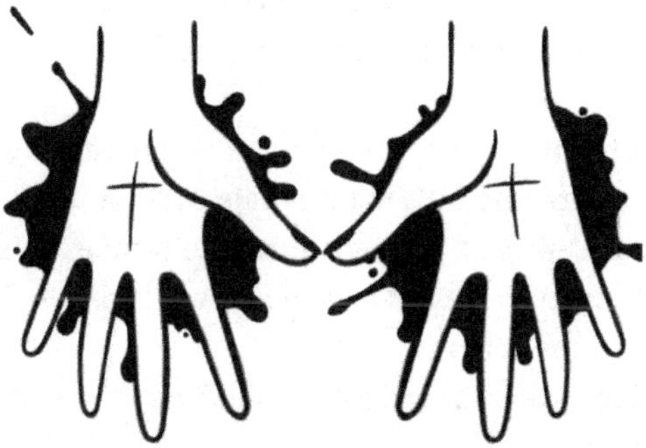

"Chaque assassin est probablement le vieil ami de quelqu'un."
La mystérieuse affaire de Styles - Agatha Christie
- lu passionnément, sous la couette avant de m'endormir.

Celle qui la supplie de rentrer dans le *game*

Ce 16 juin avait marqué l'arrêt de notre "collaboration" avec la police. Et l'arrêt de nos actions.

"Nous ne sommes mandatées par personne Duke, il faut nous arrêter", me ressassait Pottier en reprenant son train-train.

Les quelques jours qui passèrent me pesèrent de toute mon impuissance, j'allais même faire un footing pour évacuer, pour tenter quelque chose. Mais rien ne me venait. Et j'avais mal au genou.

Carlos ne se battait pas, seuls des mots vides sortaient de sa bouche quand j'allais le voir au parloir. Une instruction judiciaire avait été ouverte.

Il fallait qu'on soit mandatées, à tout prix.

Et Dolores Estravalda était notre seule porte d'entrée.

Je le suggérais à Pottier.

"Duke, je vous entends, et trouve remarquable cette idée.

Mais comprenez bien, êtes-vous complètement sûre, pour Carlos, pour Carmen, de vouloir aller au bout de la vérité ?"

"Évidemment Elvire ! Pour qui me prenez-vous ?" je défendais bec et ongles.

"Je vais être plus claire, êtes-vous sûre que Carlos est Innocent ?" elle me fixait, interrompant son petit déjeuner. J'étais décontenancée par la question, et pris un temps pour m'en remettre. Je lui marquais toute ma confiance en Carlos avec des yeux de fer.

"Complètement sûre.

Connaître la personne, c'est vous qui me l'avez rabâché. Eh bien je connais Carlos.

Enfin quoi, vous l'avez vu vous aussi, ce type désabusé et attachant. Et vous étiez là le jour de cette abjecte démonstration de Perez dans les ronces, avec ce cadenas couvert de mousse, et la porte poussiéreuse, sans aucune trace de passage, là où Perez a lui dû pousser avec le pied, empreintes immanquables."

Je soufflais pour reprendre de la force avant la suite de ma plaidoirie du tout pour le tout.

Pottier m'écoutait avec sérieux, d'égal à égal.

J'appréciais et ne lâchait rien

"Je Sais que ce n'est pas un suicide.

Je Sais que personne n'est sorti par cette vieille porte dérobée, intacte et infranchissable.

Voilà des convictions logiques.

Auxquelles s'ajoute ma connaissance de Carlos et de sa mère.

J'en suis absolument sûre Elvire. Prenons l'Affaire.

Oui, à nous de jouer !"

Et aussitôt je pris une feuille blanche sur laquelle j'écrivais avec un gros feutre noir :

L'Assourdissante Affaire Estravalda

Et lui tendis.

Elle la punaisa au-dessus de ma carte de Fluette et ça avait de la gueule.

"Vous me plaisez Duke !

Faisons les choses dans l'ordre, allons informer Malibard de notre démarche auprès de Dolores Estravalda."

Et nous prîmes la route en collègues.

"Bonjour Malibard.

Nous venons pour obtenir votre permission, vous prévenir,

nous allons contacter la tante Estravalda et lui proposer nos services."

Il pouffa, mais Pottier avait habilement tourné la chose.

"Alors Pottier ? Vous êtes déçue de ne pas avoir trouvé la solution !

Battue par la police ! Ne prenez pas la mouche, nous avons des moyens largement supérieurs aux vôtres, et parler avec vous nous a beaucoup aidés !"

Un peu chambreur, un peu fair-play, on ne s'attendait pas à moins.

Pottier était impeccable dans ces situations.

"Il est vrai Commissaire Malibard, et ce fut un plaisir partagé. Je ne remets d'ailleurs pas en cause votre enquête.

Simplement la Dolores ne comprend pas, elle n'arrive pas à accepter.

Les femmes seules de cet âge peuvent être fragiles nerveusement vous savez…" Elle mentait et manœuvrait Malibard facilement.

"C'est pourquoi nous pensions la rassurer et l'aider à passer à autre chose.

En lui détaillant les événements ayant précédé la mort de Carmen.

Et en lui expliquant les conclusions."

"Oui je vois…", admit Malibard, complètement tombé dans le panneau. "Si vous avez du temps à perdre...", conclut-il sur ce point.

“Tant que vous êtes là, voulez-vous voir le contenu du coffre-fort ?” proposa-t-il.

Perez nous amena à un carton rempli de papiers. Des revues d’art, les débuts de Carmen Est°, le bracelet de naissance de Carlos, des photos de soirées dingues, de nus, de Carlito enfant, et une pochette.

Pottier l’ouvrit avec délicatesse.

On y trouva des coupures de journaux de 1987.

Toutes concernant une affaire de double meurtre ayant eu lieu dans le coin.

On fut très intriguées.

Celles qui écoutent une sordide histoire

“Connaissez-vous cette affaire ?” demanda Pottier à Perez en montrant le vieux journal.

“Oui m’dame. Un vrai truc en enfer ces mois-là, je débutais ici.”

“Pouvez-vous nous raconter ?”

Il était fier que la grande Pottier fasse cas de son avis.

Il se remonta les manches.

“En juillet 1987, deux sœurs sont portées disparues.

Les sœurs Bonnival, Nadège la cadette, 16 ans, et Florence l’aînée, 20 ans.

La dernière fois qu’on les a vues, c’est en sortie de discothèque, L’Excalibur, à la limite du nouveau Fluette. Ça a fermé depuis.

On les cherche partout pendant six jours, c’est horrible, avec les parents, les voisins, la presse, les battues, les suspicions, les ragots et les silences.

Le septième jour, à Grimèges-sur-Bignolle, un bled voisin, nos espoirs disparaissent. On tombe sur les corps des deux sœurs, à l’orée des bois. Salement amochés. Dénudés et dépouillés. Rongés de vers et de mouches.

L'oncle Bonnival était pas loin quand on les a découvertes. J'entends encore son cri.

Moi et un de mes collègues, on a gerbé. C'était horrible j'vous dis.

C'était le début de la police scientifique en ce temps-là. Un double homicide atroce dans le Bignollais, ça, ils ont mis les moyens.

Les deux petites avaient été violées, puis étranglées. Elles s'étaient pris quelques bonnes mandales avant ça.

Et puis il y avait ces scarifications étranges dans leurs mains. Une croix gravée dans la paume au couteau, post-mortem vu les plaies... Un marquage d'assassins.

C'était très douloureux comme affaire. Chaque jour, on descendait à la mine.

La Scientifique a identifié deux spermes distincts
ça rajoutait encore à l'horreur.

On a cherché partout, on en a fait des planques autour des boîtes de nuit, des dépositions par centaines, des écoutes... Que dalle !

On a pataugé comme ça trois ans.

Et puis les nouvelles affaires s'entassaient et il fallait bien s'en occuper... Alors l'enquête est un peu tombée dans le coma pour ainsi dire..."

Il était triste et embêté Perez, ce courageux Perez.

"On n'a pas été aidé non plus. En 2002, y a eu un incendie là où étaient stockés les ADN des violeurs. On a tout perdu. Avec la banque d'ADN qu'y a maintenant en Europe, on aurait eu toutes nos chances.

Maintenant, c'est mort...

'Le sordide meurtre des sœurs Bonnival' restera un mystère, j'en suis bien désolé."

Il referma le carton avec émotion et partit sans moufter.

Celle qui appelle en premier

Nous étions convenues de repasser à l'agence vite fait, une halte aux toilettes, un coup de frais et nous devions filer chez Dolores.

J'étais sur le trône quand le téléphone sonna. Je n'entendis pas bien la discussion et ça raccrocha alors que je me lavais les mains.

"Vous n'allez pas le croire ma chère Alex ! C'était Dolores en personne ! Elle veut nous parler au plus vite !

J'aime quand la mayonnaise prend, comme tout le monde vous me direz !"

Nous roulions fougueusement vers la caravane de Dolores, avec pour seules indications quelques notes de Pottier.

'Continuer tout droit après le cordonnier, passer le vieux pigeonnier, sortir aux champs de choux, puis à gauche au cerisier de la fourche Sainte-Geneviève, et enfin au fond du champ, le long de la Bignolle.'

On allait faire au mieux.

On se gara à l'entrée du champ. Pottier n'avait pas la tenue adéquate, mais semblait s'en accommoder. Un vieux chien boiteux vint nous accueillir à travers les herbes.

À l'ombre d'un chêne biscornu, une caravane avait jeté l'ancre là, et n'avait même pas l'air de pouvoir en repartir. Il manquait une roue.

Dolores nous faisait un grand geste de la main en rappelant son toutou.

Nous nous sommes fait une bise sérieuse, comme de la famille. Puis nous avons pris place sur les chaises de camping sous la tonnelle. Il était temps de parler. Un chat dormait dans le hamac.

Dolores nous servit des canettes qu'elle était allée chercher à la rivière. Elle y avait construit une installation frigo de fortune, filet de bières dans l'eau fraîche de Bignolle.

"Pour commencer il faut que vous me croyiez : c'est Moi qui ai essayé d'ouvrir le coffre, moi et moi Seule. Carlos ne connaissait pas l'existence du coffre.

Vous vous demandez ce que je cherchais ? Je voulais trier le coffre avant que Carlos ne tombe dessus. C'est qu'il y avait quelques photos de soirées, quelques articles trash, qui ne valaient pas le coup d'être découverts par ce pauvre Carlos."

Elle avait bien raison.

"J'imagine que vous pensiez savoir le code, l'a-t-elle changé ?"

"On dirait bien. J'y rangeais quelques affaires à l'époque, voilà pourquoi je le connaissais. Mais j'ai tout repris quand elle est revenue bosser. Elle a dû changer le code après...

On ne gardait jamais de choses précieuses dans ce fichu coffre. On avait que des pacotilles, des souvenirs, de la paperasse."

Dolores marquait un lourd temps d'arrêt à chaque phrase. Pour recentrer ses forces, sa respiration.

"Je vois, Dolores...", Pottier prit un air solennel.

"Pouvez-vous nous éclairer sur la présence de coupures de journaux assez particulières, datant de 1987, dans le coffre ? Toutes parlent du 'Sordide meurtre des sœurs Bonnival'.

Avez-vous une idée de la raison pour laquelle votre sœur gardait ça ?”

Pottier marchait sur des œufs avec intelligence, sans tourner autour du pot.

Dolores chancela, ou était-ce une vue de mon esprit romanesque ?

Elle se prit une grande rasade de liche, ralluma sa tige, et reprit calmement.

“Pfff…, là j’en sais rien. Ça devait être de la documentation pour sa collection en cours, une inspiration, j’en sais rien moi.”

Encore un long silence, où nous respirions.

Appréciant la douceur de la nature, buvant chichement une petite gorgée pétillante, une petite latte d’un petit pète dans le vaste champ.

Dolores a mal et tient le coup.

“En tout cas, mon neveu est pas coupable ! Le gosse, vous allez le tuer avec vos histoires !”

“Madame, Madame, calmez-vous, nous sommes avec vous.

Nous venions justement pour vous proposer nos services. Continuer l’investigation discrètement, avec nos méthodes à nous.

Et nos Convictions aussi, n’est-ce pas Madame ?” Pottier relevait la tête de Dolores avec ses mots.

“Ça serait bien, oui…”, souffla la tata de Carlos.

Celle qui entre en scène

Elvire considéra après cette rencontre qu’elle aurait “toutes les latitudes pour tenter sa chance dans cette affaire”.

“Appliquons ma méthode, si vous le voulez bien.

Revoyons-nous dans deux jours, et surtout ne faites rien pour l’enquête.

Lisez, faites votre truc de ‘se la couler douce’, et je ferai la même chose de mon côté !”

Elle fit de longues randonnées solitaires avec le chien de mes proprios.

De mon côté, j’avançais mon *Arsène Lupin*, je chantonnais de ma voix grave des airs entêtants, *Sweet dreams are made of this*…, l’air cafardeuse le long des routes en plein cagnard. Je cogitais sec et ne regardais que dans ma tête.

Nous nous retrouvâmes au Bar de l’Église, le midi du troisième jour, le 21 juin.

“Alors oui, le La Fontaine est beaucoup plus classe, mais je pense qu’il est temps de revenir à nos origines, à ce robuste bar et sa faune, pas vrai Duke ?” Elle était enjouée.

J’espérais son petit numéro.

Et elle le fit sans plus attendre.

“Il nous faut suivre la Logique, ce puzzle rigoureux !

Ainsi, suivez-moi pour la suite.” Et elle déplia la serviette, qu’elle déposa méticuleusement sur ses genoux, attendant les œufs à la coque et le verre de chablis.

“Nous avons déjà listé les réponses que nous avions.

Il est maintenant temps de lister les questions !” Elle me fit un clin d’œil, signe qu’elle imitait mon style.

“Entre-temps votre ami a été arrêté, et sa situation n’est pas bonne, pris comme ça dans la gueule de ce berger allemand de Malibard. Nous voulons l’aider.

Mais nous ne devons pas penser comme ça. Nous devons suivre notre route sans forcer.

Est-ce bien d'accord ?" Elle se faisait sévère, voulant avoir mon adhésion.

"Oui c'est compris", confirmai-je.

"Alors reprenons ces étranges questions qui nous tourmentent :

Qui est cette Rousse ? Est-ce pour Elle que Mark a été congédié ? Est-ce pour Elle que '*Sa vérité*' a été écrite ? (Ou est-ce juste la note de suicide qu'on refuse de croire ?)

Qui vous a appelée et pourquoi ? Pourquoi vous ? Avec votre carte de visite aux quatre coins du Bignollais, facile... Et pourquoi ne pas rester ? Et pourquoi utiliser le téléphone de la maison ? Cet appel sort vraiment du cadre...

Et puis alors, qu'est-ce que c'est que cette mise en scène, ce suicide par arme à feu ? Étrange, avec cette main impotente… Avec ces clefs, ces portes, ces fenêtres. Hermétiques. Qui a exigé ce suicide machiavélique, ce Hitchcock-sur-Bignolle ?

Eh beh…"

Elle regardait au loin comme la pilote d'un TGV.

"J'ai le sentiment qu'une lutte de géants est en cours et que chacun d'eux y tire très lentement de puissantes ficelles. Et nous regardons ça avec des yeux de fourmis alors bien sûr nous ne voyons rien. Il va falloir prendre de la hauteur jeune Duke, ou nous perdrons votre ami."

Où les choses sont faites à la manière d'Elvire Pottier

Cet exposé de Pottier avait eu lieu le 21 juin. Il se passa encore quelques jours de battement, où rien ne se produisit.

Et puis nous sommes arrivés à l'aube de cette folle semaine, au bout de laquelle l'Affaire serait résolue. Je n'avais rien vu venir avant "ce mémorable lundi 4 juillet".

Mais revenons à la semaine qui le précéda.

* * *

Lundi 27 juin

Elvire "m'emmène en virée". Autrement dit, je roulais vers là où elle m'indiquait.

Nous arrivions dans des rues du nouveau Fluette que je ne connaissais pas. Beaucoup plus de tags, de béton. J'étais une fille de la ville et j'y trouvais du charme.

Devant une entrée pour le moins discrète de bar, Pottier frappa élégamment. La porte s'entrouvrit.

"Oui ?"

"Nous rejoignons un ami, Mark."

"Entrez Mesdames."

Et nous arrivâmes sur une terrasse intérieure, berlinoise, même mieux ! Électro élégante, chuchotis sexuels, cocktails sucrés et corsés. Les gays du Tout-Fluette venaient se restaurer là, à l'abri des regards.

Nous nous asseyons en face de Mark sur de confortables chaises en teck, design impeccable.

"Je vous recommande le Bloody Mary ou le Rocket Man", nous glissait déjà Mark en nous serrant la main. "Quel bien ça fait de voir des têtes d'alliées dans cette histoire de fous."

Il était assez agité, puait le café. On sentait que ça l'avait travaillé au corps depuis le 8 juin, date de la mort de Carmen Est°.

"Deux Rocket Man alors", entama Elvire finement.

“Vous vouliez me voir ?” se pencha Mark comme pour sniffer.

“C’est exact, nous recherchons d’autres angles de vue de l’affaire, nous complétons l’enquête en quelque sorte.

Au nom de Dolores et de son neveu Carlos, aujourd’hui incarcéré…”

“Je sais, je sais… C’est horrible, le cauchemar n’en finit pas et je ne comprends rien.”

Il paniquait comme nous tous.

“Avez-vous reçu des coups de fil sortant de l’ordinaire les jours précédant le meurtre ?”

“Pas que je me souvienne !” Et il replongea dans son cocktail, fiévreux.

“Ah si ! ça me revient maintenant ! Un recruteur m’a appelé ! Il était vachement intéressé par mon profil. Quand je lui ai dit que j’étais déjà en poste, il a insisté, même pour des extras. Et puis hop, plus de nouvelles ! Chelou nan ?!” Mark était beau, intelligent, et parfois gentiment écervelé.

“Vous a-t-il fait préciser votre emploi du temps ?”

“Oui je crois bien ! Pour caler les extras quoi ! Il devait vouloir mon cul, j’ai laissé tomber.

Avec tout le taf que j’ai en ce moment, c’est bon quoi !”

“C’était quel jour, vous en souvenez-vous ?”

“Bien sûr, c’était le 2 juin, l’anniversaire de mon père, j’étais en chemin quand j’ai reçu l’appel.”

Nous avons fini nos verres songeurs, au rythme rapide et caramel. Chill tracas et nostalgie.

“Au revoir Mark, prenez soin de vous, jurez-le-moi.

Je vous tiendrai au courant.”

Ils se firent une accolade pleine de respect et de justesse.

Nous quittions le bar-lounge vers 16h30.

“Emmenez-nous à l’étang à présent !”

C’était à l’autre bout de Fluette. Je ne rechignais pas.

Une fois là-bas, passant la maison-coquelicots, elle me fit signe de me garer devant chez les Talbot.

“Allons dire bonjour à cette bonne Sonia, et espérons que son fils ne soit pas là !”

“Bonjour madame Talbot, nous adorerions vous prendre quelques barquettes de fraises, ça nous a fait envie !”

“Oh bah c’est gentil, entrez !” Sonia avait les mains pleines de terre et une sacrée énergie.

“Mon fiston est pas là mais je lui dirai que vous êtes passée. Ça lui fera plaisir, il a lu toutes vos affaires !

Vous voulez voir le potager ?”

“Ça serait avec grand plaisir Sonia !” s’enjoua Elvire avec déférence.

Nous traversâmes le salon et passâmes la porte vitrée pour arriver de l’autre côté de la maison.

“C’est bien sur cette terrasse que vous discutiez avec le Maire du BTS de Dylan quand vous avez entendu ma collègue et Carlos ?”

“Oui exactement là !

Regardez, on voit l’entrée de l’atelier d’ici, on pouvait pas les rater, ces malheureux.”

Elle m’offrit un regard de soutien, un regard de maman.

"Suivez-moi, le potager est au fond. Vous voulez de la menthe ?"

On arriva à la barrière du potager avec dans notre panier de la menthe, de l'ail et un artichaut.

"Oh la la le boulot que vous avez fait là !" Elvire s'exclamait en compliments en tout genre.

"Oh les aubergines ! Faites-moi signe quand elles seront sur le marché." Etc, etc.

Nous refermions la petite porte en bois derrière nous après la visite, et marchions quelques pas dans la pelouse. Sans dire un mot, l'air était devenu frais.

"Dites, je repensais à Dylan, c'est sympa de la part du Maire de vous aider…

C'est vraiment pas facile pour les jeunes maintenant…"

La voix tamisée de Pottier nous fit ralentir l'allure.

"Ah ça…, pas facile du tout. Pour personne." Ce fut lapidaire aux lèvres de Sonia.

"Oui... Heureusement que certains politiques se bougent…", ajouta Pottier.

"Je ne vote pas." Sonia clôtura froidement notre visite.

Elvire gardait son humeur badine dans la voiture, continuant ses compliments sur ce "merveilleux jardin !"

* * *

Mardi 28 juin

J'étais partie pour ne rien faire de la journée, croyant que c'était "Le Plan".

Quand vers 11 h, la porte de l'agence s'ouvrit.

C'était Gégé, le fermier de la fameuse "Affaire des fantômes de la présentatrice".

Elvire bondit de son fauteuil pour l'accueillir.

"Monsieur Gégé, entrez je vous prie, entrez. Je vous sers quelque chose ?"

Je versais trois Ricard et attendais la suite.

"Je vous ai appelé monsieur Gégé, pour éclaircir quelques détails avec vous.

Sophie Before déclenche l'apparition des fantômes ?"

"C'est comme j'vous l'dis ! Vingt dieux de vingt dieux ! À tous les coups !"

"Quels jours passe son émission ?"

"Tous les lundis matin, ça pour sûr, j'l'aime bien la p'tite Sophie Before ! Mais là..."

Pottier certifia au vieux Gégé que "sa jeune collaboratrice fait tout ce qui est en sa mesure pour tirer ça au clair, vous pouvez avoir confiance" ; et qu'il aurait "bientôt le fin mot de l'histoire livré sur un plateau".

Les deux se serrèrent la main comme d'anciens collègues de guerre, alors qu'ils m'avaient juste bien niqué la gueule ! Je repartais comme Perez dans les ronces.

En pleine Affaire Estravalda...

Mais vite mon inquiétude de me faire reléguer sur cette histoire de fantômes disparut.

"Ne vous occupez pas de ça aujourd'hui pour l'amour du ciel !

Tiens, ce soir, sortons ! Allons-nous balader, faites-moi me croire sur la Croisette."

Elvire se comporte bizarrement, elle a peut-être perdu le truc, la niaque, le flair.

Le soir venu, je m'exécutai comme cette dandy de Gouine City que j'avais pu être.

Nous découvrîmes un nouveau restaurant où nous discutâmes avec subtilité et intelligence. Puis nous sommes rentrées. Sa main sur mon bras. Le vin nous avait d'abord enjouées, puis fatiguées.

Au détour d'une ruelle, nous tombâmes sur une affiche qui fit beaucoup rire Elvire.

"Soirée Queen'a'man tous les dimanches !"

Elle ne cessait plus de s'exclamer comme quelqu'un qui radote une blague :

"Queen'a'man / Kouign-amann, vous l'avez ?!

Splendide !"

Je lui souhaitai bonne nuit et vadrouillai au hasard pendant quelques heures.

****

Mercredi 29 juin

"La Balade d'Elvire Pottier et Alex Duke" continuait. Toujours direction le nouveau Fluette, où elle me fit me garer devant des bureaux tristounes.

La plaque devant la porte d'entrée indiquait :

Jean-Pierre Bismuck - Expert-comptable

"Bonjour monsieur Bismuck, merci de nous recevoir sur votre lieu de travail." Elvire était vraiment lèche-bottes par moment.

"Je viens juste vérifier avec vous quelques points si vous le voulez bien...

Nous travaillons au nom de la famille Estravalda à éclaircir les zones d'ombre."

"Tout ce qui pourra les aider", dit sobrement Bismuck, avec ses grands os pliés derrière son bureau.

"Carmen réglait avec vous des détails comptables la semaine précédant sa mort, c'est cela ? Rien d'autre ?"

Il était marqué.

"C'est cela..."

Elvire mit son doigt à sa bouche, mimant la réflexion profonde. Elle laissait les secondes passer ainsi comme des kilos, puis changea de voix.

"Votre bonne amie a déjà rencontré Carmen Est° ?"

"... Oui."

"Pourrais-je lui parler ce dimanche ?"

"Ça ne tient qu'à vous."

Le retour en voiture fut très silencieux.

J'étais vexée.

"Quelle bonne amie, Elvire? De quoi parliez-vous à Bismuck ?"

"Réfléchissez Duke, enfin voyons c'est sous vos yeux !"

Elle ne lâchait rien de plus, et me laissait plantée là.

Elle commençait à devenir distante.

* * *

Jeudi 30 juin

Nous étions encore et toujours le cul au bureau, notre agence de *tea-party*.

Pottier regardait par la fenêtre les passants en commentant des déductions sans intérêt, "lui trompe sa femme, elle prend des amphèt, lui a pas de sous-vêtements...", comme ça pendant longtemps, puis...

"Tiens, rev'là Hervé Dubois, et il vient vers nous !

Quelle occasion ! Montrez-moi ce que vous avez appris pendant ce stage !

Renvoyez-le dans ses pénates !"

Il ouvrit la porte en trombe.

"Bonjour Mesdames !"

Je l'interrompis dans son élan immédiatement.

"Bonjour m'ssieur Dubois, comment vont vos bottes et votre lit ?"

"Oh ça ne me fait pas rire du tout !

Le tag sur mon mur est revenu sapristi ! Ma femme ne dort plus, on vit un EN-FER

Je suis un client non de non, aidez-moi."

"Monsieur calmez-vous, chaque entreprise a un *business model* et ne peut faire d'exception... Je suis certaine que vous le comprenez."

Je le raccompagnais lentement vers la porte, il était tiraillé.

"Alors c'est ça, TOUT le monde se fout de mon problème !

22 mai, puis 30 juin, à ce rythme-là j'ouvre une galerie pour bobos, c'est ça ??

Mes voisins se foutent de moi !

Dois-je faire comme me le suggère ce solide Frimoux et mettre des caméras ? Il habite la villa en face de chez moi, il essaye de m'aider, 'Voisins Vigilants' et toutes ces histoires..."

Je me retrouvais coincée dans la discussion et Elvire me faisait les gros yeux, alliés d'un geste de la main sans équivoque "Débarrasse-nous de lui, il plombe l'ambiance".

"Écoutez, faites comme vous dit Frimoux ou arrêtez de vous en faire !

Savez-vous qu'une œuvre de street art peut valoir des millions avec de la chance – *on se rapprochait de la porte.*

Monsieur Dubois, bonne réussite future et actuelle !" *Clac !* La porte se refermait.

Des heures plus tard, on relisait nos notes.
"Oh, mais alors... !" Elvire se redresse en rajoutant du sucre.
"Parfait, par-fait !"
"C'est qu'il nous faut être irréprochables si on veut placer les rouages de notre mécanisme de précision." Elle touille son punch et prend un fruit.

"Les derniers mouvements arrivent..."
Elvire est possédée, et me fait entier mystère.

* * *

Vendredi 1er juillet

Ce jour-là, à ma grande surprise, Elvire ne nous avait prévu aucune sortie énigmatique, aucune phrase jetée comme des bulles.

Si bien que je trouvais le temps long, à cogiter comme une malade, absolument dans le vide, puisque ma raison était encerclée de murs et le début d'une explication ne pouvait pas faire deux pas loin de moi.

Je me résolus petit à petit à ouvrir la bouche.
Quand l'après-midi fut bien entamée, quand l'air se repose enfin du soleil, je parlai à Elvire, implorante il faut bien le reconnaître.
Elle coupa court à mon petit numéro pour lui tirer les vers du nez
"Vous êtes trop bonne Duke, le merle siffleur ! Vous regardez tout le monde avec des gentils yeux, et c'est gentil de votre part. Mais nous avons affaire à un meurtre puant et il faut se secouer un peu, forcer sa nature !"
" .... " C'était gonflé venant d'une belle fumiste en pantalon de lin ! Se secouer un peu ? Et comment ? Quatre murs me serrent. M'étouffent.

"Jouons à un jeu", me proposa-t-elle.

"Soyez tueur, soyez écrivaine. Voyons le mal partout. Plongez-vous de l'autre côté du masque. Ne vous mentez pas.

Dites-moi, pourquoi Dolores a tué Carmen ?"

"QUOI ?"

"Vous ne comprenez pas Duke, ceci est un jeu.

Laissez-vous sombrer dans le noir, respirez.

Allez-y."

Je fermai les yeux, et ça marchait violemment.

"Je suis Dolores

J'ai tué ma sœur par jalousie. La sœur brillante et la maudite

La rancune. La grande à la ville oublie la petite

– alors je l'ai tuée.

Et puis l'argent, mine de rien, ça fait une somme pour moi qui vis recluse. Je suis Dolores, et je ne connais plus le code. Où est l'argent ? Où est ma sœur ? Je veux que ma roulotte reste ici... Je veux que tu reviennes sœurette..."

"Votre style inimitable encore en action !" me félicitait Pottier. Ne me lâchant pas, elle reprit énergiquement.

"Et vous, John Desprès ! Pourquoi avoir commis l'irréparable? "

Je reprenais mon souffle en regardant au sol.

Et j'y replongeais d'un coup

"Pour me marrer."

"Vous connaissez Clara Bellecourt ?"

"Bien sûr ! Joli petit lot ! Elle est à la FF. Alors je n'ai pas aimé qu'elle me repousse. Puisque Carmen l'avait eue... Non je n'ai pas aimé, mais c'est défoncé cette nuit-là que j'ai eu l'idée. Carmen allait payer son arrogance. Et Clara allait aimer secrètement que je la tue.

Moi je suis puissant. Je suis John Desprès."

J'étais sonnée par les transformations de ma voix, de mon âme. Sinistrose sous hypnose.

"Très bien Duke, continuons,

Mark, vous êtes la personne qui connaissait le mieux Carmen, alors pourquoi l'avoir abattue ?"

Je continuais ainsi mon trip sombre, je n'aimais pas et voulais aller au bout de la chose. Mon devoir pour toi Carlos.

"Je suis Mark, je travaille avec Carmen Est° depuis deux ans, et ça n'a pas été de tout repos je peux vous l'assurer.

...

Moi Aussi je suis Artiste, mais elle ne veut pas le voir.

Elle ne me laisse rien, elle dévore tout.

Ce matin-là, j'ai repris ma liberté."

J'interrompis mon improvisation du mal banal. Je soufflais.

"Et Bismuck alors ?" demandai-je à Elvire.

"Vous avez raison Duke, quid du bon comptable ? Allez-y, montrez-moi."

"Je m'appelle Jean-Pierre Bismuck, je suis très timide, je mène une vie sans note à Fluette.

Pourtant, il y en a des lignes, des lignes de comptes. La rigueur en tout point.

Et puis voilà cette femme, cette artiste, Carmen Est°.

Je découvre quelque chose. Boire sa première bière, une drogue, une mouche et la lumière...

Peut-être qu'elle m'obsède, peut-être que je Dois l'avoir.

Mais je sais bien que je suis trop gris. Trop moi. Rien du tout.

Je triture mon désir de longues journées derrière mon Excel. Je sais que c'est Elle.

Et puis un jour…"

Elvire voulait ensuite me parler de Dylan Talbot, de Perez, mais j'étais rétamée, malsaine. Je devais arrêter de jouer.

Je pris un coussin, le calai dans le coin du canapé
Et m'assoupis sans pouvoir y résister.

Où les choses sont faites à la manière d'Alex Duke

Le matin du samedi 2 juillet

Tout allait encore s'accélérer pour nous amener à ce lundi 4 juillet de Révélations.

Mais reprenons.

Le samedi 2 était organisée une marche blanche pour Carmen Estravalda.

Dolores avait déjà annoncé, "J'y vais pô et je m'en fous si les autres crachent sur mon dos".

J'y participais à contrecœur, c'est le moins qu'on puisse dire, ordre d'Elvire.

Je marchais en solitaire, longeant les groupes, les familles, les rumeurs.

Certains se remémoraient la première marche blanche, des années plus tôt pour les sœurs Bonnival.

On se posa pour finir à la sempiternelle terrasse du Bar de l'Église, clôturer l'hommage un peu hypocrite.

J'étais pour ma part sincère, et me sentais bien seule, bien triste.

"Vous habitiez déjà le coin à l'époque des sœurs Bonnival ?" je lançais à mon voisin de table, faussement naïve.

"Ah ça oui ! Tout le monde avait peur en ce temps-là. Des tueurs comme ça, des monstres, dans la nature. Moi j'ai deux sœurs, eh beh je peux vous dire que je les laissais pas sortir seules après ça..."

"Vous aviez des soupçons ?"

"Sur les Tueurs à la Croix ? Des étrangers, pour sûr ! La preuve, ils ont tué qu'une fois dans le coin !" m'assura-t-il.

Andrée Vasseur, qui prenait un thé au lait, en professeure digne de la marche blanche, se mêla à la discussion.

"Une seule fois ? Vous oubliez la gosse Lewevre ! Personne ne l'a crue mais qui sait..."

"Dites pas d'sottises m'dame Vasseur." Le type n'y croyait pas.

"Il y a plus d'un tordu sur la place de l'Église, vous pouvez me croire, c'est moi qui leur ai appris à lire..."

Je laissai partir le type et me rapprochai d'Andrée Vasseur, les mémoires de Fluette.

"Quelle belle matinée pour un hommage, n'est-ce pas ?"

"Oh, ne vous y fiez pas, les gens ne la connaissaient pas. Et moi non plus d'ailleurs.

Nous venons là comme de mauvais catholiques, curieux et peureux, avec l'envie de pleurer."

"Vous semblez bien sombre madame Vasseur."

"Vous avez raison jeune fille. Il n'est pas bon de voir les gens vieillir..."

Je laissais passer un instant, compassion et allégeance.

"Pourriez-vous me parler de cette Lewevre ? Personne ne l'a crue, que disait-elle ?"

Ma voix était douce, comme pour ne pas faire trembler une feuille d'or.

Elle prit son temps, retour dans le passé.

"Ça devait être en 87-88. C'était différent en ce temps-là.

La p'tite Virginie Lewevre devait avoir 19 ans, elle a le même âge que ma fille !

C'était une gamine difficile, ses parents l'avaient eue très jeunes, ils s'étaient séparés, il y avait des problèmes. Mais pas non plus des choses incroyables, c'est juste que les gens du coin sont tatasses. Ils commèrent, ils observent et ils jugent.

Moi j'les ai vus en primaire, les parents, dirent à leurs rej'tons, 'Traîne pas avec la Virginie ou tu vas avoir des problèmes'.

C'est dur pour une gosse. Elle a fait des petites bêtises, mais c'était pas bien méchant, elle voulait attirer l'attention, être aidée…

Pour ce qu'elle a récolté…

Après le meurtre des Bonnival, elle a commencé à déclarer à qui voulait l'entendre qu'elle aussi avait été agressée par deux hommes, deux ans plus tôt. Elle rendait tout le monde dingue avec ça, elle s'auto-mutilait.

'Sale folle, respecte un peu les mortes !' 'Tu n'as même pas la croix dans la paume de la main, si tu la boucles pas je vais te la faire la croiX', vous voyez le genre de réponses qu'elle a reçues.

Personne ne l'a crue, et au lieu de partir vivre sa vie loin de nous, elle a fini enfermée à l'Hôpital psychiatrique de Sainte-Âme…

L'avez-vous croisé ? À l'ouest de Fluette… Sacré édifice !

Cette histoire m'avait touchée, mais quant à vous dire si elle disait vrai ou si elle mentait, je n'en sais fichtre rien. L'un comme l'autre est entièrement possible."

Quelle découverte !

Je filais, en lui promettant une balade, avec une chaude bise.
Direction l'agence, et c'est Pottier qui allait être fière !

"Prodigieux, tout bonnement prodigieux !
Combien avez-vous bu de bière pendant cette marche ?"
"Une pinte et un demi, pourquoi ?"
"Je le savais !

Avant ça, vous êtes quelconque, et avec plus, vous êtes lessivée !
Mais à 1,5 pintes pile, bon sang, vous êtes épatante comme toujours !"

Elle enfila sa veste beige et sauta dans la voiture.

"À Sainte-Âme sans plus tarder !"

Il était 10 h 30.

"Ne le prenez pas mal pour les 1,5 pintes."

"Bah quand même..." J'étais un peu froissée.

"Chaque gâteau a son temps de cuisson !" Et elle mit la radio en gloussant.

Je ne connaissais pas ce coin éloigné de Fluette. On traversa une forêt dense, noire d'ombre permanente. Et quand enfin nous en sortîmes, se dressèrent devant nous les murs hauts et nobles de l'Hôpital psychiatrique de Sainte-Âme.

Le contrôle à l'accueil était très rigoureux. Elvire excelle dans cette situation et on obtint bien vite notre entrée auprès de Virginie.

Il me tardait de la rencontrer. De voir. C'était étrange comme sensation, et je me trouvais un peu égoïste. Comme la mauvaise catholique dont Andrée Vasseur parlait.

Elvire me souffla :

"Vous êtes notre seule chance de l'interroger, Duke.

Croyez en votre folie et concentrez-vous !"

On fut invitées par un infirmier à entrer dans une pièce avec des chaises, des tables, et des fenêtres sans poignées. Impossible de décrire mieux ce genre de pièces.

Une jeune fille maigre était assise sur une table, ses jambes se balançaient.

Sauf que ce n'était pas une jeune fille mais une momie aux yeux clairs et aux cheveux noirs. Une momie de 53 ans, des cicatrices plein les bras, des écorchures aux visages. Enfermée ici depuis ses 19 ans.

Ça aurait rendu ch'tarbé n'importe qui. Et ça révoltait un peu de la voir comme ça. Andrée Vasseur avait raison.

"Bonjour Virginie, nous venons prendre de vos nouvelles", une voix sincèrement amicale sortait de ma bouche, j'étais intimidée.

"Bonjour vous autres ! Vous êtes du comité des bouchers acryliques, pour qu'ça saigne ?"

"Malheureusement non, nous voulons éviter.

Enfin quand il faut il faut, pas vrai? C'est dur sinon…" Je savais bien quoi dire.

"Comment allez-vous ?" reprenais-je.

"Vous avez le journal ? Il me faut le journal."

J'avais justement le *Petit Bignollais* d'hier dans ma sacoche, je lui tendis.

"Pfff, c'est c'ui d'hier, réveillez-vous les attardés !» Elle changeait de direction régulièrement.

"He he vous avez raison Virginie, pardon."

"Pas d'pardons pour les menteurs !"

Elle tapa avec sa paume sur la table, "Tu as compris Virginie !" se cria-t-elle.

"Ce n'est rien Mademoiselle, dites-nous qui a menti ?"

"Vous savez très bien où est planqué le vers qui mange la pomme."

"Votre pomme ?"

"Bien sûr, Ma pomme !" elle se leva d'un bond devant nous, chétive et nerveuse, des tendons qui dataient de ses 19 ans, figés dans le temps.

"De la compote de pommes ! ça se garde un siècle à ce qu'il paraît…" Elle riait frénétique et se rasseyait sur la table.

Elvire m'encourageait du regard, comme

"Allez Duke, vous êtes sur la bonne voie ! Continuez !"

Quelques phrases sans queue ni tête furent échangées à nouveau. On parlait maintenant détendues. Deux vieilles amies folles, dans un langage incompréhensible pour quelqu'un de normal. Parfaitement clair en somme.

Je fis un mouvement de tête pour dire à Elvire que nous prenions congé.

Alors que nous nous éloignions vers la porte, je me retournai vers Virginie Lewevre, toujours assise sur la table et lui demandai :

"Dites-moi, une dernière chose de la plus haute importance.

Est-ce à l'église que la Croix doit être vue ?" Ma voix était tamisée et mature.

Tout son corps devint animal, son regard vrilla au noir-feu, son souffle se fit plus court, plus musclé. Sans un bruit ses griffes apparaissaient.

Elle me jugeait de 1 000 flèches pénétrantes.

Je tenais bon, avec ce calme fou, bienveillant même, le tout pour le tout, à nouveau.

Elle se recula sur la table, et sans me quitter du regard, elle dit d'une voix de plomb :

"Ce n'est pas à l'église que la Croix doit être vue.

C'est dans le cœur des croyants."

Elle avait repris mes mots, et pour ce qui était du ton, le sien avait le couperet d'une sentence.

"Faites bien attention à vous, madame Lewewre. Nous reviendrons."

"Fuyez les papillons ! L'avantage des bunkers, c'est qu'ils n'ont qu'une porte..." Elle regardait par la fenêtre mais de là où nous étions, il n'y avait rien à voir que le ciel gris par-dessus la cime des arbres vert foncé.

L'entretien se termina là-dessus et nous sortîmes jusqu'au grand hall.

"Attendez-moi là, j'ai oublié quelque chose !" s'exclama Pottier.

Je l'attendis devant le menu du midi à Sainte-Âme.

Asperges-vinaigrette

Morue panée - purée de carottes

Yaourts - fruits

Petit Lu

Elvire me retrouva et on vit Virginie Lewevre se fondre calmement dans la jungle de l'HP.

Pottier demanda à l'accueil :

"Dites, avez-vous déjà vu cette femme ?" Elle leur montra la photo de Carmen.

"Non jamais !"

"Mais depuis que les travaux ont commencé à l'arrière de la cour, c'est une vraie passoire ici…" "N'en rajoute pas", tempéra un autre collègue qui devait craindre qu'on soit journalistes.

"Bonne journée à vous."

On quitta l'hôpital par la monumentale entrée principale à 11 h 15.

Sur le parking champêtre de Sainte-Âme, Pottier jubilait.

"Épatant, tout bonnement épatant !

Grâce à vous, nous restons dans la course ma bonne Duke. Nous sommes maintenant l'égal des titans et les choses vont s'accélérer. Vous le sentez ?"

Je n'eus pas l'occasion de répondre que non, elle était exaltée et ne regardait que des choses à l'horizon.

"Quand je pense qu'en plus, grâce au gouvernement, je ne vous paie que des clopinettes ! Merveilleux âge d'or que le vôtre !

Allez, filons."

“J’ai une vieille balise GPS à récupérer à l’agence.
Je vous retrouve au bar, et ne lambinez pas sur vos habitudes !”

Je me posai en terrasse, et pris le temps de souffler un bon coup. En tout cas, on avançait.

Carlos, tiens le coup mon pote. Elvire et moi allons te sortir de là. Comment ?

“D’abord un grand diabolo grenadine”, commandais-je sans panache.

“Bah alors, ça va mal ?” me charria le Maire qui passait par là.

“On revient de l’HP, ça chamboule ce truc-là !”

“De l’HP vraiment ?! Eh, il faut bien soigner tout le monde !” Et il fila à ses affaires après avoir mis le diabolo sur sa note.

J’attendais le retour de Pottier, la suite de nos opérations.

Celles qui suivent un fantôme

Je poireautais finalement une bonne partie de l’aprèm, griffonnant de temps à autre sur mes notes.

Qui voulait me faire venir, ce 8 juin, découvrir le corps ? Cette question m’obsédait.

Et que cherchait Pottier avec ses remarques loufoques, ses humeurs joviales, ses secrets ?

Le Maire repassa à la terrasse, et se posa plus longuement.

Il avait fini sa journée de visites, il avait l’air rincé, le pauvre maire, 56 ans et beaucoup de responsabilités.

“Je n’arrête pas ! Si vous saviez…

Qu’est-ce que vous prenez ?”

On continua à papoter, je faisais un peu la jeunette, posant de nombreuses questions, l'air intéressé, méthode infaillible pour être appréciée des darons. Il me racontait les anecdotes cocasses de Fluette, et d'autres gens se joignirent à nous.

Pottier arriva finalement à 18 h, la fleur aux lèvres, et rigola à nos histoires silencieusement.

Alors que je sortais des toilettes avec les narines incommodées par une odeur aigrelette, je vis au fond de la terrasse Clara Bellecourt qui s'était installée avec des amis. Je n'étais qu'un type ordinaire, elle me fascinait malgré moi. Elvire me remarqua et me lança un pic amusé sur le printemps chez les hippocampes, ou quelque chose du même acabit.

Tout le monde quitta progressivement notre table, nous pouvions enfin parler.

Elvire et moi, en action.

“Bon, regardons ça.” Elle me sortit un boîtier avec un large écran. Un GPS soviétique j'imaginais. Un point bleu clignotait et se déplaçait sur la *map* de Fluette et des environs.

“J'ai placé cette balise, pour vérifier une petite théorie…

Oh, c'est pas la grande technologie, j'ai gardé ça d'une vieille affaire.”

Le point bleu sortait du vieux Fluette, par la route qu'on avait tant de fois prise, cette route pour la maison-coquelicots. Le point était large et pas bien précis.

Il s'avançait vers l'étang, puis s'immobilisa. Impossible de dire de quel côté de la rive ni chez qui.

On était scotchées à l'écran, Pottier imposait le silence comme si la balise pouvait nous entendre.

On est restées immobiles des minutes entières.

“Vous l'avez mise sur qui ?”

“Chuuut, Alex, vous voyez bien que le point redémarre.”

Effectivement ça redémarrait, faisant la route inverse. Mais au niveau de la forêt, ça commença à grésiller et le point finit par disparaître.

"Oh bah zut ! La batterie flanche encore !

Enfin, nous avons tout ce qu'il me fallait !" Et elle éteignit l'écran sèchement.

Et moi je séchais, là.

Ses mystères me rendaient tout doucement chèvre.

Je rentrais me coucher tôt ce samedi 2 juillet. Une fois ne fut pas coutume.

Celle qui sème une graine

Le matin du dimanche 3 juillet

La nuit m'avait plombée. Je rejoignais Elvire avec des questions plein la tête.

"Ne me regardez pas avec cet air de poisson frit !

Réfléchissez un peu, Duke !"

Voyant que je tirais la tronche sur toute la ligne, coupant même la radio, elle se résolut à me dire :

"Rappelez-vous, chère Alex, nos questions

Qui est cette Rousse onirique –

Pourquoi vous a-t-on appelée si mystérieusement –

Pourquoi vouloir ce suicide solidement enfermé.

Allez faites-moi plaisir, remettez la radio, j'adore Georges Michael."

Wake me up, before you go-go… résonna pendant toute la fin de la route, encore et toujours vers cette maudite maison-coquelicots.

J'avais du grain à moudre.

Trois questions, trois réponses, je m'essaye.

La Rousse est une rencontre de Carmen, une des vingt-cinq. Où se cache-t-elle ?

On voulait que je découvre le corps. Mais pour quoi faire ? Avertir Pottier ?

Le suicide stoppe l'enquête dans l'œuf ; un suicide est un suicide, point final. Qui avait besoin de ça ?

Je me garais mécaniquement devant chez Al.

Nous n'avions jamais été de ce côté-là de l'étang, et pour cause, seul Al vivait là, tapi au milieu de la végétation luxuriante et sauvage.

De sa rive, on voyait les maisonnettes de Sonia et de Carmen de l'autre côté, puis plus haut sur la colline, les maisons secondaires de quelques Anglais toujours absents.

À droite de ces habitations, les coquelicots chantaient de toutes leurs forces la couleur.

Et la forêt enfin prenait place, la route vers le vieux Fluette, en passant devant chez Andrée Vasseur. De ce côté-ci de l'étang, la route pour Fluette esquivait la maison de Vasseur en serpentant dans la forêt. Je revoyais mon plan.

"Oh bonjour", le type pas vraiment heureux de nous voir frapper à sa porte.

"Bonjour Al, pouvons-nous entrer un court instant ?

J'ai amené un cidre frais, tenez."

"Oh bon d'accord." Et il fit demi-tour vers la cuisine qui était aussi l'entrée et le salon. Il le déboucha pendant qu'on s'asseyait sur ce genre de canapé poussiéreux et très moelleux. Ça sentait le bois et le tabac froid.

Elvire allait reprendre son numéro.

"Alors Al, ça va le moral ? Avec tout ça, avec tout le reste ?

"Oh vous savez, je passe le plus clair de mon temps sur ce ponton, à m'enfumer la tronche. J'ai rien vu du tout et ça fait bien longtemps..."

"Et le gosse, le Carlos, vous le connaissiez ?"

"Oh juste comme ça, un bon gamin, un discret, un peu lunaire..."

On crut qu'il allait retomber dans la mollesse, mais il continua : "Qu'il ait tué sa mère, moi j'y crois pas !"

"Et Carmen justement, vous la connaissiez ? Vous étiez voisin."

"Hof, bonjour/bonsoir, rien de plus, j'y coupais les arbres quand elle était à la Ville. Une femme courageuse."

Elvire temporisa longtemps.

Elle joignit ses mains et se releva en priant.

"Si seulement quelqu'un pouvait sauver Carlos...

Moi je n'y arriverai pas.

Enfin... merci pour votre temps, on ne va pas vous déranger plus...

Au revoir monsieur Troissous."

En repartant, Elvire parlait aux grenouilles, aux hirondelles, énigmatique et agaçante, comme à sa nouvelle habitude.

"Laissons cette graine pousser à présent. C'est le moment fatidique, Duke, pour votre ami, pour Carmen, pour beaucoup d'autres encore."

Elle repartait dans ses fables sans suite et je continuais à réfléchir à plein temps.

Celles qui prennent leur soirée

Cet après-midi du dimanche 3 juillet, il me tardait de rentrer au bureau. J'avais tout un tas de tâches subalternes à finir. Et notamment toutes les enveloppes d'invitation à récupérer et à distribuer. Pottier organisait, avec l'accord de Dolores et Mark, une exposition posthume, l'œuvre inachevée de Carmen Est°.

Cette flamme violette à la fin violente.

'Vous êtes convié à l'exposition de Carmen Est°
Lundi 4 juillet
Maison-coquelicots
–
En présence d'Elvire Pottier, du Maire et du Commissaire Malibard.'

Elvire avait convaincu le Commissaire d'amener Carlos, lui promettant des aveux.
J'étais glacée de peur, allait-elle nous poignarder dans le dos ?

En revenant de ma ronde de distribution des invit, je ressentis un vrai coup de barre, je n'avais plus d'oxygène, je tournais en rond depuis un mois.

"Ma chère Alex, je sens que nous avons besoin de nous changer les idées !
Demain est un grand jour et il faudra être en forme.
Prenez votre soirée !
J'appellerai un taxi pour aller dans cette petite auberge que j'ai repérée. Ne vous en faites pas pour moi, amusez-vous, c'est de votre âge !"

Je ne savais plus bien comment m'amuser, tout me lassait.

"Oh pardon, avant ça, j'aurais une dernière requête.
Pouvez-vous marcher de la maison-coquelicots à la Fluette

Factory, et me dire combien de temps ça prend ? Ne vous pressez pas plus que ça en chemin !

On se retrouve demain matin ici même.

Bonne soirée Alex."

Et elle monta "se préparer" dans sa chambre, au-dessus de l'agence, par un escalier dérobé.

Il était 18 h 30. Je restais là sur le canapé. Un peu chiante cette mission pédestre, ça devait bien prendre une heure, le temps d'y aller en voiture, et d'entamer la marche du retour vers le vieux Fluette, passer devant chez Carlos et s'éloigner vers la *fucking* FF.

Je me mis en action comme un robot.

Même la marche ne me rendit pas d'idées. Je marchais et c'était tout.

Homo sapiens au moral sapé.

Ça m'avait pris une petite heure de marche entre l'étang et la FF. J'en avais plein les pattes en découvrant cette Factory. Usine habilement rénovée. Moderne et artistique j'imagine.

L'exposition tous les week-ends, les concerts, le bar de la FF.

Y avait plein de jeunes gens que j'avais jamais vus, toutes ces journées au Bar de l'Église.

"Allez, je me prends un petite pinte ! Après tout, personne ne m'attend."

Et ça commence comme ça

Entrer dans le tourniquet pour ne plus en sortir.

D'abord les familles avec les enfants sont rentrées chez elles, ensuite les soixante-huitards au début de la nuit. Et ensuite il ne restait plus que nous. Les jeunes dopés au speed, les influenceurs à côté de la plaque, les jet-setteurs en gravier, les dragueurs, les musiciens, les cracheurs de feu. On était tous là à s'amuser comme des petits fous, dans les locaux culturels de Fluette.

Clara Bellecourt était toujours entourée. Et ne parlait que tout bas. Dans son style libertine.

À un moment enfin, j'ai dû l'intéresser. Faut dire que je raconte les histoires comme personne et que j'ai des clopes ! "A Gouine Country comme ailleurs, on n'a rien sans rien."

Elle se rapprocha avec détachement de moi, jouant le hasard. La fleur.

Une fois n'est pas coutume, je jouai à merveille ma chance
Distante et taquine, calme et vive
Tout se déroula comme dans mon film de fortune
Nous fîmes l'amour comme des flammes à l'orée du jour
Plusieurs heures ravivées...
Non je rigole, ce fut nul
Gestes en complet décalage, regards avinés.

"Réveille-toi, réveille-toi, putain !
Il faut que tu te casses."

"Mmm... Quoi quoi ?" on avait dû dormir trois heures, j'étais gluante.

Aussitôt elle me retrouvait mes affaires éparpillées, et *clac* j'étais à la porte de sa chambre.

Je sortais de la grande ferme, baignée par le soleil du matin et les ivresses de la nuit.

Certaines personnes n'avaient pas dormi, d'autres sur une chaise ou par terre.

Tout le monde rassemblait ses affaires d'un commun accord tacite.

"Qu'est-ce que ça veut dire, pourquoi tout le monde se barre ?" dis-je à mon voisin de gazon.

"Moi je suis mes potes, ils m'ont dit qu'on doit tous s'être barrés avant 10 h..."

"Ouais, y a le gardien de la FF qui arrive à 10 h. Faut qu'il n'y ait QUE les résidents !" nous informa un 2e type.

Je suivais le flot d'hippocampes que nous formions, brûlés par le grand Jour, à bout de forces et heureux.

On esquivait la résidence de Carlos en coupant par le champ sauvage.

Comme c'était bon de finir cette soirée comme ça, poussière revenant à la poussière.

Je sentais encore le parfum de Clara.

J'ouvrais mes bras

"Vous ici non de non !! Ils vous ont eue ! J'appelle les flics !"

"Gégé !!!! Mon Gégé calmez-vous enfin ! Je sors d'une soirée entre amis !

Mais attendez, nous sommes lundi ?"

"Eh beh je veux ! Et Sophie Before vient de commencer son émission ! Alors !"

"Monsieur Gégé, je viens de résoudre votre mystère !

Je vous promets que les fantômes ne sont que d'inoffensifs gnôlés.

Je les ai suivis ! Ils coupent par votre champ en sortant de leur fête et sont parfaitement inoffensifs ! Ah ah, puis-je vous offrir du Get 27 ?"

"Pouah, c'est pas de l'alcool ça ! Venez donc goûter ma liqueur de menthe, vous allez chanter !" Il se marrait, revivait enfin ! Quelle histoire !

"Et pour vos amis, je vais mettre quelques pièges à loup, on va voir qui coupe qui ! Eh eh..."

Sacré Gégé ! Je réussis à le convaincre que des clôtures électriques suffiraient.

Et on trinqua de bon cœur. Elle débouchait les bronches sa gnôle.

Je repartais pour un tour, direct à l'agence. Taquet à fond.

Quand j'arrivai, je trouvai Elvire qui dormait comme une souche sur le canapé !

Elle avait dû avoir une longue soirée elle aussi.

Sur la table, un prospectus sorti tout droit d'une poche

Soirée
Queen'a'man

Programme :
Le Boa de Béa
Vanilla Cuir
XXy vs Farmer
BisBis vous kiss
La Flûte de Fluette
Gina et ses loulous
Les 4 Vierges
[...]

Pottier se réveillait doucement.

Je lui préparais un thé au lait, impatiente de lui raconter ma découverte.

“Faites vite s'il vous plaît Alex, vous savez qu'on a du pain sur la planche aujourd'hui.”

Elle montra un relatif intérêt à mes amis fantômes.

“Et combien de temps vous a pris le trajet de l'étang à la FF ?”

“Une heure.”

“Exactement dans les temps.

Maintenant nous sommes sûres.

Allez hop hop !"
Elle était insaisissable comme un poisson.

Celle qui doit mettre les petits plats dans les grands

Lundi 4 juillet

Passé ce réveil transpirant et une bonne douche – elle m'autorisa pour la première fois à monter dans ses appartements pour me rafraîchir –, on se mit en action.

"Il faut aller voir Dolores, une dernière fois avant ce soir. Être classes, c'est important."

On The Road Again, à gauche au cerisier de la fourche Sainte-Geneviève, et au fond du champ, le vieux chien, le chat dormeur, Bignolle la pure, et Dolores qui s'en grille une.

Pottier ne laissa pas longtemps durer les salutations polies. Elle entama :

"Vous tenez depuis presque un mois maintenant une si large plaque de verre en équilibre.

Ai-je tort ?"

Dolores baissa les yeux, elle les ferma doucement pour ne pas fondre.

"Je viens vous demander la permission de sauver Carlos, votre neveu.

Mais il faut pour cela que vous sachiez, la promesse donnée à votre défunte sœur doit être sacrifiée, vous comprenez ?"

Le silence qui suivit fit faire au décor un tonneau. Puis il revint à sa place d'origine et Dolores leva les yeux sur Elvire avec stupéfaction, effroi caché de toutes ses forces.

Elle contrôlait la tempête de pensées qui venait de lui jaillir dans la tête. Elle laissa passer quelques secondes.

“Est-ce absolument nécessaire ?” demanda-t-elle abattue.

“Absolument”, répondit Pottier, ferme et confiante. Dolores prit encore un instant.

“D’accord. Alors faites ce qu’il faut faire.

Oui, ce qu’il faut faire…

Je vais vous prier de partir maintenant.”

Nous lui souhaitions une bonne journée et “à ce soir”.

“Décidément, je vous en fais faire des kilomètres !

Passons chez Al, j’aimerais m’assurer qu’il a lu l’invitation, et qu’il sera bien des nôtres !

Ce vieux Al, ce ravagé.”

C’était vrai, j’avais hâte de reprendre les métros de Gouine City. Fluette me pesait. J’avais hâte d’être à ce soir, qu’on en finisse. J’avais peur aussi.

Mais après tout, je pouvais lui faire confiance, à cette bonne Elvire et ses petites méthodes de cellules grises.

Je restais dans la voiture devant chez Al. Quand elle remonta, elle avait perdu son petit air enjoué et ne dit presque rien.

“Pas sûr qu’il vienne ce soir.”

“Déposez-moi à l’atelier, Mark doit me rejoindre. On a plein de choses à faire.

À ce soir Alex ! Et mettez-vous sur votre 31 pour une fois.”

Elle envoyait des pics sans s’en rendre compte, à fond dans ses pensées.

Ça ne me dérangeait pas.

On fit le tour de l’étang et je la déposai devant chez Carmen.

Je devais encore rassembler mes dernières idées, mes dernières notes, et ces débuts de réponses qui tournent comme des abeilles.

Le Plan que j'avais dessiné semblait définitif.

RDV 18 h 30 à la maison-coquelicots.

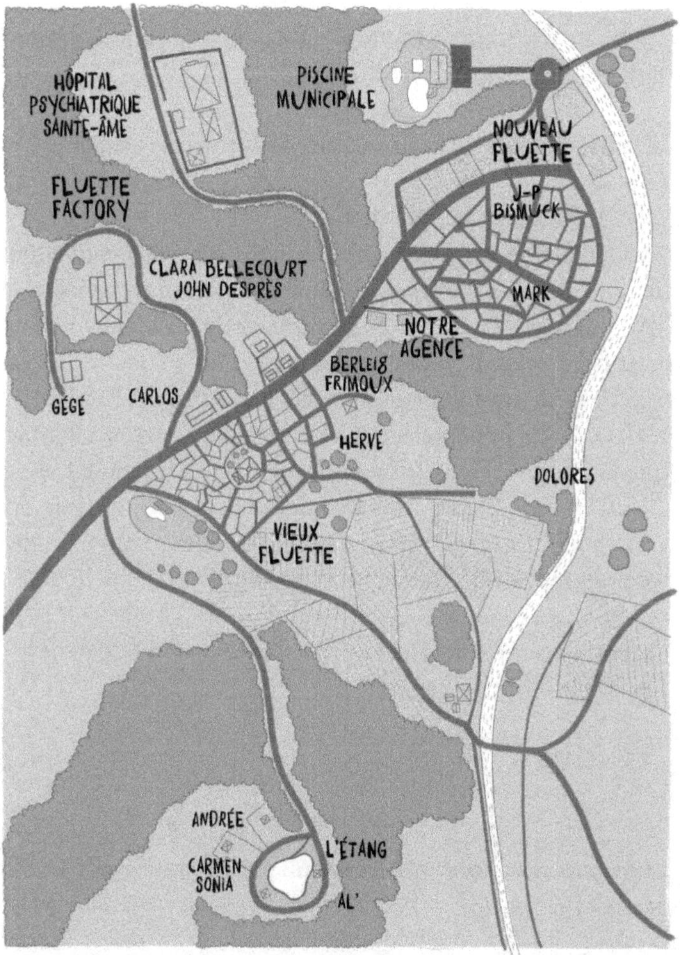

Celle qui doit faire l'exposition

Lundi 4 juillet - 19 h

Il manque encore du monde. Je les couve du regard, légèrement à l'écart, quasiment en costard.

Dolores est assise au deuxième rang, pas loin de Sonia Talbot et de son fils.

Il n'y a personne au premier rang.

Au troisième rang, excentrés et incorfortables, Hervé Dubois et sa femme. Et John Dexprès et Clara Bellecourt tout en vidéos selfie.

Andrée Vasseur, en bonne institutrice de l'ancienne École, vint s'asseoir sans cérémonie au premier rang.

Mark est debout, il accueille les gens à l'entrée de l'atelier. Tiens, voilà le Maire. Une poignée de main énergique entre eux et Mark lui indique la fin du 3e rang, le Maire veut être en retenue. Leïla Didi s'assoit au bout du 2e rang, non loin de Mark et à l'opposé de son ex, John – le buffet froid – Desprès. Gégé le fermier se bidonne de voir tout ce beau monde. Il a retrouvé sa joie de vivre.

Devant les chaises, salle improvisée, un grand rideau noir.

Avec l'inscription géante

25 NOUS

Les gens chuchotaient, excités un peu comme avant un film au cinéma.

Soudain tout le monde s'est retourné et a émis un son sourd.

Carlos entrait dans l'atelier, menotté et emmené par un garde.

Il était creusé, éteint. Il n'envoyait plus aucun signal au reste des vivants. J'interceptai une main de Mark sur l'épaule de Carlos, faible et puissant signe de soutien.

Entre demi-frères.

Je n'ai pas réussi à croiser le regard de mon pote avant l'entrée d'Elvire Pottier.

Il fut laissé debout, dans le coin.

Elle nous prit par surprise avec dynamisme

"Bonjour Mesdames, Messieurs

Merci pour votre présence.

Sans plus un mot

Entrons dans l'œuvre de Carmen Est° avec cette exposition unique et vitale."

Elle hocha la tête vers Mark qui se tenait maintenant près du rideau.

Il l'ouvrit très lentement. On avait les yeux en grand.

Les pièces de l'œuvre inachevée étaient puissamment exposées devant nous.

Un premier chevalet tenait une toile fluo nocturne. Assez petite, une étoile brisée en pendentif orientale, *map* de rues en couleur d'acides, vitrail pop : à chaque fois que je clignais des yeux je voyais autre chose et ça devenait loufoque, dérisoire, troublant.

En dessous, en grosse lettres rouges le texte associé :

2 doigts dans la chatte

2 doigts dans la prise

Je n'étais pas familière de la peinture et je ressentais facilement une gêne, ne trouvant pas la réponse à la question "Que dois-je ressentir – je ne comprends pas", je pouvais paniquer.

Doucement malgré tout, le sentiment commençait à naître, sous les pâtées en relief de peintures acidulées.

Des sensations, des rencontres, Clara Bellecourt. Des images consumées. Avoir 20 ans.

Ça commençait à prendre.

La deuxième toile avait un rectangle découpé et dans cette fenêtre on apercevait des danseuses d'argile, suspendues à des fils transparents.

Le reste de la toile, des lignes d'encre de chine
forment une ville classe mélancolique
disparue depuis des millénaires
moderne et endormie.
Les couleurs chaudes d'une fin de journée dans le désert
La ville indolore engloutie.

Le texte :

La panthère du désert, dans la ville abandonnée, se protège en souriant, fouettée par le sable brûlant.

Elle est calme, la panthère du désert, et avance d'instinct, solitaire sociale.

C'était bien fait. Bien sûr j'étais ignorante et je ne tiltais pas franchement. Mais ça restait bien fait et agréable au final, cette petite sensation de voyage en quittant le tableau.

Nos yeux se tournèrent vers le dernier chevalet, caché d'un drap blanc et mortel.

Elvire, qui soignait toujours ses effets, le révéla en tirant le tissu d'un geste majestueux et dramatique.

La toile était absente – ça resterait ainsi pour toujours et cet effet ne manqua pas de tirer quelques larmes à l'assistance. Je trouvais ça très moyen, larmoyant. Mais la phrase était bien là, elle. Cette graine qui était née dans l'esprit de Carmen Est°, et devait la brûler de peindre la suite.

Sur le panneau en carton, au feutre noir, avec ces grosses lettres remplies, s'abattaient les derniers mots de Carmen. Enfin je lisais la version complète, non censurée par Malibard.

Sa vérité
Ce combat de vie ou de mort
Contre ce chétif soi-même, ce peureux, ce bourgeois.

Sa vérité
Ce simple bout d'or.
Avec nos os brisés par sa révélation
Il faut maintenant l'abriter de la haine.

Sa vérité
Ce rescapé nu qui bombe le torse
C'est bien par la peau du cul que devant le Monde elle nous traîne.

Et le changement s'amorce.

C'était un peu lourdaud, mais l'effet produit fut funèbre et introspectif.

Le silence arriva comme une rivière glaciale. Tout le monde semblait se poser les mêmes questions que moi sur l'art, sur la mort, sur l'humeur.

Puis Mark, qui pleurait de sincères et chaudes larmes, se mit à applaudir avec force, avec respect et – peut-on le dire – avec amour.

Leïla, la panthère du désert, émue, l'imita. Très vite deux trois personnes les rejoignirent et finalement tout le monde participa de très bon cœur à cette *standing ovation* à l'artiste.

Elvire Pottier nous laissa encore quelques instants puis se plaça devant les chevalets, à l'aise, maîtresse de cérémonie.

"Comme je suis heureuse, au nom de la famille Estravalda – *une légère moue apparut sur les visages de ceux qui scrutaient Carlos* –, au nom de Mark, au nom de Carmen Est°, d'avoir pu vous faire ressentir cette énergie, l'œuvre inachevée d'une Grande Dame.

Avec l'accord du commissaire en chef – *elle en rajoutait* – Malibard, j'assiste l'enquête depuis le début, et n'étant qu'une humble chercheuse de vérité j'ai déjà pu croiser chacun d'entre vous pour discuter des faits. Je me félicite d'avoir pu écouter le bon sens de vos réflexions et je m'apprête à vous solliciter une dernière fois. Pour que la Vérité, toujours elle, puisse nous laver."

Elle savait se mettre son monde dans sa poche. Nous étions suspendus à ses lèvres, curieux et inquiets.

"Voilà ce que je vous propose, nous allons visualiser la vérité comme le bout d'un fil."

"Un fil d'or ?" coupa Clara Bellecourt, ce qui agaça Elvire sans qu'elle ne le montre, c'est que je la connaissais, elle et son goût de la mise en scène...

"Si vous voulez, si vous voulez", balaya-t-elle d'un revers de main.

"Donc nous voyons ce bout de fil de vérité, il est dans notre main, mais quelques centimètres plus loin le voilà emmêlé dans des barbelés... Je vous propose qu'on le remonte ensemble ce fil.

Même quand ça sera dur. C'est avec la logique simple que nous allons le démêler.

Carmen Estravalda est notre pierre de Rosette, notre boussole, notre rouage central. Il faut la connaître. Il faut la croire.

Carmen Estravalda est revenue à Fluette-sur-Bignolle le 15 mai, avec dans ses bagages, Mark, son assistant, et une envie débordante d'entamer sa nouvelle collection.

Elle s'installe modestement dans la maison de famille, elle y a grandi, elle y a aussi élevé son fils Carlos à la mort de ses parents.

Elle se met très rapidement à l'ouvrage, elle se sent bien.

Alors qu'elle entame sa 3e œuvre, elle est retrouvée morte le 8 juin dans son atelier clos de l'intérieur.

Voilà le début de notre fil.

Très vite le premier nœud arrive. Le plus aisé à imaginer pour nous, c'est qu'elle se soit suicidée, avec l'arme, dans un excès d'artiste.

Sans la puissante conviction de tous ses proches, sans l'énergie vitale de son œuvre en cours – *elle montrait les tableaux avec émotion théâtrale* –, sans cette main meurtrie, impotente, on y était, à annoncer ce suicide.

Mais maintenant nous avons tout ça sur les bras... – *elle soufflait comme pour soupeser toutes ces contradictions.*

Alors nous allons croire Carmen quand elle hurle "Je ne me suis pas suicidée".

Et notre logique commence ici, avec cette confiance.

Nous cherchons donc un/e assassin/e.

Peut-être un assassin indirect, tapi dans l'ombre, quelqu'un qui aurait mis une pression intenable à Carmen ? Ou une drogue delirium ? Dur à contrôler comme moyen de faire. L'horlogerie semble bien plus précise ici.

Et qui a amené l'arme ?
Peut-être la Rousse, ce fantôme ultra-sexy ?
Peut-être la voix qui a appelé ma jeune collègue depuis la maison ? *Elle parlait enfin de moi !*

En tout cas, quelqu'un qui avait besoin qu'on croie au suicide, sinon pourquoi faire ? Pourquoi ne pas simplement réaliser un meurtre de rôdeur ? Un meurtre en huis clos n'est jamais chose aisée, demandez au président de la République", elle fit une pause pour savourer sa petite blague politique et voir l'effet de son discours sur nous tous. On se laissait entièrement guider, on n'y voyait rien.

"Non, ici c'est personnel. Pas intime, bien sûr, sinon le tueur ou la tueuse, cet animal de sang- froid, aurait su pour la main de Carmen, pour son énergie de talent, pour sa vie.
Non, définitivement pas intime. Mais personnel quand même. Allant jusqu'à nier qui était Carmen Est° avec ce faux suicide.

On comprend alors.
Dans les couleurs chaudes de l'atelier ce matin-là, ce fut une exécution."

Des souffles courts, des indignations, se firent entendre dans nos rangs.

Carlos fixait Elvire, inexpressif, hagard. Menotté aux os.

"Il est trop tôt pour pouvoir démêler certains fils, laissons-les de côté, vous voulez bien, et avançons avec ce que l'on distingue encore, à l'orée du bois.

On la distingue, cette bête meurtrière. Elle a de la volonté, elle peut écraser pour s'en sortir. Et quand la décision fut prise de se débarrasser de Carmen Estravalda, l'animal au sang-froid a continué à avancer au sol, redoutable, vers l'étreinte mortelle.

Elle a le sang absolument froid et contrôle à tout prix.

Voilà Qui nous cherchons.

Quelqu'un qui a dû surveiller Carmen, depuis les maisons de vacances sur la colline, depuis la place de l'Église, dans toutes ses pensées moribondes.

Ces quelques jours de fièvre, entre la décision et l'acte, ont dû être obsédants… N'est-ce pas ?"

Pottier jubilait dans son rôle, grave et carrément baroque.

On était tous ballotés, j'avais peur pour Carlos. Toute cette exposition prenait une tournure bizarre, londonienne.

Elvire Pottier ne lâchait pas. Elle commençait à avoir chaud. C'est normal, on aurait dit qu'elle faisait accoucher la vérité et on allait découvrir qui était le père. On était tous inconfortables.

"En voilà une autre de question :

Cette bête odieuse, par quels canons a-t-elle été contrainte à sortir du bois ?" on aurait dit qu'elle se parlait à elle-même, nous, quasiment translucides.

"Enfin toujours est-il que j'élimine dès lors la Rousse des suspects, malgré l'incroyable coïncidence de son passage. Pourquoi être si discret, si férocement immobile, prêt à bondir et disparaître, si c'est pour repartir avec les seins en obus, les jambes en avion de chasse et la bouche en cœur ?… Non, ça ne colle pas."

"Et si c'était un déguisement ?" s'emporta John Desprès, qui devait être friand de séries policières américaines.

"Quand bien même… Le camouflage aurait été de rigueur au lieu de créer cette Rousse onirique." Elvire ne cachait plus qu'elle exécrait John Desprès.

Énigmatique, elle nous fit sur le ton de la confidence :

“Plus que quelques instants et ce point sera éclairci”, elle croisait ses bras dans son dos, très pro elle s’écartait d’une voix douce et solide.

Moi qui étais au premier rang, ce fut d’abord les talons que j’entendis, puis les gens se poussèrent et je la vis.

La Rousse ! La femme de tous les mystères. Elle entrait dans la salle.

Ses jambes, interminables et osseuses marchaient langoureusement vers Elvire, agitant une robe d’été autour de hanches étonnantes. Elle regardait comme à l’horizon, contemplait quelque chose de beau qui nous était invisible. Elle avait dans les 45 ans, elle était éblouissante d’une certaine façon, ses cheveux comme du feu, une allure de cigogne.

Puis elle commença à chanter, d’une voix rauque et voluptueuse, charmeuse, reine du disco. Elle chanta du Diana Ross. J’étais déstabilisée.

Reine insolente et triste, qui es-tu ?

“Mes amis m’appellent BisBis,
mais vous me connaissez sous le nom de Jean-Pierre Bismuck.”

Oooooh

La gestuelle de BisBis, notre Rousse onirique, notre *disco-queen*, redevenait celle de Jean-Pierre Bismuck, notre bon comptable, timide et rigoureux, extrêmement angoissé.

C’était au minimum une vraie surprise.

Les yeux écarquillés. C’est bête de ma part.

Elvire s’approcha d’elle. Sa protection, son soutien à BisBis.

Parmi nous, on entendit des petits cris, des curiosités étranges, des oh la la. Ce ne fut pas toujours très classe.

Jean-Pierre avait les yeux baissés, mal fichu, effrayé.

Elvire coupa ce silence qui tournait étrangement

"BisBis raconte-nous comment tu as fait la connaissance de Carmen."

À cette question, Bismuck redevint BisBis en levant des yeux éclatants et brisés

"Je l'ai rencontrée là où vous m'avez trouvée dimanche dernier madame Pottier, à la soirée drag de la crêperie, la 'Queen'a'man'.

Elle était venue par hasard, pour s'aérer. Elle m'a reconnue pendant ma performance.

Dès lors nous avons beaucoup discuté." BisBis fit une pause. Elvire en parfaite gentlewoman lui tendait régulièrement un mouchoir ou une main sur l'épaule.

"J'ai accepté de venir chez elle, très tôt le lundi matin pour limiter les chances de croiser quelqu'un. Pour participer à son œuvre. Elle m'avait convaincue. Elle était si positive, si rassurante..." Nous étions bouche-bée, devant cette grande gigue, diva de 45 ans.

"Le lundi 8 juin n'est-ce pas ?"

"Oui c'est exact. Je suis arrivée à pied vers 5 h du matin, et suis repartie à 8 h 30. Nous avons discuté, elle me posait des questions sur des souvenirs, des odeurs, des textures, nous rigolions comme deux cousines, elle réfléchissait à *son œuvre autour de moi.*"

"Carmen vous avait-elle dit ce qu'elle comptait faire après votre départ ?"

"Elle m'a dit qu'elle allait travailler encore un peu puis qu'elle irait se coucher jusqu'à l'après-midi. Je suis partie

et ma nouvelle amie est morte."

Je comprenais alors, *Sa Vérité,* BisBis.

Elvire la prit par le bras et la guida jusqu'à la sortie. Elle était glacée. L'adjoint Pérez aurait sûrement à prendre cette déposition.

Je lui faisais confiance pour bien se comporter et nous croisâmes lui et moi un regard sérieux qui marquait cet accord.

C'était un bon gars, l'adjoint Pérez. Il rejoignit BisBis en sortant son calepin. L'exposition prenait un air d'opéra.

Les éléments étaient encore très flous pour moi, et les révélations d'Elvire ne m'aidaient pas, malgré toute ma bonne volonté. Oh Carlos...

D'autres perdaient patience, "Bon c'est que j'ai aut' chos' à fout' moi", d'autres au contraire étaient dévorés par la curiosité "Alors la suite Pottier ?" Les derniers, comme moi, étaient pétrifiés.

Une idée s'imposait à moi, le coupable est ici. Malibard est sur les rangs, Pérez tient la baraque pendant que Pottier tente la pirouette qui révèlera l'assassin-e. Elle semble en concentration maximum, cheffe d'orchestre du tango sombre.

Elvire pose gravement son regard sur chacun d'entre nous en rajustant les manches de sa chemise.

"Nous avançons.

À 8 h 40, une fois seule, Carmen Est° confirme ce qu'elle a dit à BisBis : elle envoie un message à Mark pour décaler son arrivée.

Elle travaille encore un peu.

À la flamme des premiers soleils, au vitrail des hautes herbes

Elle doit se sentir bien. Après la grande Ville, après les courses incessantes, les éraflures profondes. Le temps de la douceur, soleil de miel, elle l'a bien mérité.

Et puis l'Inspiration

Elle écrit sur le carton devant nous à présent, **Sa Vérité**.

Mais la vérité de qui finalement ? De Tout le Monde ! C'est une des sombres ironies de cette affaire – *Pottier souffle le froid dans nos rangs – Carlos se tient maintenant droit, alerte et obscur, il sort enfin d'une longue apathie, peut-être qu'il n'a jamais eu si bien l'impression de rencontrer sa mère, Elvire fait un miracle.*

Carmen va se coucher à la mezzanine, euphorique et usée. Elle s'endort comme une masse, à quelques centimètres de ce cher carton-vérité.

Très peu de temps après je pense, vers 9 h 30, arrive l'innommable moment de l'exécution.

Le tueur est entré dans l'atelier, puisque c'était ouvert comme toujours. La clef sur la porte, il le savait déjà.

Passons sur cette partie tragique.

Nous arrivons maintenant à 11 h 12 quand ma jeune collègue ici présente – *je me levais dignement avec un geste de la tête, appliquée et fière comme un poux* – reçoit un appel étrange, émis depuis la maison-coquelicots d'Estravalda, une voix étouffée l'enjoignant à venir au plus vite.

Étrange, très étrange même cet appel.

Et encore une sombre ironie à supporter, ma collègue se trouve avec M. Carlos Estravalda, le fils de la victime, quand elle reçoit l'appel.

Ils foncent en 206 se casser les dents sur cette chambre close. Grâce à l'aide des voisins et du Maire, ils cassent la fenêtre et pénètrent sur les lieux du drame.

Voilà ce que nous avons pour suivre notre fil d'or."

L'attitude d'Elvire est très solennelle.

"Foutaises !" Hervé Dubois, qui n'était pas de nature curieuse, bien au contraire, il bénissait son petit confort tranquille et équipé, en avait "marre d'être bloqué là comme un gros malin". D'autres commençaient à sérieusement bougonner.

Malibard et Pérez contrôlaient maintenant la sortie.

Et pour les curieux, le suspense devenait intense.

"Quelqu'un voit-il le prochain nœud qui se serre sur notre route ?" reprenait Elvire, en plein numéro stupéfiant.

"À qui profite le crime ?" beugla John. L'acteur préféré des théières et des mocassins connaissait ses classiques. Je râlais contre lui avec sadisme.

"Enfin, tant qu'on ne m'accuse pas ! ah aH AH !" Il me saoulait, ça devenait assez viscéral.

Elvire devait bien rester fair-play, elle répondit sans signe d'agacement :

"De ce point de vue-là, Carlos est le seul héritier, mais on ne peut pas dire que la somme soit convaincante à mes yeux : la maison-coquelicots et 15 000 €.

On a tué pour moins que ça vous me direz..."

Elvire Pottier, qu'insinues-tu ?

"Et l'appel de 11 h 12 alors ? J'étais avec lui !" Je défendais Carlos comme je pouvais, en balançant des bûches à l'aveugle.

Elvire reprenait la parole avec la satisfaction de nous voir nager dans la mélasse.

"Le Mobile

est effectivement problématique dans notre affaire. Insatisfaisant.

Ne tirons pas sur ce nœud, au risque de le voir se serrer plus.

Reprenons à partir de ce que nous voyons.

Nous voyons le tueur qui quitte les lieux. Reste-t-il dans les parages ?

À 10 h 30 l'assistant arrive d'habitude, et le corps sera découvert ?

Au lieu de ça, le calme plat à la maison. Carmen a décalé Mark à 16 h.

À 11 h 12 quelqu'un est chez Carmen pourtant, pour passer cet appel douteux à Duke.

Depuis 11 h, la voisine Sonia Talbot, son fils et M. le Maire discutent à la terrasse, ils n'ont vu personne.

La Rousse imprévue, l'assistant décalé, et Carlos qui rapplique, ça en a fait des surprises pour notre tueur au sang en béton coulant.

Quel est ton mobile ? Qu'est ce qui t'a fait sortir du bois ? *On avait peur, comme avec* Harry Potter.

Carmen Estravalda est notre boussole, rappelez-vous, et nous allons encore regarder là où elle nous a montré.

Une chose n'a jamais pu sortir de ma tête, depuis sa découverte, le Coffre-Fort. Ce petit coffre tapi derrière un tableau, coquetterie d'artiste en fuite ? Je ne pouvais m'y résoudre et fut confortée par son contenu. Daté. Dispersé. Là, affectueusement, le bracelet de naissance de Carlos, quelques coupures de magazines, ses premières apparitions de gala. Et puis dans une petite pochette, des coupures d'articles sur le double meurtres des sœurs Bonnival."

Elvire se retourna vers Dolores Estravalda avec douceur et persuasion.

"Madame, vous avez juré avoir essayé d'ouvrir ce coffre, malgré l'insistance de la police à croire ce fait de votre neveu Carlos. Confirmez-vous que c'est bien vous ?"

Elle se leva. Ses os avaient l'air solides, ses bras musculeux, son regard droit, alors pourquoi ai-je l'impression qu'elle tremble à l'intérieur ?

Dolores confirma à haute voix :

"Oui c'est moi,

simplement pour récupérer les affaires, les choses à transmettre à Carlos, les choses à jeter." Elle fixait Elvire Pottier droit dans les yeux, pas de colère, de la force.

“Je croyais que je connaissais le code, eh bah faut croire que je le connaissais pas…”

Elvire prit ce regard avec réconfort.

“Merci Madame.

Ces dernières semaines, vous avez été d’un courage sans faille, d’une maîtrise prodigieuse – *je ne comprenais pas tout à fait ces mots* – vous devez être très fatiguée...

Mais nous devons suivre Carmen encore une fois, me laissez-vous faire ?”

Dolores acquiesça sans un mot, je sentis dans son corps la fin des tremblements intérieurs. Elle lâchait prise.

“Un objet tranche avec tout le reste, avec la petite maisonnette, avec les spartiates affaires de Carmen, avec la peinture, un objet gardé à quadruple tour.

Carmen hurle que c’est cet objet qu’il faut comprendre : les articles sur les sœurs Bonnival.

Vous, Dolores, me suggérez que c’était une simple source d’inspiration pour son œuvre.

Mais vous n’y croyez pas, alors je n’y crois pas non plus.

Et puis est née en moi une horrible histoire, une comptine qui commence mal et finit mal.

En juillet 1987, en lisière de forêt sont retrouvés les corps de Nadège et Florence Bonnival, étranglées, violées par deux hommes, d’après les prémices de la police scientifique, une croix entaillée dans leurs mains. Elles avaient été vues en sortie de discothèque, puis volatilisées. Arrachées au sol. Dévorées.

Bon. *Elle respirait avec peine.*

C’est pénible mais il faut continuer.

Deux hommes. Un binôme violeur-tueur, ce n'est pas si rare.

Réfléchissons.

Il y a l'exception du coup de foudre entre dominants, mais la plupart du temps c'est un dominant qui entraîne avec lui un dominé qui se sent valorisé, enfin mâle, et passe ainsi à l'action avec grande conviction (le dominé se caltant souvent tout le sale boulot). Le dominant est plus manipulateur, plus pervers, plus détestable en somme.

En tout cas, c'est une organisation de kidnapper deux personnes d'un coup. Et une sacrée confiance réciproque au sein du binôme. Le dominé idéalise le dominant, il est prêt à tout pour lui. De son côté, le dominant est complètement sûr de son emprise. Il a même commencé à insuffler de nouvelles idées au binôme, des idées morbides, violentes.

Commencer par un double meurtre semble une barre assez haute pour notre jeune binôme.

Trop haute ?

Ma comptine horrible reprend.

Ils ont dû faire d'autres actions coup de poing avant ça.

Ils ont dû chasser, ces chiens galeux – *elle devenait colère.*

Pour affiner leurs techniques, leurs vomis de fantasmes, s'entraîner en enfer.

D'autres victimes, encore en vie, les premières ?

Une idée lancinante vous apparaît peut-être…

Toujours est-il que malgré de gros moyens, jamais ne furent retrouvés les coupables. Jamais d'autres victimes ne se signalèrent 'sérieusement'.

Pire, l'incendie du Grand Commissariat en 2002 fit disparaître une bonne partie des archives et notamment les ADN des tueurs des sœurs Bonnival.

On organisa une marche blanche qui ne permit que de pleurer."

"Oui, oui on connaît tout ça ! Dites, ça va là-haut ? Vous nous entourloupez depuis une heure avec vos épluchades." L'institutrice en "avait sa claque d'être menée par le bout du nez".

"Vous avez raison", enchaîna Pottier, diplomate, "vous êtes ici car nous avons besoin de vous tous pour débusquer cet infâme salaud assassin, ce traître." Ça calma tout le monde de vouloir partir.

"Avant de poursuivre, je vous prie d'écouter pour quelques minutes la brillante Alex Duke, qui va nous faire un fort intéressant topo sur le reste de nos activités du mois."

Je croyais discerner de la condescendance et un léger foutage de gueule, à nouveau. Je pris mes notes et m'avançai au centre sans me dégonfler.

Je me raclai la gorge, un peu crooneuse, un peu pro.

"Ce mois-ci, au rayon des affaires refusées par notre agence :

le 22 mai puis le 30 juin, nous refusons de prendre votre affaire de graffitis sur votre mur, monsieur Dubois. Nous ne pouvons que vous recommander la solution préconisée par votre voisin M. le Maire Berleig Frimoux de mettre une caméra de surveillance ou de vous en foutre.

Au rayon des mignonnes petites affaires :

nous avons le cas dit 'Des fantômes de la présentatrice'.

Après une infiltration poussée – *je portais un regard que j'espérais subtil à Clara Bellecourt, qui avait l'air de ne pas me connaître* – je découvris que les fantômes livides accros au soleil qui envahissaient le champs de Gégé suivant l'incantation de la présentatrice TV, n'étaient autres que les teufeurs, artistes, solitaires ou amoureux. Ils quittaient avant 10 h du mat' la résidence artistique, la FF. Autrement dit, le dimanche soir ça squatte sévère, des fêtards de tous bords, toute la nuit, et le lundi on sort les déchets. Avant que le gardien prenne son service à 10 h.

Alors non, la présentatrice Sophie Before n'invoquait pas les fantômes tous les lundis matin !"

J'obtins un sourire amical et quelques rires de l'assistance. Mais tout le monde voulait surtout le retour d'Elvire qui était partie au petit coin, c'était gênant pour moi en fait…

Elvire revint

"J'ai une nouvelle affaire à vous annoncer

Le meurtre d'Alain Troissoux

– elle fit une pause pour regarder une par une les réactions estomaquées : Al !

Nous avons découvert son corps

Une bagarre mortelle dans son pauvre salon

Alors que nous passions le prendre pour cette exposition..."

J'étais KO chaos. "Pas sûre qu'il vienne ce soir", n'avait pas dit Pottier tout à l'heure ?

L'assistance vrombissait de paroles secrètes.

"Si c'est pas malheureux…", ajouta Sonia en balançant lentement sa tête de gauche à droite, geste qui allait de pair avec ladite phrase.

Malibard semblait calme, déjà au courant. Elvire manœuvrait dans mon dos, elle ne me faisait plus confiance ? Était-ce très mauvais signe ?

Elle reprenait sans attendre.

"Al Troissoux devient alors lui aussi une boussole. Lui qui a toujours vécu sur ce ponton.

Mon horrible comptine va abattre son couplet.

Imaginez

Le binôme de tueurs-violeurs originels a vieilli, s'est peut-être éloigné, lié malgré tout par ce terrible secret.

Et nos victimes précédant les sœurs Bonnival ? Elles aussi ont vieilli.

Et ce grand méchant loup qui rôde depuis tout ce temps ?

Cette après-midi du 30 juin, suite à l'obstination de notre chère Alex, m'apparurent les notes manquantes de ma comptine. Les premiers tambours.

Les collages chez Hervé Dubois."

Stupeur à nouveau.

Il s'indigna à force de bouffades de sénateur outré, "Je n'ai rien à voir là-dedans. Vous marchez sur la tête".

"Dites-nous monsieur Dubois, quand vous êtes chez vous, le collage en œil vous dérange-t-il ?"

"Non madame, non. Mais enfin quoi ! De quoi j'ai l'air moi, rhoooo… un homme a le droit d'exiger le calme sous son toit, ça pardi !" Il était furibond le Hervé.

"Calmez-vous monsieur Dubois, ce n'était qu'une de mes sottes questions, vous me connaissez… Je taquine facilement le bourgeois", amadoua Pottier avec humour et autorité.

"Puis-je reprendre ma comptine en tragédie ?

Imaginez encore

Une jeune fille de 16 ans

Une des premières victimes, avant que le duo putride ne passe au meurtre

Une enfant devenue adulte à vitesse grand V de la lame

Une enfant qui s'est mutilé la main à l'acide pour effacer 'la croix maudite'

Une enfant qui a dû porter dans son ventre un enfant. L'intouchable bébé du sang et de l'effroi. Oui mais voilà elle l'a… Et c'est trop tard.

La distance entre ses parents et elle devient un gouffre au présent.

Elle est mère, c'est très difficile cette situation, la dernière lame du bourreau

Elle tient bon, elle doit l'aimer son petit Carlito

Elle a sa personnalité

Forte, aimante et déchirée.

Une des premières victimes. Admirable de courage.

Carmen…"

La comptine partait en couille, je manquais d'air. Je voyais de l'autre côté de la salle un flic soutenir Carlos au bord de s'écrouler.

La Tante Dolores est accoudée à Sonia.

C'est donc bien ce que je crois ?

"Vous vous en doutiez n'est-ce pas ?" demanda doucement Elvire à Dolores.

"En quelque sorte… À l'époque, j'étais petite, dans les 13 ans, et pis bah j'ai fait comme j'ai pu pour l'aider, elle arrêtait pas de chialer. J'y filais un peu d'oseille que je chouravais aux parents. Je lui ai promis une de ces nuits-là de jamais lui poser de questions sur tout ça. Quand j'ai réessayé par la suite, elle m'a toujours rappelée à ma promesse.

Les années sont passées comme ça.

…

Et puis vous êtes venues, avec votre stagiaire.

Vous m'avez parlé des sœurs Bonnival, des articles dans le coffre

…

Et j'ai commencé à l'entendre, cette comptine,

notre malédiction."

Elle reprenait ses esprits, elle réfléchissait encore à une façon de protéger au mieux sa famille, une lionne Estravalda.

“Je savais que les affaires du petit coffre étaient très personnelles… Je voulais les trier avant que Carlos ne tombe dessus. Je ne savais finalement pas le code… Sombre ironie comme vous dites…

Puis-je aller auprès de mon neveu ?”

“Bien sûr Madame, je vous en prie.” Elvire agissait avec tact.

Cela dit, elle ne nous laissa pas de répit, et ça m’allait bien. Il fallait qu’on sache.

“Imaginez à nouveau ce qui m’est apparu distinctement.

Madame Estravalda, ancienne victime de ce duo fétide, dont au moins l’un des deux est un dominant au nerf d’acier, revient à Fluette-sur-Bignolle. Et notre sombre ironie du sort frappe encore.

C’est que notre perfide roi est aux abois. Pourquoi ? Ce n’est pas encore le moment.

À moins que ça ne le soit !

Comme pour moi le 2 juillet, jour où Alex Duke prouva une nouvelle fois sa valeur.”

Elle ralentit comme pour mettre une cassette à l’autoradio.

“Jamais d’autres victimes ne se signalèrent ‘sérieusement’... Vous vous rappelez ? - *elle avait l’air grave en répétant les mots qu’elle nous avait dits tout à l’heure, je connaissais ce numéro-là, ma réussite !* -

Erreur ! Une se signala. La première, sûrement. Et personne ne la crut. Elle ne parla qu’après le meurtre des Bonnival, et tout le monde prit ça comme une dégoûtante façon d’attirer l’attention. Elle n’avait même pas la croix gravée dans la chair de la paume après tout. Elle n'avait que ses quelques mots sales. Voilà ce qu'ils ont cru, les gens.

Ce n'est que grâce au flair de ma chère Duke que nous retrouvâmes cette fille, Virginie Lewevre, à l'hôpital psychiatrique de Sainte-Âme.

Le dialogue qu'on put obtenir avec elle, fut très décousu, aucune preuve mais une cinglante certitude. Confirmant à la fois la force de cette Virginie, sa folie et la résolution de l'enquête à venir.

Notre loup-humain doit avoir bien du mal à garder son troupeau à l'œil.

Oui bien du mal.

Imaginons simplement qu'il subit un chantage

Lui fort, vieux beau encore à la fleur de l'âge, il doit rugir de rage, sur son beau carrelage.

Un chantage !

Nous découvrions Virginie Lewevre le 2 juillet.

Mais c'est le 8 juin que Carmen s'est fait exécuter.

La mathématique du poker, l'ironie du désespoir.

Voilà ce que je vois :

Un homme qui a joué à 90 gagnant sur 100, et qui a tué facilement puisque sa décision était prise. Quel homme.

Un chantage ? Une menace ? Certainement pas de ça chez lui.

Alors il a réfléchi en homme-crocodile purulent. 'Son retour est forcément le signe que c'est Elle qui me fait chanter, cette Estravalda de malheur, cette petite pute, chienne de mes *night*, tu vas peindre ma bite, salope.' "

"Va te jeter dans le vide grosse conne, parle pas comme ça de ma mère." Carlos fut très difficile à calmer, il ne pouvait pas comprendre qu'Elvire, qui ne disait jamais de gros mots, le devait maintenant, pour capturer l'humain meurtrier au sang-froid, comme il faut serrer les ongles pour avoir jusqu'au bout un point noir... Les autres gens n'étaient pas plus à l'aise avec le ton que prenait maintenant Elvire Pottier.

J'étais désolée pour Carlos, et subjuguée – égoïste peut-être – par Elvire, c'est pas souvent qu'on a un bon chef !

“Nous la tenons presque cette ordure, vous le sentez.

Mais revenons au premier roulement de tambours.

Encore ma comptine de cinglée vous vous direz ?

N'empêche que pour le moment, elle ne s'accorde pas mal aux faits ! Elle tient et avance, mon horrible comptine.”

Elle avait un peu de défi aux joues, le visage commençait à marquer. Mais elle avait une classe folle. Entièrement intelligente, vive, souveraine.

“Bah là je vous arrête ! et quid de la chambre close, encore et toujours !” se moqua Desprès qui n'en perdait pas une Insta-miette.

“John Desprès, mon p'tit chéri.” Elvire ne feignait pas l'affection, ni n'était conquise, elle était simplement en complète domination sur lui et commençait même à rire de ses questions. C'est vrai que finalement il ajoutait de l'eau à son moulin, à sa prestance.

“Vous avez entièrement raison”, même mielleuse, Elvire semblait redoutable, mortelle.

“D'ailleurs je dois vous dire que c'est par là que j'ai tiré mon fil d'or à moi. Cette chambre close.

Vous allez tout de suite comprendre.

On cherche un homme qui préférait nettement le faux suicide au meurtre de rôdeur.

Pour éviter la moindre enquête ? Pour posséder encore plus Carmen? Pour se protéger en fin de compte.

On cherche un homme qui avait un mobile pour avoir à faire tant d'efforts.

On cherche un homme qui a les nerfs solides comme l'enfer, et même quand son plan a été chahuté par la Rousse inopinée, par l'absence de Mark, oui même quand son plan est tout de suite tombé à l'eau, pour s'abattre sur Carlos, il n'a pas bronché.

On cherche un homme dangereux, tapi dans la société, croisant çà et là d'autres hommes dangereux. Mais pas tout le temps, bien sûr. Il a sûrement une heureuse et robuste façade, cet homme-là, et arrive facilement à oublier qu'il est un monstre."

"Si ça se trouve c'est une femme et ça n'a rien à voir avec l'affaire Bonnival", John se prenait au jeu, encouragé par Elvire.

"Si ma tante en avait, on l'appellerait mon oncle !" rétorqua-t-elle, joueuse.

Et elle reprenait aux vivats des "Allez Pottier, abrégez bon sang", marmonnés par Hervé Dubois, soutenu par Sonia Talbot. Je me surpris à penser qu'elle était étrangement crispée. Mais l'action reprit sans temps-mort.

"Vous avez raison mon bon Hervé.

Le tueur dominant, celui qui a carrière à perdre, femme à divorcer, a tué Carmen. Il a stoppé la menace et croit que tout va de nouveau reprendre le rail.

Lui, ce cerveau maléfique, comme il doit se voir pour tenir le coup. Les jours passent.

Et il tient encore, quand un jour, la menace revient. Le chantage reprend.

Carmen est morte, mais la menace est bien vivace. Il le découvre avec un effroi terrible : il s'est trompé, ce n'était pas elle. Il peut la sentir lui aussi soudain, la douleur mortelle.

Il est fatigué, d'être roi de son royaume sinistré.

Ce jour-là, vous avez dû tanguer pas vrai ?"

Elle clamait ça les yeux en l'air, complètement dans un rôle, les narines bombées comme un animal en défense de son territoire, parlant directement à l'assassin imaginaire. Ça allait très vite.

Vu que personne ne pouvait parler, elle reprit amicalement vers Hervé Dubois.

"Le 22 mai, vous êtes la victime d'un odieux graffiti, un œil à la pupille croisée, sur le mur donnant dans la rue, et comme vous l'avez stipulé, vous ne le voyez pas depuis chez vous.

Mais quelqu'un le voit

Et la menace a grandi dans sa tête, son propre démon l'a mangé lentement.

Nous cherchons

Quelqu'un qui a déduit implacablement que le chantage venait de Carmen

Qui a agi, simulé le suicide, c'est une artiste après tout…

Qui a dû appeler en urgence, voyant que Mark n'arrivait pas, ma jeune collègue Duke.

Il FALLAIT faire venir quelqu'un. Si ce n'était pas l'assistant tant pis : Duke ferait parfaitement l'affaire en mollassonne exaltée, qui plus est 'assistante de Pottier'.

C'est qu'il fallait être présent pour notre tueur, son rôle n'était pas fini.

Crime en huis clos. Notre assassin a un caractère de star de cinéma. Il se fait un film à la Hitchcock et c'est lui le méchant héros."

Je me prenais enfin au jeu :

“Oui Elvire, cet ancien monstre veut tout faire pour enterrer ce dossier, il a sa vie maintenant. Il croit bien en être bon la première fois, il a tué Carmen, l’ancienne victime qui revient.

Mais non c’est raté ! La menace se fait entendre à nouveau, assourdissante.

Alors il ne reste que deux personnes à notre connaissance qui Savent qui il est.

Virginie Lewevre, la première victime, mais comment l’aurait-elle retrouvé ?

Et plus proche, plus dangereux, l’ancien dominé complice.”

“Vous l’avez ?” m’encourageait Elvire.

“Rhaa… nan, mais presque !” rigolai-je alors que ça n’était pas du tout le moment de rire.

“Quand je vous ai retrouvé au bar, jeune Duke, après notre visite chez Virginie à l’hôpital psychiatrique, vous suiviez mes conseils à ravir, 1,5 litre de bière et votre talent inné.

Vous êtes allée faire pipi vous rappelez-vous ?” Elvire me tendait la perche.

“Oui je m’en souviens étonnamment très bien.”

“Ne jouez pas sur les mots mon amie, quelle tête aviez-vous en sortant des toilettes?”

“J’avais senti une odeur aigrelette, acide, de légumes, mes narines remontaient”, répondis-je.

“Une odeur de pipi comme ça est caractéristique d’un plat, réfléchissez, vous y êtes presque.”

J’y étais ! C’était limpide maintenant et je me levais dès qu’Elvire eut fini sa phrase. J’étais en roue libre, l’émancipation.

“Oui Elvire !

Il avait mangé des asperges, l’homme qui avait pissé avant moi, des asperges !

Oh mais j'y suis !
Ce jour-là nous étions allées voir Virginie,
Nous l'avions quittée à l'heure du midi, 'asperges-vinaigrette', disait le menu.
Lui avait-il fait une contre-visite ?

Qui a pissé avant moi au bar ?...

Oh !

Le Maire."

Le blanc que j'avais jeté valait son pesant de cacahuètes.

"Qu'est-ce que c'est que ces accusations Pottier ? Contrôlez un peu votre sous-fifre nom de dieu." Berleig Frimoux gueulait. C'était pas bon pour sa cote les ragots !

Elvire reprit la corde et me fit m'asseoir.
"Connaissez-vous le refrain de l'homme qui a cru avoir trop de chance?
Quand il était jeune, il a tué et violé deux femmes au moins, sans se faire prendre et encore de la chance, l'ADN a brûlé.
Aujourd'hui, par son travail, son statut, obtient-il des fellations en larmes, des soutiens-gorge contre allocations ? Quelle chance il a ! "

"OK, là s'en est trop je m'en vais. Vos horribles accusations connaîtront riposte Pottier, et vous allez apprendre ce qu'est la Justice ! Salope !
J'ai un alibi au moment de l'appel, demandez à cette pauvre Sonia à nouveau ! Flicaille va !" alors qu'il se dirigeait vers la porte, il fut bloqué fermement par Malibard.

Elvire se rapproche du dragon à chaque virgule. Le chevalier sort la lame du fourreau, ça va barder.

"Les abus sexuels, vous n'aimez pas monsieur Frimoux ?

Et 'Cette pauvre Sonia' dites-vous ? Vraiment ?

Je vais vous dire ce que je sais.

Vous aidez Sonia en trouvant un logement et une bourse pour son fils qui part faire des études.

Pourtant, elle ne votera pas pour vous, ressemblant à quelqu'un préférant sauter du toit que de voter.

Quelle femme vous êtes, Sonia", se retournant vers elle. Elvire était sincère.

"Pour vous aussi les derniers mois ont dû paraître dix ans."

Sonia ne disait plus un mot, refermée comme un hérisson.

"N'ayez crainte, votre fils n'a rien fait à Carmen, je vous le promets."

Et Sonia fondit en larmes.

"Maman tu croyais que c'était moâââa ?" Dylan s'animait enfin.

"Ohhh je savais pas quoi penser. Excuse-moi mon trésor."

Une grande accolade simple, une mère et son fils, deux de plus à être ballottés dans tout ce bordel.

Elvire couva ce câlin avec la suite de son récit fascinant

"Dès les premiers instants, vous avez compris que Dylan serait au moins accusé.

Et pour cause, il était en retard au rendez-vous de 11 h avec le Maire, faut dire que c'est loin à pied la défonce à la résidence FF, pas vrai Dylan ? ! Les fantômes de la présentatrice c'est ça ? ! "

"Ah ah, ouais grave ! J'étais à la bourre." Dylan prenait la chose du bon pied.

"Voilà madame Talbot, quand vous avez entendu Alex parler de l'appel de 11 h 12, vous avez eu peur, Dylan devait passer à ce moment-là par l'étang, il était livide. Vous avez saisi l'occasion vitale que vous tendait sans le savoir le Maire : une arrivée confirmée à 11 h.

Et pourtant lui aussi était en retard je pense...

La déclaration de Frimoux protégeait votre fils, et la vôtre protégeait funestement son alibi.

Il devait encore croire en sa chance de milliardaire à ce moment-là.

Dites-nous vraiment à quelle heure sont arrivés votre fils et le Maire ?"

"Ferme-la ! Sinon je vais dire à Dylan comment sa mère est une racoleuse, une suceuse, une PUTAIN !

Ferme-la Sonia tu m'as compris !"

Attention Berleig

Une victime connaît toujours bien son bourreau, lien enragé.

Sonia se leva et le regarda avec l'équivalent d'un coup de santiag dans les couilles.

"Mon fils est arrivé à 11 h 10, livide et rincé. J'avais peur qu'il arrive en retard. Mais Frimoux est arrivé à 11 h 15. Il avait chaud. Il a toujours chaud, ce porc.

Je suis désolée d'avoir menti, pardon Carlos.

J'avais si peur, je pensais que ça ne faisait rien ce petit mensonge..."

Carlos lui pardonnait évidemment.

Elvire était encore plus proche de Berleig Frimoux.

"Ce tueur de la chambre close

C'est vous Berleig Frimoux.

Quel adversaire !

C'est vous, Vous depuis le début.

Depuis 1987
Et toutes ces années
Le pouvoir encore.
Mais
Le 22 mai,

Cet œil en croix vous a fixé pour la première fois, sur le mur d'Hervé Dubois. Puis des lettres de chantage j'imagine… De l'argent ?

Carmen était rentrée depuis le 15 mai.

Votre plan est arrêté. Et pour être sûr de ne pas avoir d'enquête, le suicide est une bonne façon d'avorter l'histoire, ironique et immonde.

Vous prenez même la folie des grandeurs, le meurtre en chambre close.

Le jour J, ce 8 juin, l'institutrice ne voit pas passer votre voiture pour aller chez Sonia, étrange ?

Et pour cause, vous vous garez tôt le matin en passant par chez Al.

Une question me brûle, n'est-ce pas votre bon ami Al ?

Mais suivons les derniers centimètres de notre fil de fer – *les traits d'Elvire étaient sinistres, ceux de Berleig en corbeau noir.*

Arrivé aux aurores sur la colline des villas anglaises

Surprise, une Rousse imprévue papote avec Carmen.

Qui sait finalement si ça ne va pas brouiller les pistes. Chanceux veinard !

Vous deviez passer à l'action.

Vous allez attendre plus que prévu, mais ce n'est rien.

Et puis le moment venu

Vous tuez Carmen et refermez derrière vous, la clef va dans votre poche.

Finalement tapi une dernière fois sur la colline aux Anglais

Vous attendez Mark

Vous avez votre rendez-vous avec Sonia Talbot et son fils à 11 h.

Ça doit tomber pile, vous aviez appelé Mark en vous faisant passer pour un recruteur. Vous saviez son emploi du temps. Il doit arriver à 10 h 30.

Vous aviez tout vérifié.

Berleig, Berleig Frimoux."

Il transpirait et c'était fascinant, il était à terre, monstre inodore.

"Mark ne vient pas, et ça pourrait vous faire paniquer. Mais vous êtes un boa *destructor*, vous bougez lentement.

À 11 h 12 vous vous résolvez à ce twist, appeler quelqu'un d'autre mais qui?

Quelle chance encore, vous avez cette carte de visite. La jeune stagiaire Duke bien sûr !

"La maison-coquelicots ; Venez vite", et vous filez au rendez-vous chez Sonia.

Vous êtes déjà en retard, mais après tout, elle est le genre de femmes toujours au jardin, alors l'heure… Et puis l'avenir de son gosse passe par vous, non ?

Vous lui aviez sûrement déjà fait payer trop cher le prix…

Elle dira ce que vous direz, c'est bien ce que vous vous êtes dit ?"

"C'est des sornettes ignobles, vous ne vous en tirerez pas comme ça Pottier !" Ses veines étaient toutes apparentes, d'énormes vers.

"Quand les deux jeunes, Alex et Carlos, tapent à la fenêtre, vous accourez comme prévu. Et c'est encore vous qui cassez la vitre avec la barre.

Une fois dans l'atelier,

Ce fut un jeu d'enfants, contrairement à ce que vous deviez craindre

Les jeunes se sont précipités sur le corps, et vous

Précision vitale – adrénaline au max

Remettre la clef dans la serrure intérieure et revenir auprès des jeunes en larmes au-dessus de Carmen.

Quand Alex s'est retournée pour ouvrir, vous avez dû jubiler de la voir constater la présence de la clef.

La chambre close était créée.”

“Arrête tout de suite tes affabulations débiles ! Pute à gouines !

Tu n’as aucune preuve de ce que tu jactes alors tu devrais peut-être fermer ta gueule avant qu’on s’en charge.”

Il devenait affreusement vulgaire d’un coup. Ça y est, son empire de merde s’effondrait.

Je repris la parole, la force de la vérité m’animait.

“ ‘Avant qu’*on* s’en charge ?’ monsieur Berleig, mais vous êtes seul maintenant.

Le 30 juin, quand vous voyez à nouveau l’œil en croix sur le mur de Dubois, vous perdez pied une seconde. Mais un boa puant n’est pas une brindille nom de nom. Vous êtes ce héros très sale.

Pas vrai Berleig ?”

Elvire avait les yeux qui brillaient en me laissant la scène.

“Alors quand on est allées voir la petite Virginie le 2 juillet, tu as dû sortir du bois à nouveau.

Y avait si longtemps que personne n’était allé la voir... On peut pas dire que tu te sois inquiété de ce côté-là – *je le tutoyais maintenant en crachats.*

Mais nous on y était, et elle me parut très correcte, très valable, la Lewevre.

Du coup tu n’as pas pu t’empêcher d’aller manger avec elle le midi, pour voir de tes yeux.

Et là, je comprends que ce fut un combat de titans entre vous.

Si tu sentais que c’était elle la ‘maître-chanteuse’, tu pouvais la tuer si facilement, n’était-elle pas déjà à demi morte, isolée au maximum.

De son côté, si c’était elle, elle devait tenir bon, le rôle qu’elle avait choisi. La folle. Paraître inoffensive. Elle a dû bouillir de t’arracher les yeux.

Et ce duel, elle l’a gagné Berleig. Voilà ce que je crois.

Tu es alors reparti avec cette certitude, ce n'est pas elle qui te fait chanter.

Tu es fatigué quand tu nous rejoins ce soir-là, au Bar de l'Église...

Le soir-même

nous avons suivi une voiture fantôme au GPS qui allait à l'étang.

Eh bien c'était vous, et vous alliez chez Al, puisque après tout, si ce n'était pas cette folle, ça ne pouvait être que lui, Al, votre complice de l'époque, votre dominé, qui vous faisait chanter. Quel culot ! Ce raté, ce naze, végétalien par-dessus le marché...

Quand vous arrivez chez lui, je crois que vous ne vous attendez pas à voir Al dans cet état.

Il a de l'énergie, et de la colère. Il commence à y penser, 'tu as tué Carmen ?' *je tutoie je vouvoie, je perds les pédales.*

Il a toujours cru que Carlos était son fils. Il a vécu en luttant contre le poison qu'il avait injecté. Il ne parlait plus à personne. Il regardait son fils, et Carmen, la femme qu'il aimait et que son ami l'avait poussé à violer. Oui, la femme qu'il avait violée.

Il les regardait de l'autre côté du ponton, à la surface de l'étang. Et je crois qu'il était atrocement désolé. Chaque jour, il a dû leur envoyer des libellules pour s'excuser. Mais les libellules ne parlent pas, ne pleurent pas..."

Je devais stopper mes idées, mes émotions allant trop vite pour moi.

Elvire posa sa main sur mon bras, doucement. Elle était fière comme un bar-tabac.

"Voilà, Berleig, tu es fini.

Le lendemain de ta visite chez Al, nous y passions avec Duke, pour insister lourdement.

J'ai été claire avec lui. Il pouvait faire libérer Carlos.

Mais, soumission ultime, il a dû te prévenir de sa volonté de tout déballer.

Pauvre Al, salopard repenti.

Tu as dû le tuer. Le Boa fait le ménage autour de lui.

Je crois aussi que ça te faisait peur qu'il veuille être pardonné. Même d'un centimètre."

"Vous n'avez aucune preuve… RrrikkkPfeuu…", il cracha par terre pour signifier son avis sur cette exposition.

Soudain, de la mezzanine cria une petite voix très forte "C'est TOI salaud ! Moi je témoignerai, je vais te crever les couilles !"

Virginie Lewevre ! Cachée là-haut depuis le début, n'en perdant pas une miette. Elvire avait tout prévu !

"Calmez-vous Virginie. Vous nous apportez une preuve incroyable, mais laissez les choses venir !"

Elvire s'apprêtait à donner le coup de grâce.

"En vérité c'est presque exact. Nous avons peu de preuves, d'abord parce que les viols de l'époque sont classés ou jamais ouverts.

Et maintenant,

Ne sommes-nous pas devant le meurtre parfait, ce suicide ?

Si.

Mais vous êtes sorti trop loin du bois, Frimoux,

Vous êtes passé voir Virginie, c'est marqué dans le registre.

Elle vous a fait sortir de votre tanière.

Elle a fait les graffitis devant chez vous,

puis elle vous a attendu dans son univers de folle à lier.

Elle a attendu

que vous veniez perdre.

Elle a enregistré votre discussion au self, avec le dictaphone que nous lui avions laissé le matin même.

Il n'y a pas que votre urine qui était aigre, ce jour-là,

mon bon Berleig.

Et on saura bien vite qui était le géniteur-violeur de notre ami Carlos, vous comprenez ça aussi ?"

Il fut embarqué par Malibard sous les insultes en bombardement de Dolores.

Carlos lui mit une patate aussi au passage avant d'être retenu.

Les autres habitants (oubliant peut-être qu'ils avaient voté pour lui) n'étaient pas en reste. Sifflets et quolibets en tout genre.

Sonia, qui ne votait pas, pleurait en serrant la main de son fils.

C'était le chaos.

Berleig Frimoux
le maire de Fluette-sur-Bignolle accusé de viols et meurtres

titrait le *Petit Bignollais* du lendemain.

Berleig Frimoux, je te hais.

Il s'est suicidé dans sa cellule trois jours plus tard.

Épilogue

Quelques jours plus tard, je prenais le petit déjeuner avec Elvire en terrasse. La déposition de Virginie avait été prise, mais sans moi. Moi j'étais restée juste à côté de Carlos, dès sa libération jusqu'à m'endormir dans son canap.

C'était fini, Pottier avait encore fait des merveilles. Il flottait ce doux parfum d'après-guerre.

“Vous vous en doutiez depuis le début ?”

“Depuis le tout début en effet. C’est votre remarquable déposition qui m’a mis la puce à l’oreille.

Une chambre close n’est jamais chose aisée Alex...”

Elvire la lionne calme revenant de la chasse.

“C’est un sacré bout de femme la Virginie Lewevre”, pensai-je tout haut.

“Son parcours peut nous faire réfléchir longtemps”, ajouta Elvire en prenant du pain. Elle avait un petit logement social maintenant, et ne revenait à Sainte-Âme qu’en consultation régulière. Ils pensaient alléger son dosage de médicaments.

“Mais comment l’a-t-elle retrouvé, ce salaud ?”

“Vous ne voyez pas ? Eh eh encore un de vos coups fumants !

Virginie a reconnu sa tache de naissance, et devinez où ?

Dans le *Petit Bignollais* ! La double-page sur l’inauguration du centre aquatique, avec le Maire en short de bain ! Quelle ironie encore !

Elle nous a tout raconté hier.

Comment elle l’a reconnu, comment son plan a avancé, furieusement, jusqu’à cette idée de chantage, sa torture à lui. Elle sortait en douce par l’arrière de Sainte-Âme, là où l’on nous a signalé des travaux.

Elle nous a expliqué

comment elle a feint la folie, l’inoffensive, quand il est venu s’asseoir à côté d’elle pour manger, ce midi du 2 juillet.

Et grâce au dictaphone que je lui avais laissé ce matin-là – vous vous souvenez ? ‘Attendez-moi là, j’ai oublié quelque chose !’ – elle a tout enregistré.

Le Maire a tout tenté pour la faire parler. Il lui a chuchoté à l’oreille d’horribles détails sur son viol, sur qui il était, ce monstre de Berleig. Elle est restée calme et parfaitement folle.

Tout est très clair sur la bande audio.

Une guerrière exemplaire."

"Merveilleux, Elvire !"

* * *

Non loin de nous, BisBis et Andrée Vasseur prenaient une Ricoré, en papotant comme des vieilles branches. La journée leur plaisait, elle nous plaisait tous.

Vasseur nous raconta avec entrain la scolarité de Berleig, le sale gosse leader et colérique, et de son ami d'enfance, Al le boutonneux, le maladroit perdant.

"Enfin, de là à se douter que c'était eux..." Ça la laissait perplexe, on ne pouvait que la comprendre.

* * *

BisBis possédait un petit appart en Ville, 'une petite rentrée d'argent bien pensée', elle proposait de faire un bon prix à la Talbot et son Dylan, BTS Design Graphique. C'était amusant de voir la différence de caractère entre BisBis et Bismuck, leur parfaite identité.

Sa Vérité, sa Libération

"Et pour Bismuck, la Rousse, comment avez-vous su ?"

"Vous connaissez beaucoup d'artistes qui appellent leur comptable en pleine création ?

J'ai suivi Carmen tout simplement !

Et l'affiche du 'Queen'a'man' m'a offert la solution sur un plateau."

* * *

Leïla Didi était pressentie pour le rôle de Carmen dans l'adaptation en série du biopic

'Carmen Est° enterre la hache'

C'était le mieux qui pouvait arriver.

Mark gardait un œil avisé et fidèle sur toute exploitation de la vie de Carmen Est°.

Ça rassurait vachement Carlos sur ce sujet.

* * *

Sur le reste, en revanche, il tanguait encore pas mal Carlito.

Si on résumait, il était le fils d'un double-viol, puis sa mère s'était fait assassiner par son ancien bourreau.

Et maintenant, on attendait fébrilement que le test de paternité ne tombe.

On ne disait pas un mot là-dessus.

Quand ça tomba, je crois qu'il le savait déjà.

Alain Troissoux est le géniteur de Carlos Estravalda.

Il alluma un pète, le regard flottant par-dessus l'étang, vers la cabane d'Al.

"Ma mère était une femme incroyable Alex.
Je le savais même pas..."

Il me pria de le laisser seul.

* * *

C'était bientôt l'heure de partir, j'avais du vague à l'âme.

Je rejoignais Elvire à l'agence pour récupérer mon baluchon.

En voiture vers la gare routière, à la sortie du Nouveau Fluette.

Elvire agissait comme si de rien n'était, et j'appréciais.

“Oh, j’adore cette chanson ! Et quelle magnifique morale à notre histoire

‘La vie ne vaut rien, la vie ne vaut rien, rien ne vaut la Vie…’

Mettez plus fort !” Elle agitait son doigt en chantonnant.

Musicalement, elle ne m’avait pas épargnée pendant toutes ces routes ensemble.

Je me garai sur le parking. Une bise affectueuse, et la promesse que je lui donnerai de mes nouvelles.

“Pour ce qui est des miennes, vous les lirez dans le journal ne vous en faites pas !” avec un clin d’œil malicieux. Puis elle se dirigea vers la portière conducteur.

“Mais au fait Elvire, comment allez-vous rentrer ?! Vous savez conduire ?”

“Bien sûr !” me lança-t-elle hilare en disparaissant dans la voiture. Elle démarra en trombe et passa dans le virage sa main à la fenêtre pour un dernier au revoir.

Sacrée Elvire !

Je restais là toute seule, sur le parking de la gare, entourée d’anonymes, avec mon baluchon à mes pieds et mon billet retour.

ÉPISODE 7

INTERLUDE

"On peut prendre le problème par tous les côtés, ça change rien.
La vérité c'est que c'est risqué d'être ce que nous sommes, Pauvres."

l'ombre prit les deux cigarettes que je lui tendais, et disparut
- heure inconnue, lieu inconnu

Revenir dans sa ville
Revoir une amie

* * *

Gouine City était une ville comme toutes les autres.

Il n'y avait pas que des gouines à Gouine City, de la même manière qu'il n'y avait pas que des Chinois dans le quartier chinois.

Il y avait juste cet insensé panier de crabes, où un millionnaire coké portait les mêmes Stan Smith qu'un toxico, où une élégante femme en réussite se tenait à deux mètres du gars qui pue la mort dans le métro, où les nounous africaines promenaient les enfants des riches qui votaient FN. Un panier de crabes je vous dis. Impossible de se stabiliser.

* * *

Oui, c'était bon de rentrer.

Après tout, c'est le théâtre des trottoirs, des rames, des terrasses qui nous amusait, toutes ces gueules de galériens bien de chez nous qui nous faisaient tenir, qui nous apaisaient énormément. C'était pas notre faute, on avait grandi comme ça. Au milieu du brouhaha. La nature, les étoiles ? On ne les côtoyait que pendant les courtes vacances extrêmement intenses.

Allez, le bus arrive, montons.

Au nord de GC

Le 4 nous prenait, avec des dizaines d'autres. À la limite étonnante entre cette vieille la Chapelle et la colline huppée de la Banane. Son nom venait de sa forme, il n'y avait pas à chercher plus loin.

Et puis il descendait, plein et chaud comme un œuf, droit vers le Fleuve par le district Trinité. Nous longions ensuite la berge, apercevant sur l'autre rive la marina de Santa-Paula baignée de soleil. De notre côté du Fleuve, c'est toute la longueur de Trinité qui étalait ses magnifiques immeubles haussmanniens.

Nous roulions vers l'est.

Je me racontais au fil des avenues tout ce que je connaissais sur cette ville.

Le bus traversait le Fleuve par le pont de Beauvoir et nous arrivions au mythique quartier des Lettres.

De minuscules squares verdoyants, des expositions secrètes, des antiquaires aux odeurs de vieilles pages, la fac de lettres. Même les touristes voulaient s'y tenir plus distingués qu'ailleurs. Même moi. J'adorais qu'on passe par là.

Je connaissais quelqu'un, l'historienne Pivol, qui vivait dans ces rues cultivées. Malgré tout ça, je ne m'y arrêtais jamais.

Je restais dans le bus pour finir dans le bruyant district du canal. Et je descendais là.

Trois choses peuvent pousser quelqu'un à aller au canal et je n'ai jamais vu personne y venir pour autre chose.

Le Grand Marché des Canotières, tous les jeudis aux pontons et sur les quais.

Le Pont Mobile où l'on sautait (pas moi) dans l'eau sombre du Canal, environ sept mètres de haut, y avait des volontaires à toute heure.

Et enfin, tout simplement les centaines de bars, qui allaient du bar jeux de société au bar à danseuses en passant par le bar karaoké ou le standard bar à pintes fraîches. Il fallait bien connaître le coin pour les retrouver dans les ruelles des bas-fond du port. Je précise, pour ne vexer personne, que les bars à danseuses et cabarets du Canal n'avaient rien à voir avec les clubs de strip-teases du centre. La rue Paul, par exemple, était une kermesse de reines cachées au milieu des couleurs.

Gouine City ne laissait pas de répit

Et comme chez vous j'imagine, les journées n'y avaient rien de spécial

633 pintes à minima

Je retrouvais une amie et sortais pour un long moment par-ci, par-là.

* * *

Les années passant, je découvrais de nouveaux quartiers. Je m'excentrais de mes pôles d'intérêts, recherchais la solitude et m'y invitais.

Je prenais des bus beaucoup plus calmes pour rejoindre le Sud de GC.

Il fallait d'abord longer Little Bretagne et ses terrasses rigolardes. D'ici on aperçoit encore les canaux de Santa-Paula, juste là, de l'autre côté des flots scintillants. Électro, flashs, hormones et cocktails sucrés.

Pour finir plus au sud, nos bus devenaient pastel, signe qu'on était enfin arrivé au quartier Magnolias. Je m'installais délicatement, seule au frais du bar-librairie-tabac. J'aimais avoir ces histoires de boulot, de flâneries nouvelles, mon 3/5e de bonnes missions au Syndicat et de comment par hasard, j'avais découvert en long en large et en travers, les Magnolias.

Ici je repensais souvent à mon ancienne collègue Clarysse, à sa petite, et ne faisais rien pour les revoir.

* * *

Cette petite balade dans ma ville ne serait pas complète sans la part d'enfance qu'on cultivait chacun à sa manière.

Notre truc à nous, je veux dire à moi, Vi et Carlos, c'était l'Est électrique de GC.

On s'enfonçait dans les dédales du District 21. Vi disait qu'il avait été fait à l'arrache, qu'il n'était pas précieux, et que c'est pour ça qu'on y était bien.

Des murs en briques, des fresques sur béton, des bars en palettes de bois, des cantines asiatiques.

Et les ancestrales et incorruptibles Arcades de Jeux du 21e District.

Je les rejoignais comme prévu, un jour de pluie en pleine canicule d'août.

Nous restions à l'abri.

Pour le reste, le climat, l'amitié, le travail, parfois à tort, tout ça me mettait une vague pression. Je fabriquais des choses, multipliait modestement les obsessions.

Alors dans ce 21D, geek béton coloré, on fit par exemple en deux semaines *Resident Evil 1* dans un café-manettes du coin, pendant que tout le monde était en vacances.

Finalement on y arrivait bien, à être adultes-amis-enfants.

* * *

En résumé, parfois la ville nous domptait, et parfois c'était nous qui la domptions

Je ne sais comment

À vrai dire, nous ne cherchions pas à faire la distinction.

Et d'ailleurs, il existait peu de problèmes dont nous avions la solution, c'est surtout ça qui nous bloquait, ça, notre cloisonnement.

La seule chose dont j'étais sûre était ces quelques notes toujours sur moi.

Tenez, le voilà, votre hôtel est dans deux stations et moi je continue ma route

Des anonymes se souhaitent bonne continuation

Seuls au milieu des autres.

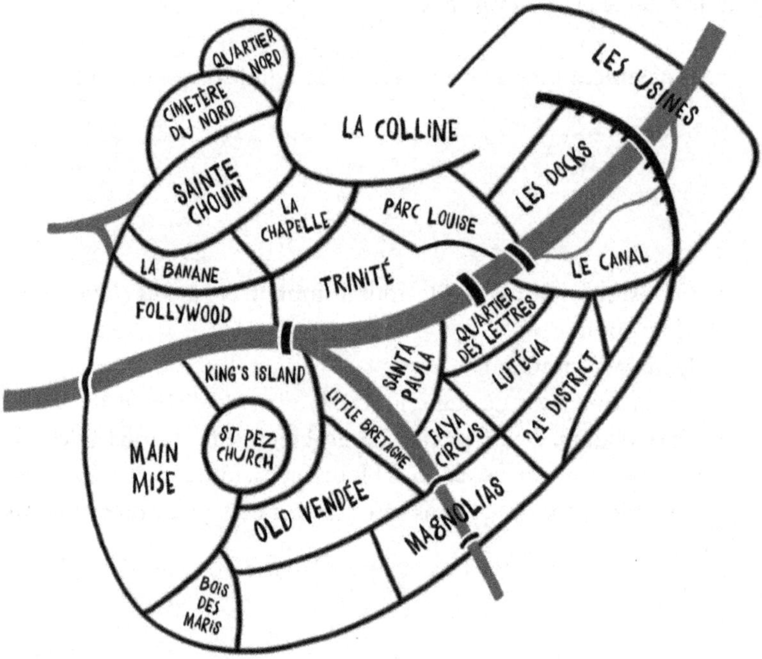

[Recommandations finales]

1 h 23 de lecture

Ça risque d'être décousu, excessif par moment

Ce n'est pas une envie de ma part de faire la maline, ni de vous perdre en chemin

C'est un diaporama, une vie séquencée

Un sommeil fiévreux ou une période qui s'achève

À vous de voir.

ÉPISODE 8

NOS ANNÉES FOLLES

"T'inquiète pas, on trouvera bien
un moyen de les niquer !
Champagne pour tout le monde !"

-

veille de match au carré VIP du Frou-Frou

5 minutes de trop dans le temps additionnel…

Les prémices

Une chanson de Bernard Lavilliers se terminait avec force et nostalgie. Je m'arrêtais au feu rouge à hauteur d'un fourgon tagué qui devait aller bosser aussi.

"Retrouvons Becky Grant pour le flash infos de 5 h du matin [...] Des nouvelles de la 9e journée de Super Ligue, tout d'abord le choc opposant les Briques du 18 aux Vipères Solitaires s'est soldé par une rencontre très fermée et un score nul et vierge."

“Une vraie purge tu parles, ce match ! y m’a plombé la soirée”, commenta Tony en plantant une roulée dézinguée dans sa barbe pour en tirer une latte énorme. Ça lui aurait pourtant fait un bien fou de voir un beau match hier soir.

“Regain de forme confirmé pour les Ré Mantas qui s’imposent 3-1 contre les HardCorsica dans le derby des îles. Ça va mal du côté de l’Olympique des Tatouées qui craquent encore dans les dernières minutes [...] ”, ça aurait continué ainsi de suite pendant des plombes si Tony n’avait pas coupé. Il nous mit ce qu’il considéra, à juste titre, comme “un bon son avant d’aller dans cette galère”, du rap américain à l’ancienne, les Chroniques de 2001.

On eut à peine le temps de se rappeler correctement notre enfance de rap que je le déposais devant la boîte d’intérim. Il faisait nuit noire, ça caillait sec à 5 h du mat’ dans ces rues-là, derrière la Grand’Gare. Il y avait beaucoup d’autres types qui attendaient aussi que ça ouvre et devaient prendre leur tour, et ça foutait le cafard. J’eus envie de me lancer dans une phrase du genre, “C’est vraiment des gens très courageux putain, et le pire c’est que partout aux pouvoirs ils les traitent d’assistés de pauvres, et les cons reprennent en cœur, ça me dégoûte”, mais je m’abstins. Tony y était aussi et il allait devoir se farcir cette trop dure journée, alors j’avais pas envie de le bassiner.

Quelques heures plus tard je prenais un café songeur et filais livrer des vinyles de Claude François – j’étais pas fière – à un type antipathique qui voulait les offrir à sa femme. *Il faut reconnaître que la bourgeoisie n’est pas la classe sociale la plus agréable*, disait une vieille dame qui en connaissait un rayon.

Je vous raconte tout ça et vous comprenez bien que mes journées étaient futiles au possible, mon impact sur les choses était nul, je vivotais aux abois. Et tous autour de moi faisaient de même. C'était difficile. Nous étions jeunes et usés sans guerre.

Quelques chansons passèrent dans cet état d'esprit puis le ciel se leva doucement.

Je ne me laissais pas aller non plus, et roulais le cœur frais vers la brasserie de la Moustache. Juste à côté d'un stade municipal en taule et en béton, ce bon vieux terrain populaire. Ce soir à la Moustache, les tauliers Solange et Didier diffuseraient le match entre les Lames Rouges et les Bombasses d'Arras. Les Lames étaient les chouchoutes du comptoir à la Moustache et c'était ainsi depuis toujours, avec son lot de fêtes et de larmes.

Je devais faire l'installation des câbles, etc., dans l'aprèm. Au comptoir y avait Armand qui sirotait du porto devant son calepin. C'était comme dans les films, il nous jurait avec un air des années 1900 qu'il serait bientôt publié alors qu'on l'avait jamais vu écrire une foutue ligne. Et pas loin, papi Jean-Paul, un aveugle de l'Algérie colonisée, qui boit du blanc en gloussant de toutes les histoires du bord de zinc. Si vous allez à la Moustache vous ne pourrez pas les rater.

Solange ne jurait que par Coco, la n° 11 des Lames, une gauchère forte en gueule de 30 piges. "J'ai mis 10 balles sur Coco dans le dos de Didier, he he... je vais nous payer un bon resto." Elle pétillait d'impatience du bon coup qu'elle lui préparait.

Quand je sortis pour rentrer chez moi, je vis des jeunes jouer contre le mur, s'improviser des 5 contre 5 de fortune, ici aussi les Lames Rouges emportaient l'adhésion. "On va dire que nous on est les Lames et vous vous êtes les Bombasses", disait le jeune un peu grassouillet technique qui adorait mettre des petits ponts. Et ça partait ainsi, un gringalet faisait des enjambées turbulentes sur le bitume cabossé. Puis une fille aux longs cheveux noirs frisés prit la balle et fit des merveilles. Je m'allumais une tige de fin d'aprèm en regardant le spectacle. Ils avaient pas plus de 15 ans et s'occupaient avec plaisir.

Ils me taxèrent une clope et je leur devais bien ça !

"Tu t'appelles comment ?" demandai-je à la fille aux dribbles et aux frisettes.

"Kimi m'dame, ouais Kimi Wajdi !"

"Et un jour elle s'ra pro m'dame n° 10 wesh !!" renchérit un pote à elle

"C'est bien ça, Kimi ! Continue à t'entraîner avec passion", dis-je en m'éloignant. Je m'en voulus d'avoir dit une phrase aussi pédante, je valais pas mieux qu'une député de droite parfois !

Toujours est-il que ce jour-là je voyais jouer Kimi pour la première fois.

Des mois plus tard, je fus appelée pour une "mission d'organisation" lors du Grand tournoi des Jeunes. Un intitulé bien pompeux pour dire que je devais empêcher les vétérans de boire trop de Ricard, de lancer leur propre barbecue, les jeunes de chouraver des chasubles ou un ballon, et les bénévoles de se tirer prendre l'apéro. Sacrée bande d'escrocs !

Si je me souviens de ce jour, c'est par les dribbles de Kimi et ses passes insolentes, avec son équipe de gars ils voulaient briller pour la grande coupe. Leurs cœurs battaient très fort, c'est moi qui vous le dis. Énormément de monde était au bord du terrain et jouait cette belle fête, tombola, panier-mystère, stand frites et concours de penaltys le midi. Tout était réglé aux petits oignons et prenait facilement 1 h 30 de retard parce que José au micro est en train de prendre sa frite-mayo-moutarde avec Fabienne du stand de chamboule-tout, par exemple.

L'équipe de Kimi perd en finale au centre d'un petit stade en briques aux gradins bondés. Et bon sang ça oui ils ont vendu chèrement leur peau ces gosses-là contre les grosses écuries. À vrai dire on avait tous gueulé pour eux qui tentaient devant nous de bousculer les choses. Ils pleurèrent à la fin du match car ce n'était que des enfants, ils étaient à fond dedans, ils avaient raison et Fabienne lâcha une larme aussi. Mais ce n'était qu'un chagrin d'enfant et on les revit heureux avec une partie de chamboule-tout offerte.

L'été suivant mes affaires avaient commencé à décoller au Syndicat. Je me sentais enfin comme une libellule. Une chaude après-midi je donnais rendez-vous à Vi à la Moustache. Je voulais lui montrer quelqu'un.

On emporta nos pintes fraîches jusqu'au stade, où on aperçut Kimi et un très bon joueur, Anthony, un pote à elle, tenir une préparation physique soutenue en binôme de destin. Cette sueur, ils l'ont rêvée la nuit on dirait bien. Et c'est de la fierté quand ils passent nous serrer la main.

On se posa avec Vi plus loin contre la rambarde et on les regarda se faire de longues passes, de beaux contrôles et leurs gestes souples et précis.

“Kimi va intégrer un centre de formation, et son pote aussi ! Leurs familles sont très contentes. C'est quand même une sacrée pression, ça les embarque dans la fin de l'enfance...” je racontais à Vi.

“Mais t'en fais pas pour ça, ils sont jeunes ils trouveront une façon de s'en sortir va !”, le dialogue fut assez neutre à y regarder de plus près.

Vi avait raison finalement. Kimi fut virée six mois après la rentrée, pour de nombreux motifs minimes comme cigarettes au balcon ou graffiti “Ici c Berlin” sur un mur qui les empêchait de jouer le soir en liberté.

“Wesh les cigarettes c'est abusé, j'suis là sur le balcon tranquille, même j'avais fabriqué un petit cendar en Super Coupe avec une canette, ils l'ont jeté wesh, ahhh nan c'est des oufs là-bas”

"Et pour le tag alors ?"

"Ah là ouais j'ai déconné, mais wallah c'était pour rigoler, j'ai trop aimé les cours de soutien d'histoire j'te jure la première guerre froide, Napoléon nanani ! AHah, je voulais juste avoir le droit de jouer c'est bonnn !"

Un jour, faudrait que je lui présente Pivol, j'ai pensé.

Elle se marrait en ouvrant un Oasis, de retour au quartier, et avait sûrement raison de s'en foutre de tout ça.

Commence maintenant l'ascension vertigineuse
Observons les nombreux éclats
Ça ne peut plus être une route tranquille

L'éclosion

Six mois plus tard, je faisais ma proposition à Kimi. Je ressentais l'exaltation de pouvoir m'envoler avec elle.

"Je deviens ton agent, j'ai une proposition des Lames Rouges comme stagiaire. Je marche pour toi, tu marches pour moi. Qu'est-ce que tu en dis ?" Il fallait la convaincre.

1 000 balles à la signature et une entrevue détendue à la Moustache un soir de match plus tard, l'affaire était convenue par une poignée de main sincère. Elle était bien sûr désinvolte car elle était timide. Quant à moi, mon cœur battait la chamade, elle devait bien le sentir. Mais savait-elle pourquoi ? Elle deviendrait une Star, j'en étais sûre, et je me promettais de l'aider à devenir une Championne.

“Ça c’est ma poto, si si Alex Duke, Agent de Joueuses ! Mais comment t’as fait ton compte ?” Vi se foutait de moi en agitant sa blonde sur mon balcon. C’était simple comme bonjour, j’avais activé quelques ficelles du côté de Véro Lafonte. C’est pas qu’elle y pouvait grand-chose de base, sauf qu’elle fricotait – les plus téméraires auraient dit “tendrement” – avec la présidente des Lames, Anne-Marie Lestoux. Au comptoir de la Moustache vous pouviez entendre sur la négociation d’un contrat, “Lâche du lest Anne-Mariiiie”, dans des grandes rigolades. Les gens lui faisaient confiance.

Enfin voilà, Kimi jouait pour les Lames Rouges.

Comme un rêve pendant une sieste divine.

Je reçus peu de temps après un message de sa part :

Pourquoi 55 ? – Bah le 10 était pris alors 5+5 he he, c pas Pythagore ma gueule – bien vu !

On rentre les roues du train d’atterrissage, on décolle.

Un an plus tard…

Je faisais au mieux pour mon poulain et ça serait facile de me jeter la pierre des années plus tard, voilà comment je lui obtins sa première titularisation : j'en parlais à Vi qui avait, grâce aux paris clandestins, des contacts privilégiés avec Lucky Lucy, qui elle-même contrôlait d'une façon ou d'une autre tout ce qu'elle voulait. Pour faire clair, je certifiais à Vi que si Kimi avait sa chance en équipe Première, elle planterait des buts, qu'il y avait un beau paquet à se faire pour elles. Et le week-end suivant, Kimi commença la partie.

J'étais en tribune, j'étais fière.

Bon le match fut assez brouillon et à la 25ᵉ elle avait toujours pas marqué, je commençais à suer des mains, merde il restait quinze minutes. Je repensais à la p'tite de Clarysse Billot alors je me mis à gueuler à Kimi des encouragements fous, elle marqua six minutes plus tard d'une frappe croisée du gauche après un crochet foudroyant. Un des dribbles qui feraient sa légende, mais je ne le savais pas encore. Ça se conclut par un match nul 5 partout. Lucky Lucy est satisfaite.

Pour dire vrai, les Lames végétaient dans le ventre mou du classement et le coach Claude Panucci n'était pas très apprécié à la Moustache et ailleurs. Mais les Lames, c'était comme la famille, pour les gars qui sortaient harassés de leur usine, les infirmières à bout de souffle, les chômeurs insultés, les instits sans moyens, les alcooliques non-violents, et partout où y avait des briques et de la fumée près d'ici.

Une fois, une usine a pété juste au bout d'une rue ouvrière, et les flammes toxiques ont plastifié le ciel en noir. C'est à cette période-là que les Lames jouèrent quelques matchs au stade derrière la Moustache car le leur se trouvait pas loin de l'explosion. C'était le bon temps malgré la fumée.

Kimi ne jouait pas encore régulièrement en équipe Première et faisait ses gammes enthousiastes chez les jeunes le plus souvent. On m'avait fourni une voiture pour la véhiculer, et Vi et moi en profitions aussi pour faire les 400 coups embarquant nos meufs d'une nuit en *after* aux soirées secrètes.

Parfois aussi on prenait des apéros à deux, garées sur un parking, à refaire le monde veillées par les lampadaires et les vigiles.

Notre voiture-radeau dans la mer de béton étoilée.

Une fois, avec la voiture, Kimi voulut aller voir la montagne, je lui certifiais qu'il y aurait pas de neige et que ça servait à rien mais elle me répliqua, "Bah tant mieux wesh, chui sûre tu sais même pas conduire dans la neige", elle avait pas tort et on partit le lendemain.

On fit une balade, puis deux tours de luge d'été et on commença à se cailler franchement. On dormit dans un chalet. Kimi était vraiment ravie.

Ce fut un moment merveilleux.

Un an plus tard, Kimi a 18 ans et s'apprête à apparaître aux yeux de tous.

Ce soir-là Vi et moi étions à un gala mondain. Je rageais de ne pas être en tribune, mais pas le choix, le boulot c'était le boulot et c'est pas à vous que je vais apprendre ça.

Arrivées aux festivités. On se la joue un peu mais c'est ennuyeux. Alors on s'éclipse pour regarder le match sur le téléphone de Vi, à la grande terrasse aux gens sublimes dominant les toits de Gouine City.

On fume tige sur tige. Les Lames sont pas trop mal classées.

"*7e de conférence Nord elles peuvent espérer jouer les play off si elles gagnent aujourd'hui contre les redoutables Purple Pills – Tout à fait Thierry, tout à fait. [...] Place au match entre deux équipes aux styles complètement opposés. D'un côté les Pills et leur collectif très costaud, on les connaît, l'expérience des rencontres couperets. Et de l'autre une équipe des Lames qui cherche encore la régularité, c'est un collectif jeune qui peut perdre le fil du match, mais une équipe qui commence à faire de belles choses, emmenée par l'expérimentée Coco. À noter, la 2e titularisation de Kimi Wajdi en remplacement de l'habituelle attaquante blessée.*"

Kimi décora le match de coups d'éclats, de clins d'œil, de classe, de ruse et toujours sa petite insolence naturelle. Pour nous : du bonheur en bonbons. Elle prenait des gros coups et se relevait en souriant le défi à son adversaire directe. On s'exclamait tellement qu'on fut priées de regarder la fin du match dehors. C'était quand même un gala et les riches ne veulent pas toujours aimer le foot.

On s'en foutait, et en courant pour sortir de l'ascenseur on vit les dernières minutes sur le trottoir. Il y avait 3-3 au moment où Kimi arriva lancée face à l'adversaire et l'élimina aussi simplement qu'un léger pas de danse, côté droit elle fila centrer fort à Coco, qui se jeta pour mettre un coup de boule dévastateur dans le cuir. Le stade sauta de joie et nous aussi. Dans le quartier où nous étions, tout le monde devait nous prendre pour des folles, des prolos, on s'en tapait bien. "L'EuroMillions jugera !" gueulait Vi. On pensait à la Moustache et dans les rues par là-bas ça devait être une belle accolade.

"*Vous savez Thierry, voilà le genre de soirées* où l'on assiste peut-être à la naissance *d'une Star, Kimi Wajdi et ses 18 printemps ont secoué les Pills de la première à la dernière minute avec une facilité déconcertante [...]"* Vi coupa et on partit chacune à nos affaires festives en se saluant bien.

Une soirée qui commençait à merveille.

Je me souviens aussi d'une journée solidaire organisée à la Moustache. Soutien aux grévistes des North Districts. J'étais là pour le Syndicat, quelques artistes devaient passer avec plus ou moins de talents. Des gens normaux ont raconté leur vie au micro, et ça mettait mal à l'aise de les voir au bord du gouffre.

Quelques joueuses des Lames passèrent nous voir, suggestion de Anne-Marie Lestoux. Kimi en faisait partie, quelle fierté pour elle de revenir ici en pro, et quelle fierté pour moi. Elle fut vite comme un poisson dans l'eau, en commandant son jus de pommes elle fut alpaguée par Jean-Paul et Armand, qui n'avaient que du bien à lui dire et un soutien sans faille. C'était la petite de chez nous.

Les mois suivants furent difficiles dans les rues et au Syndicat, les froides marches de manifestation, les lois meurtrières, les violences policières, les pouvoirs voyous.

Plus tard résonnerait un air : We Will Rock You

Pendant ce temps, Kimi faisait son trou sans forcer. Les soirs de matchs, ça nous remettait du baume au cœur, y a pas à dire.

L'été suivant, je passais à leur camp d'entraînement, ouverture de la présaison chez les Lames.

"Alors Stéphanie, parlez-nous de cette équipe des Lames – Eh bien Thierry, c'est une des jolies surprises de la saison dernière et avec cette expérience accumulée on pourrait bien les retrouver plus loin dans la compétition cette année, à condition que la mayonnaise prenne avec la nouvelle coach Samantha Wax. – On le leur souhaite ! Le mélange de joueuses expérimentées, je pense à la sulfureuse Coco, à leur gardienne Olga, et de la jeunesse plus ou moins confirmée, en défense Desch et Milou, et puis l'étoile montante Kimi Wajdi, tout ça peut faire des étincelles ! – Tout à fait Thierry [...]"

Je m'installais dans les tribunes avec un café bien sucré et savourais l'instant. Nous voilà en équipe Première avec les vedettes des Lames, attaquant la Super Ligue.

Kimi se fait chambrer par Coco qui imite ses dribbles, Desch morte de rire, et Kimi se lance à son tour dans des imitations enjouées. En fait, pendant un instant des adultes sont enfants, ça fait du bien. Milou se fait vanner sur ses tresses faites la veille pour les photos. Pendant la saison, elle balancerait encore des gros rythmes de dance-hall et des gros tacles.

Photo d'équipe, photos individuelles, interviews et un entraînement gala pour le plaisir des yeux. Mon poulain dans le grand bain.

Un soir de février, Kimi voulut que je la fasse sortir, elle tournait en rond un peu dans le grand appart où elle vivait avec Antho, son poto d'enfance et de ballons crevés, qui avait lui aussi signé son premier contrat pro. Sur le terrain ça roulait pour les Lames, tandis que lui galérait à se faire une place dans son club.

Nous sortions ce soir-là avec Vi au Scopitone, un bar sympa du centre. Je voulais faire voir d'autres choses à Kimi. Je voulais qu'on s'amuse. Il y avait dans un coin la sortie du livre-événement, *Les sorcières ne baisaient pas vos femmes non plus*, de Lady M., il y avait un groupe de jazz-manouche qui garantissait l'ambiance en aisance, il y avait du beau monde, et aussi quelques meufs du Syndicat – les luttes étaient dans toutes les bouches.

"T'as vu dans les chiottes, Alex ? ah ah c'est des oufs, le poster 'Si y a des lames en argent, c'est parce qu'il y a des couilles en or'... alalaaa", Kimi se marrait, n'en perdant pas une miette.

"Ça nous change de tes apéros à la Stache-Mou", me lança-t-elle, et je souris.

Plus tard, autour d'une table, nous discutions avec Vi et quelques femmes intéressantes, du genre classe détente. Kimi observait avec aplomb et discrétion.

Et puis en marge du groupe je l'entendis parler à Cléo, une blondinette fatale un peu barrée

"Toi aussi t'écris et tout ?"

"Oui j'écris et tout", Cléo lui sourit, "et toi tu es joueuse, m'a dit Vi".

"Ouais je suis joueuse pro !" Kimi voulait bomber le torse pour ne pas montrer qu'elle se trouvait idiote à côté de toutes ces filles qui parlent avec des belles phrases et rigolent sans vulgarité. J'aurais dû lui dire de ne pas s'en faire.

"Tu supportes quelle équipe ?" demanda Kimi en baissant la voix – je craignais que Cléo soit à des années-lumière de la Super Ligue, mais à ma grande surprise...

"Les Galactiques ! J'ai un gros faible pour Victoria Ramos !" Cléo prenant sa plus pétillante expression.

"Un faible pour Victoria Ramos ?!" Kimi pouffa et le naturel reprit facilement le dessus "La prochaine fois qu'on joue contre les Galactiques, je t'invite au stade et je la fume Victoria Ramos, OK ?!!"

"Marché conclu, mais je vois pas comment tu pourras lui échapper !"

Elles discutèrent comme ça quelques minutes, je partis moi-même dans d'autres coins du Scopitone. La veillant de loin, elle semblait à l'aise avec Cléo et dans le taxi qui nous raccompagnait.

"T'as parlé avec Cléo je voyais, elle est sympa cette fille nan ?"

"Wesh un vraie relou, et Victoria Ramos par-ci et Victor Hugo par-là" , Kimi marqua un temps puis parla plus bas

"Dis, toutes les filles là-bas elles sonnnt...", j'attendais…

"Elles sont quoi ?"

"Bah t'sais, PD quoi."

"Ah ah c'est toi le PD !" Dialogue d'usage. Puis je lui dis que moi aussi je l'étais, ce fut très vite réglé.

"Wesh, ça me dérange pas t'inquiète. Tu savais que même notre présidente Anne-Marie Lestoux c'était un PD ?"

"Ah ah ouais je savais Kimi ! Et tu sais, ça serait mieux que tu arrêtes de dire PD pour parler de ça, OK ?"

"Je crois que cette fois tu as raison", elle me dit en souriant, le regard au loin par la fenêtre du taxi.

C'était juste avant les play offs (*Ndlr* : grandes finales), fin de saison régulière. Lames Rouges contre Les Galactiques de Victoria Ramos. Ce match comptait un peu pour du beurre puisque les deux équipes étaient déjà qualifiées pour les play offs. Sauf que ce soir-là, le diable se cacha dans les détails.

Kimi m'appela quelques jours avant dans tous ses états. Quand j'arrivai chez elle, elle shootait contre un mur, en claquettes-chaussettes avec un petit ballon. L'ambiance était morose. Elle se décida à parler

"C'est un film c'qui s'passe j'te jure. Coco et les autres, elles disent qu'on a pas le choix, il faut qu'on se couche, qu'on perde exprès, tu vois le truc... coach Wax a chialé devant nous wesh, mais elle a dit qu'on avait pas le *choice.*"

Je savais bien... J'étais absolument énervée et obligatoirement calme. Pour vous la faire rapide, si les Lames l'emportaient elles finiraient à la surprise générale 3e de saison régulière. Or, ce petit miracle avait un coût pour qui organise des paris clandestins. Lucky Lucy avait dû décider de donner un coup de pouce au destin pour éviter que cette 3e place n'arrive. Et puisque les Lames étaient qualifiées quand même, c'était à moindre mal, devaient se dire les plus sensibles. Il devait y avoir un moyen de pression, un vice caché, et alors le dominant enfonçait son opinel.

À moindre mal, me répétais-je pour me calmer.

"Putain, et moi j'ai invité Cléo, c'est l'bordel !" elle repartit dans des shoots rapides et songeurs.

Au milieu de la percussion de ballon, elle stoppa en s'esclaffant "T'aurais vu Coach Wax pleurer ah ah on était choquées, Milou elle a dit quoi 'Madame on comprend pas quand vous parlez français en pleurant', elle nous a tuées !"

Kimi me redonna le sourire avec sa petite histoire, je rigolais en songeant à Samantha Wax, une cinquantenaire de Toronto, avec sa grosse doudoune et sa voix qui porte, une dure à cuire. Elle répondait aux interviews dans un français volontaire et chaotique.

Je craignais que Kimi n'en fasse qu'à sa tête le soir du match. Et je crois bien que Samantha Wax, qui avait du flair, le sentit aussi.

Alors ce jour-là, Kimi resta sur le banc tout le match. Les Lames ne lâchèrent pas si facilement leur fierté et il fallut une décision arbitrale pour que les Galactiques tirent la victoire, un penalty de Victoria Ramos, à quelques mètres de Kimi-statue-sombre, de Cléo en tribune qui applaudissait avec l'élégance d'un printemps acide.

Je remarquai, plus haut dans les belles loges, Lucky Lucy hilare avec ses filles, des poules de luxe, apprêtées et luisantes, sensuelles dans ses bras.

Vi était en retrait et tirait grise mine.

Kimi entre dans une colère noire
Kimi ne veut pas dire qu'elle est blessée
Kimi ne peut pas faire ce qu'elle veut
Kimi a peur de comprendre

Les semaines qui suivirent furent lunaires. Avec Vi nous vivions quasiment exclusivement la nuit pendant des jours. "Nous explorons un autre goût du présent ma vieille", et elle m'emportait par l'épaule. Le jour levé, tous les problèmes lui retombaient dessus, l'Arène, les paris, Tati Christiane qui se durcit et puis "ses chers fantômes", comme elle me le soufflait parfois la voix en cendre. Vi.

On eut vent d'une embrouille entre Coco et Kimi à l'entraînement, mais ce n'était rien de méchant. À vrai dire Kimi ne répondait pas à mes messages et c'était bien qu'elle se débrouille un peu. Vent aussi de soirées au Scopitone où Kimi aurait été aperçue et pas avec de l'eau chaude au citron. Kimi assure sur le terrain, les Lames passent les huitièmes de finale et préparent le quart.

Un mauvais jour où nous n'avions pas encore dormi, nous découvrîmes avec tristesse la Une d'un torchon *people* lambda de Gouine City. Kimi, la clope au bec avec un ti-punch, et Cléo la main sur son bras, à la première du film *Au sud de ma chatte* de Brigitte Hanik. Rien d'équivoque. Mais je savais bien que ça ne passerait pas. Et comme par hasard, mon téléphone se mit à sonner comme un bébé qui pleure. Malik Wajdi, furieux. Contre moi, contre le football, contre Kimi. C'était trop pour lui, qui n'était pourtant pas bien bavard. Son père ne voulait plus de la maison qu'elle leur avait offerte. Elle lui faisait honte, voilà ce qu'il disait. C'était dur, c'était injuste, c'était stupide et triste. C'était ainsi.

J'attendais que Kimi me contacte, je pensais tous les jours à elle.

Trois soirs avant le match des quarts de finale. Je reçois :

"J'espère que ça va pour toi - ici c'est un peu la merde - et mon père veut plus me voir."

"Ne tourne pas trop là-dessus Kimi - Laisse le temps agir, je t'assure."

"OK."

Quelque chose était un peu cassé entre nous sans que l'on sache pourquoi.

Quarts de finale - Lionnes Noires *vs* Lames Rouges

"Oui Stéphanie, c'est vraiment un des quarts de finale les plus excitants, on retrouve les surpuissantes Lionnes, anciennes tenantes du titre, face à l'équipe montante, les Lames, qui vont essayer d'emmener leur club en demi-finale pour la première fois de leur histoire, rendez-vous compte."

Vous nous cherchez ? "En position à la Stache-Mou", comme disait Kimi.

Ça gueulait, et même les tambours devant le bar !

Je gardais un secret : je ne quittais pas Kimi des yeux. Elle me manquait.

Elle avait les yeux complètement en pupille et suivait le ballon comme une dingue.

"On dirait qu'elle est archi-défoncée, nan ?" fit Vi en se penchant vers moi – elle n'allait plus trop aux matchs avec Lucky Lucy.

"Oui", lui répondis-je, asphyxiée.

Kimi et les Lames font jeu égal, il ne reste que 12 minutes.

"On sent que les Lionnes ont haussé le ton physiquement pour essayer de contrer des Lames en jambe et c'est encore Wajdi qui en fait les frais ici, sur cette faute grossière de Pinoza. Wajdi est tout bonnement intenable ce soir - Oui Thierry, c'est exact et ça nous promet une fin de match électrique."

"Ces Salopes de Lionnes nous hachent la tronche ouais !" Tony arrive enfin du taf la gueule en sueur, le dos en feu !

"Allez alleeeez" – niveau tension on est vraiment à cran – si vous craquiez une allumette à cet instant à la Stache-Mou, vous nous faisiez tous péter.

Sur une action fourbe et sèche de cette peste de Pinoza, Kimi se prend une grosse béquille en flan de cuisse, elle se relève les yeux en lave, la Lionne lui dit un truc et Kimi lui met une sublime et fulgurante balayette. L'autre s'éclate au sol sous nos yeux ébahis. Irrémédiable.

Carton rouge. But des Lionnes sept minutes plus tard. Impitoyable.

Quand je quitte l'écran c'est Coco qui console Milou en larmes pendant que Desch défonce un panneau publicitaire avant de se faire calmer par les stadiers, pleurer oui, niquer le business non.

Je fonçai au stade, je ne voulais pas que Kimi soit seule. J'arrivai en courant dans le couloir tout juste pour entendre Coco gueuler : "Tu fais chier à mort Wajdi, t'arrives défoncée pour le match de notre vie, tu te prends un rouge de boloss d'arrêt de bus, c'est quoi ton cerveau là – Pourquoi tu m'parles toi ? T'as marqué plus que moi ? Nan, alors tu fermes ta gueule – C'est toi qui FERMES ta gueule."

"SILEEEENCE", Coach Wax claqua la porte du vestiaire et on entendit le bruit énorme d'un ours qui rugit au fond d'une grotte du Canada.

Le mois suivant, Kimi changea de club et m'annonça qu'elle me quittait, mais je le savais déjà. Elle allait chez les Galactiques. Tout cet épisode avait rendu tristes les gens du coin.

Elle s'envolait loin de nous et nous l'aimions trop pour lui en vouloir.

Pour ressentir à nouveau le vent à toute vitesse
Nous avons sauté de l'avion sans parachute
Nos dieux n'étant pas rassasiés
Nous avons sauté plus

La déglingue

À *ces airs obsédants*
Ces trips fiévreux
Fredonnés au souffle du froid

Notes écrites quand la nuit devient l'oxygène
La Lune grand-mère heureuse de nous revoir
Cette pute à la retraite, mamie du trottoir
Les nuits parisiennes les beaux apparats
À la bonne heure de notre bonne étoile
Explosions sociales loin des longs contrats
Nous sommes honteux
et fumons nos réussites pour les fêter sous terre
Nous sommes heureux et ouverts
Ici demander "qu'est-ce que tu fais dans la vie" serait dégueu
Comme vomir du vin dans ta civière

Notes écrites quand la nuit forme un arbre
et grimper notre seule solution
Le jour est possédé par des cheveux gris, des mauvais darons
La nuit équitable
De l'inondation nous nous arrachons

Notes écrites à l'air froid gratuit
Et du fond de joie du fond de la nuit
Notes un peu stupides - soi contre l'ennui.

"Transfert qui a un goût de promesse pour les Galactiques, transfert glamour Stéphanie – Oui c'est clair, le club le plus puissant de la Super Ligue et son étoile naissante, ça ressemble à la belle histoire, Wajdi rejoint les Super G et devra trouver sa place auprès de leur historique capitaine Victoria Ramos."

Vous imaginez la tronche que je pouvais tirer les jours de pluie ?

Une fois, ivre morte enfin au chaud, sur un matelas j'ai rêvé d'un texto jamais reçu :

Elle avait changé son nom de maillot, logique et difficile
Mais cette fois pour le numéro, pas besoin d'additions.

Je n'ai à dire ici que de creux diaporamas-nombrils d'une spirale
Au fil de quelques saisons harassantes pour rien.

Nous devions cloisonner les heures, segmenter nos vies. La journée aux chiottes du bureau, c'était bien le feu de la nuit que je pissais. La dame du planning était débrouillarde et affectueuse, et les soirs quand elle bordait ses gosses, j'étais quelque part éclatée et locataire d'endroits. Et à nouveau le lendemain le travail, on était au même étage et pouvions même blaguer. C'était curieux de se dire ça, à la photocopieuse, en attendant le prochain soir, minuscule et mélancolique. Parfois l'écran se met en veille, et alors il faut bouger la souris du doigt digital de notre ennui. Effleurer à nouveau l'activité, avant d'y mettre nos facultés, un petit clic pour s'évader, ou scroller jusqu'à la nausée. Jusqu'à ce que l'écran se remette en veille, éteindre la lumière, repousser le clavier qui fut l'intermédiaire toute notre journée. Le soir, une marée tiède revient nous chercher.

Les vieilles dames solitaires nous parlaient facilement aux banquettes des brasseries. Nous évoquions alors d'anciens twists tout en dentelles des meringues des bretelles, des droits universels et l'assurance de leur soutien sans faille contre les lacrymos.

Faut dire que ces hivers-là, c'était pas d'amour que pleurait Paris.

L'été venu, dans un hangar squatté, des filles avec des pinceaux des marteaux des tournevis fabriquaient de belles expositions. Les soirs de canicule, humeurs équatoriales, torses nus nous discutions de l'art sur des bouts de cartons. Le hasard créatif fascinait la bande. Olive parlait de "cultiver ses moments fertiles aux graines de hasard", de la difficulté de les jardiner. Je perdais le fil et pouvais surprendre une blonde aux courbes espiègles zieuter mon ventre, prendre ma main.

Notes susurrées du brûlant des lèvres aux filles fraises des bois
À minuit choses jazz d'extases, je glisse sur son soupir
Parcours de peaux velours
Ma langue frôle cerf-volant un téton argent

Le long de mon désir je caresse sa vie
Soudain d'intimes flash trash sexy
C'est dans ma bouche qu'une fois elle a joui
Avant de souffler sur la bougie.

Le temps continue son ellipse ______________________

Kimi et Cléo, la nouvelle auteure en vogue, font les choux gras des mauvais journaux et des titres aussi ridicules que - *La Lucarne de son cœur* - *La Belle et la Joueuse* - *Glamour sous les crampons* - sortaient comme des petits pains industriels.

Qui devenait-elle ?

Qui devenais-je ?

De notre côté c'était pas rose rose - Solange déclare un cancer - Bientôt la Moustache va fermer pour de longs mois - Le plan social pour l'usine a été rejeté -

Un souvenir - Kimi m'avait dit un jour

"Imagine à l'assemblée il rembarre une meuf voilée pour se faire mousser et en fait elle est pas musulmane, elle a un cancer, ils auraient l'air de gros CONS."

"T'as entièrement raison." J'avais senti son tremblement glacial et ne pouvais rien dire d'autre. Des fois c'est dur de parler. Et des fois c'est vain.

Kimi gagne son premier titre dans l'indifférence du quartier, un soir où je réparais des vélos avec Tony, "Et pas des électriques à la con".

C'est donc à ça que ressemblaient mes souvenirs ? Des anecdotes, crevettes grises d'enfants gâtés.

Et pour les Lames ? On y pensait plus trop. Coco était enceinte de sa 2e, Desch avait rejoint les historiques Briques du 18 et Milou sortait son 1er album, chorégraphies à l'appui. Seule Olga gardait encore les cages, et Coach Wax le vestiaire. Elles avaient gardé la baraque ces longs mois-là.

Notes écrites quand la nuit devient eau chaude noire
L'autre face du trottoir
L'apogée du roman noir
Où l'on se goinfre de tout sous les néons
On croit que par l'argent nous possédons
L'apogée du roman noir et fringuant
Les soirées flashs
Les brunchs dansants
Certains paient pour jouer de la hache
Sans voir le sang
L'apogée du roman noir étouffant
Si on oublie de voir en respirant
La plongée dans le noir
Guirlandes de blancs
À 5 h du mat sur un banc
Une fille a été dévorée par un loup gris
De l'autre côté de la ville j'attends mon taxi
Rythme diabolique paradis blanc
Actions à l'infini
Saturation du temps
Amnésies
-
L'apologie du roman noir de notre folie.

Une aprèm où je clôturais un cycle infernal de soirées, je découvris des messages de Kimi, envoyés trois jours plus tôt. “Ça fait un bail ! Comment vas-tu Lady Oscar Wilde ? :P - Tu verrais l’ambiance aux Galactiques c’est un vieux sketch :/ - Enfin tkt je gère l’affaire ” Je répondis trop tard et timidement. Entretemps, et sans mon aide, elle avait encore régalé en demi-finale, “*au terme d’une saison exceptionnelle, historique pour l’attaquante, devenue l’idole des jeunes, n’est-ce pas Stéphanie [...]*”

Et puis la Moustache a rouvert

J’aime secrètement l’odeur des feuilles mortes quand la pluie enfin cesse

Ce matin-là, c’est Solange qui m’ouvrit.

Des journalistes faisaient un reportage sur Kimi, ils retraçaient son envol. Alors bien sûr ils nous avaient appelés et bien sûr qu’on était fiers. Quelqu’un écoutait nos histoires de famille, le bruit du ballon contre nos garages. On était heureux et sages, réunis à nouveau au comptoir. Armand annonça son manga trilogie sur une espionne nommée Komi Wang, *Les années folles du dragon*. Ça repartait pour un tour.

Cette fois, pour la 2e finale de rang des Galactiques, la Moustache diffusa le match.

Alors je gardais mon cher secret : je ne quittais jamais Kimi des yeux, elle m’éblouissait.

Bon c’était pas les grands soirs d’ambiance, c’était pas nos chères Lames, mais on se prenait tous au jeu facilement.

Armand est là, Jean-Paul est là, et Tony et Solange sont là aussi, et puis Didier, qui peste car il était en train de changer le fût pendant le premier but de Kimi, un dribble virtuose suivi d’une énorme frappe. Le présent nous pose là.

Avec Vi on est aux anges
Ça nous fait un bien fou
Ce soir de famille
Ce moment d'accalmie.

Et puis à la 57e minute

"Penalty indiscutable pour les Super G – Tout à fait Thierry, l'arbitre montre sans hésiter le point de penalty, on s'attend à ce que Victoria Ramos le laisse à Kimi, ce qui lui permettrait de devenir la meilleure buteuse de l'histoire de la Super Ligue sur une saison. Quel moment de sport Thierry ! – oh, attendez... mais non, c'est bien Ramos qui s'avance, la défenseuse, la capitaine, ne lâche pas son dû. Kimi semble dans l'incompréhension. Ramos s'élance etttt transforme le shoot. Oh la la Stéphanie, c'est une action qui risque de faire beaucoup parler."

"Connnaaaasssse", s'exclama la Stache-Mou en cœur, complètement acquise à la cause de Wajdi notre sœur. Oui, on a dit des insultes et d'autres trucs encore, et les mots choisis voulaient faire au plus mal, excusez-nous. On finissait aussi par rire en cherchant la violence suivante à l'encontre de Ramos, "On va mettre ta nièce au casting d'un Polanski !!" et c'est reparti en fou rire avec Vi.

C'était ça aussi les soirs de match et on adorait.

Je me souviens que peu de temps après, Vi et moi nous croisâmes Kimi à une soirée poker masquée de Lucky Lucy. Nous n'avons pu échanger qu'une sincère surprise, elle était très entourée, le centre de nombreuses attentions. Elle avait accompli notre rêve.

Certains journaux pouvaient vraiment être des tuyaux à merde. Par la suite leurs Unes s'enchaînèrent sans interruption - Kimi côté whisky - La joueuse et son démon - Kimi voit le fond du pack - Kimi taclée au cœur par Victoria Ramos - 2 joueuses pour 1 écrivaine - Dribbles entre les lignes - La romancière Cléo et Victoria Ramos : les coulisses de leur rencontre sur le tournage d'une pub pour la sécurité routière.

Kimi n'avait même pas le permis et ça me foutait la rage, la moutarde me montait au nez.

En bref certains jours sont des Post-It
D'autres sont des apéros, des chats, des génocides
À la mamelle de Tchernobyl
'Emmerde ton boss, pense au suicide'
La tête m'en tourne.

On s'use à vouloir une réalité. Et maintenant, comme nous pouvions nous y attendre, arrive le moment où la paroi craque.

Notes arrachées à la nuit chaos
Tarée en tempête de vents
Épilepsie pour salauds
Allergie des riverains
Tonnerres dans le sang
Et vazy Tchao
-
-
-
Ils sont à mes trousses
Stop
Alertez les fossoyeurs
Stop
L'erreur de trop va coûter cher
Stop.

À l'angle d'un bel immeuble, tout près du McDo, deux gros beaufs m'ont brisé les os.

Comme j'avais la dent de devant pétée et que j'avais honte de ça pis du reste, je suis restée silencieuse deux semaines durant.

Alex Duke au tapis, les côtes éclatées, les larges points de suture, à l'ombre en grotte de mon refuge, j'ai vécu avec précaution les trois mois suivants.

J'étais enfin stoppée.

Et puis arriva ce mauvais soir de juin où Vi frappa à la porte de mon îlot des toits. Il n'y eut pas de dialogue, mais une nouvelle qui souffla le froid.

“Kimi s'est fait fracturer le tibia par une adversaire.”

en ce temps-là je dormais très mal
je tenais éveillée comme du plastique écorché par l'asphalte
hallucinée sous ordonnance médicale

Si j'avais eu un python, il aurait eu le blues
Si j'avais eu une bille, elle aurait eu le blues
Si j'avais eu de la menthe

J'étais vidée

Je croulais finalement sous le sommeil de lourdes journées sans rêve.

Et puis voilà, le temps agit puissamment. Demande-t-on à un boulanger s'il fait son pain ?

Je reçus au cours de l'été de simples messages qui valaient alors une sacrée eau fraîche sur ma nuque.

"Comment ça va ma petite gueule ?! - Je sais pas si t'as vu elles m'ont pété la jambe ces malades - j'peux même pu marcher - wallah ça manque nos petites virées."

"Tu me manques aussi sale dingue - Accroche-toi pour ta rééducation - Moi aussi j'ai eu quelques déboires mais je me retape !"

Après quelques curiosités et quelques blagues, attentions en très peu de mots, on se souhaita "*Hasta la vista*". C'est pudique l'amitié. On dort mieux quand on a un ami. C'est bête à dire. C'est fragile au milieu de la cohue.

C'est facile et mortel pour qui elle vient à manquer.

Trois mois plus tard...

Le départ était prévu pour le lendemain, je passais la prendre et on partait à la montagne, à nouveau. Rattraper le fil d'or et retrouver notre vibration, nous n'avons pas parlé de ça, mais juste "ça te dirait de retourner aux luges d'été ?" "Oh oui".

Les cicatrices, les courtes nuits, on arrivait au port, épuisées après tout ce tournis.

Avait-il été nécessaire ? Ou aurions-nous dû nous l'épargner ?

Kimi était faite d'un autre bois que les gens, que moi. Elle avait vécu, mais elle n'avait pas vieilli, je retrouvais la dribbleuse d'airs, mon amie. Qu'on s'entende, je lui trouvais du génie, à sa manière et à la mienne. Elle qui savait si bien "cultiver ses moments fertiles aux graines de hasard", comme aurait dit Olive.

Nous faisions la queue pour notre 3e tour de luge d'été, Kimi regardait attentivement les descentes des gens avant nous, lorgnait sur le panneau des records.

À un moment une daronne s'approcha avec sa fille à couettes, une petite rousse casse-cou. "Excusez-moi Kimi, pourrions-nous faire une photo avec vous ? Ma fille vous adore."

La photo en poche elle sourit à Kimi, "Bon je retourne vite auprès de mon mari, il va nous chercher, il vous aime pas trop !" Le dialogue était cela dit bon enfant.

Quand Kimi se retourna pour voir ledit mari, je sentis son regard changer. Le type avait un gros bide, une moustache stricte et un air patibulaire, voire pire.

D'un coup Kimi me lança "Regarde bien l'artiste", et s'éloigna vers lui.

J'étais crispée, à quelques mètres, qu'est-ce qu'elle fout bordel, prions qu'elle ne fasse pas sa justicière.

Elle lui parlait dans des gestes tour à tour respectueux et humbles, complices, enjoués puis autoritaires. Ils se serrèrent la main pour sceller un accord inquiétant.

Kimi revint vers moi

"Désolée ma Duke, mais je vais descendre la prochaine avec ce gars-là

– Quoi ?

– Bah ouais, il pèse 96 kg et encore je suis pas sûre qu'il a tout déclaré ! C'est pas avec tes 57 kg de bière sans bulles que je vais inscrire mon nom en majuscule en haut des records ! Ahah désolée mais c'est le haut niveau, là".

Ce qu'on a pu rire quand leur duo improbable franchit la ligne avec quelques centièmes d'avance sur le record, Kimi au volant et le daron à l'arrière ! Et encore un fou rire quand

Wajdi/Le Petit - record en double mixte : 02:37:87

s'afficha fièrement sur les écrans d'accueil.

Et puis nous rentrâmes à Gouine City

Ainsi toute cette fièvre était guérie

Folklore et Légende

"Gros coup sur le mercato pour les Lames Rouges – Oui, Anne-Marie Lestoux a réussi là un coup de maître, elle signe le retour de Kimi Wajdi, l'enfant des Lames, meurtrie par une saison blanche, une grave blessure et ses déboires extra-sportifs – Tout à fait, c'est un pari qui peut paraître risqué,

c'est certain, mais elle revient en superstar alors pour nous autres amoureux de sport, quelle belle histoire – Et ça complète les retours combinés de Coco, Desch et Milou – Les fans des Lames se remettent à espérer [...] "

C'est de nous qu'ils parlaient.

Une aprèm en pleine manif, les pieds en compote, les mains moites

Alors que nous prenions un sandwich basque, gras, chaud et appétissant, à côté de la marmite géante d'un stand bavard, une de ces marmites qui ont connu les mariages, les festivals, les manifs, les squats, les fêtes de village, je pensais au best-seller imaginaire *Mémoires d'une marmite géante*, et Vi rencontrait Maria. Cette brune énergique nous était passée devant car elle était prioritaire, tromboniste à la fanfare universitaire du secteur 5. Ça en jetait.

Après quelques rencards réussis, Vi se mettait en couple avec Maria et découvrait des trucs comme prendre sa main dans la rue ou faire l'amour, ou bien des textos salés : "Pourquoi t'as pas envoyé un message, t'étais au bistrot avec tes loubards encore ?"

La fanfare ne s'économisait pas et ça nous plaisait. Une fois, pour défendre les réfugiés, nous nous fîmes joyeusement tabassées, sous les tambours de *We Will Rock You.*

D'autres jours
À la terrasse des cafés nous rêvions tout haut des Lames
Sans s'embarrasser
Une fois de plus, nous entamions une saison de Super Ligue
Une fois de plus, la page était blanche.

Repas familial de présaison chez les Lames

J'étais là en tant qu'agent de Kimi, en tant qu'active au Syndicat, en tant que méga fan, prête à chialer quand il le faudrait. Mais pas tout de suite.

Vous imaginez les rides et les *bings* que j'avais après toutes ces années dans le volcan.

La libellule ? Cramée, vous vous en doutiez.

Enfin j'allais mieux, et j'étais prête à reprendre du service. Vous remarquerez qu'il fallait avoir plus de 30 ans pour avoir du vin de dix ans d'âge. Je parlais en comparaison idiote et étais plus solide.

Repas familial de présaison je disais

Barbecue magique, rêve d'épopée grecque, de périples.

Le mari de Coco, Seb, est à côté des braises, responsable des grillades, un Normand discret et fiable.

Les familles sont ensemble, tous réunis nous voilà adultes. Eh oui, j'ai la 2e de Coco dans les bras, veillant à la prunelle de nos rues, pensant fort à Solange qui parierait un jour 10 balles sur cette petite Lame.

Et puis au chaud de l'aprèm, sur la pelouse grasse à l'abri des tonnelles, Anne-Marie Lestoux prit la parole en levant sa coupe et ce fut quelque chose :

"Salut les filles

Bon ! Nous voilà toutes, réunies à nouveau

(rires timides)

Je ne vais pas vous mentir, je suis très émue

(applaudissements affectueux)

Quand on s'est quittées sans fracas, chacune devait faire sa route

Eh bien la route fut longue, elle fut heureuse, elle fut douloureuse

Et maintenant qu'on se retrouve, on se connaît mieux

On connaît mieux le monde

(ses traits se font très sérieux)

Vous savez que notre club est complètement investi en soutien aux grèves massives.

Pardon de plomber l'ambiance, peut-être, avec ce mot que vous avez déjà aux bords des lèvres, aux coins des yeux.

Ce mot pour les personnes qui gravitent autour de nous par un amour sans faille, nos supporters, du latin *sus portaris (elle bluffait)* "porter quelqu'un". Nos bénévoles sont dans les rues, licenciés, trahis, exploités, gravement violés. Ils font la queue aux Restos du cœur, abasourdis. Eux qui, il y a encore cinq ans, écoutaient un chanteur reprendre Coluche comme un enfoiré payant ses impôts selon sa propre liberté – autant dire médiocre.

(sa voix était rauque, c'était notre Boss)

Et c'est là que je veux en venir

Si vous pensez que c'est vain d'être exemplaire,

Regardez autour de vous...

C'est bien tout le contraire : j'exige de vous une puissante implication.

JE suis la BOSS et ici c'est la RÉALITÉ

Alors défendez comme des chiennes, faites-moi de belles actions, et vous ferez lever de joie notre famille.

Voilà de quoi il s'agit et

je voulais qu'ce soit dit.

Je suis fière de vous

et en vous voyant là, je suis fière de moi. *(ça touchait tout le monde à dire vrai)*

La saison commence.

Mesdames,

Faites-nous vibrer", conclut-elle dans un salut aux Gladiatrices, aux reines de nos espoirs secrets, dans un tonnerre d'applaudissements et les vivats des filles.

Oh oui, socialement tout ça ne peut avoir qu'un impact vraiment minime. Vous le savez bien.

Mais voilà comment commença notre pèlerinage.

Le soir venu, personne n'avait été contre l'apéro, toujours sous la tonnelle, les discussions sont, comment dire, plus épicées.

Kimi devait repasser au traditionnel "chant de bizutage", et elle nous scotcha toutes, que ce soit clair, de Coco à Wax jusqu'au type tordu qui ferme le vestiaire.

Elle monta sur l'estrade, je ne l'avais jamais vue comme ça, contrôlée, hésitante, engagée. Elle se racla la gorge – ce qu'elle pouvait fumer – et commença son poème entêtant :

Steve descend prudemment la rue,
Son chapeau enfoncé sur le crâne
On n'entend que le bruit de ses pas,
Les mitrailleuses sont prêtes à tirer
Es-tu prête ? Es-tu prêt pour ça ?
Es-tu cramponné à ton siège ?
Devant l'entrée les balles claquent,
Sur le son du rythme

Encore un qui mord la poussière

(Tout le monde chante en chorus
pendant que Kimi tape la batterie de **Queen** *sur ses cuisses)*

Another one bites the dust

Another one bites the dust

And another one gone, and another one gone
Et encore un qui s'en va, et encore un qui s'en va

Another one bites the dust
Encore un qui mord la poussière

Hey! I'm gonna get you too
Hey, je t'aurai toi aussi

Another one bites the dust

On clama toutes en chœur ce chant qui deviendrait l'hymne vibratoire des fans des Lames et plus encore.

Quelle belle journée.

Ensuite, vient une période où les jours passent plus fluides. On a grandi, et c'est bête mais "bien s'organiser" permet de mieux faire passer la pilule. Il n'y avait pas de quoi être fier, ne vous y trompez pas.

Côté taf, Vi est tracassée. Lucky Lucy n'est pas une simple N+1 de plates réunions. Elle est redoutable, et Vi commence à sentir le piège de la possession sur son bras se refermer.

Quant à moi, roublarde de tickets resto, je micmaquais un ordi du taf et l'installais secrètement chez moi.

C'est à peu près tout pour ces semaines-là.

Quelques mois plus tard

On logeait toutes (joueuses/staff/entourage) dans cette vieille ferme normande.

On allait jouer dix jours plus tard la première demi-finale de l'Histoire des Lames Rouges.

"*Stage de préparation aux Finales*", annonçait la presse.
Ce fut en fait notre Marche initiatique.

Prenez une doudoune et des gants. Je vous aurais bien emmené à une séance matinale, à la fraîche, dans la brume des champs qui s'éveillent. Pour que vous compreniez l'intensité qu'elles s'imposèrent ces nanas-là, ces stars ces gosses aux mollets gelés par la rosée.

À la fin de sprints fous, dictés par les sifflés exigeants de Wax, elles crachent du feu, les joues écarlates les regards possédés, elles se tapent dans les mains, sur le dos

"C'est ça les meufs c'est ÇA" – tout était répété deux fois, à voix forte.

"Là on y est, Là on utilise chaque seconde, là d'accord, LÀ D'ACCORD", des phrases qui paraissent simplistes, mais qui étaient tout pour nous à ce moment-là, nous joueuses/staff/entourage.

Chaque joueuse, maillon essentiel de la chaîne, trouve sa place, scelle son destin à la sueur des autres et donne la sienne.

J'ai aussi veillé leurs siestes. J'aurais aimé savoir m'endormir comme elles, n'importe quand, passionnées, ultra-compétentes, avec cette bonne fatigue. Dans les hamacs de l'ancienne grange résistante, les après-midi furent douces, pommes flambées et airs de guitare. Je donnais mon max pour les mettre dans les meilleures conditions.

Autour du feu le soir, l'étincelle de notre avenir commun. Et des espiègleries, toujours. Ça peut s'échauffer à la *Bonne Paye* ou au *Loups Garous*. Desch ne supporte pas les éclats capitalistes de Kimi et Coco qui prennent un malin plaisir à lui rajouter des cartes-pénalités. Les éclats de rire, les fausses colères, les débats endiablés, les vannes à tout-va. Et puis la discussion retombait toujours sur les finales qui arrivaient, et là ça rigolait plus. C'est nos championnes que je voyais.

On en a eu des bons moments avec ce groupe de Lames qui voulaient ramener la Coupe dans nos Quartiers. Vous sentez maintenant que ce n'était pas rien, ce rêve inoffensif.

Le dernier soir, il y eut un choc de titans au *Loups Garous.* Il ne restait plus que Coco, Coach Wax et Kimi. Anne-Marie Lestoux jubile en maître du jeu.

2 villageois (dont le maire?) et donc 1 loup garou.

Qui bluffait qui?

"Le Village se réveille…", annonça Lestoux solennelle comme une enfant. Les débats qui s'ensuivirent entre les trois finalistes furent incroyables, à couteaux tirés de longues minutes, sous les regards passionnés de l'équipe, chacune rivalisant de comédie, de virtuosité. Je vous laisse imaginer.

On se couchait tôt, comme au ski, puisqu'on savait pourquoi on dormait.

Kimi demandait tout le temps : "Je peux sauter le petit déjeuner ?"

"Nan !"

C'était facile et exaltant, nous étions enfin à 100 % concernées.

Quand on est parties de là, personne ne parlait dans le minibus. Chaque joueuse devait finir sa transformation. Leurs muscles aiguisés, leurs esprits galvanisés. Elles étaient celles qui devraient bientôt assumer notre foi.

Quand les matchs commenceront, elles seront toutes les cinq dans l'arène. Elles seront complètement seules sachez-le bien, et nos cris à la Moustache, nos chants dans les virages, tout ça compte, mais elles seront seules. C'est une question de fierté.

Elles se battraient pour elles et pour nous, dans un pacte invisible
Elles nous promettaient la Lune
Et nous avions le droit d'y croire à fond
Une fois n'est pas coutume.

Au local de la fanfare, à côté de la fac, ça roule des pelles, ça prépare des collages, ça répète. Les filles sont dans tous leurs états. Je faisais un lobbying pour intégrer *Toxic,* de Britney, à la liste. Vi était aux petits soins pour sa tromboniste d'amoureuse. Maria la forte tête. Elle pouvait aussi piquer sa crise de jalousie et Vi devenait du miel pour s'en sortir.

"C'est parce qu'elle est espagnole, elles sont plus sanguines ! Tu vois ce que ça fait d'avoir de la sangria à la place du cidre !" - Vivi l'amoroso

---

Il ne restait maintenant qu'une poignée de jours avant la demi-finale.

Lionnes Noires contre Lames Rouges (Le remake - L'Acte II -, comme le vendait la presse)

À l'angle d'un boulevard, notre cœur part en chamade pour un rien, "putain demain soir faut qu'on les fume – C'est claiiiir", répond un passant.

Nous ressortons comme un vieillard, un druide aveugle, le vieux livre en or, et attendons la suite de l'histoire.

District de Faya Circus

Soir de match au stade malsain et oppressant des Lionnes, emblématique, rempli jusqu'aux combles et chauffé au chalumeau, déjà au bord de craquer.

Voyant que je suis pour les Lames, une rombière crache sur mes pieds. Je la regarde en haine, en insolence, j'adore. Vas-y ma bourgeoise, fais-moi grimper l'électricité.

J'étais dans la tribune, juste au-dessus du banc des Lames, au cœur des flammes

Prenez ce qui suit comme mon reportage non-essentiel et pardonnez-moi,

Si j'avais fait la guerre du Vietnam, j'aurais plutôt parlé de ça

Mais puisqu'on en est là, on va y aller à fond n'est-ce pas.

Notes écrites aux braises des gradins

Les Lames rentrent les premières sur le terrain, et affichent des regards d'acier. J'en frissonne, animée de chants guerriers. Le protocole déclenche ainsi le début des hostilités. Le stade des Lionnes hurle en fracas contre les Lames.

Chacune de nos joueuses se fait siffler, insulter, et nous redoublons d'efforts pour qu'elles nous entendent dans ce vacarme ennemi.

Suivant le rituel, le coup de sifflet de l'arbitre lance cette heure irrémédiable, et nous pousse dans le vide

C'est parti

J'étais suspendue à elles. Vi ne lâchait pas mon bras, à chaque incursion des Lionnes dans notre zone, elle enfonçait ses ongles en geignant.

Pinoza recommence à chauffer Kimi à blanc, et les mauvais souvenirs reviennent nous effrayer. Desch glisse un mot à Kimi en prenant le coup franc.

Sur une action anodine Desch relance, les arbitres filent vers le jeu, et bien à l'arrière, à l'abri des regards, Coco met un énorme coup de genou à Pinoza. Le stade explose de folie. Coco feint l'incompréhension, continue de jouer, subit un million d'insultes ignobles, bien sûr qu'elle tient bon.

Pendant le stage, elle avait gagné au *Loups Garous* et gagnait encore cette fois-là.

Le match reprend dans une tension permanente
Pour une course une défense une parole
Une nouvelle éruption

Dans les tribunes tout le beau monde, le grattin de Gouine City et les bigs boss.

Dans le désordre, Véro Lafonte, Anne-Marie Lestoux, Gigi Lazur, Marinette Pichet, Michel Mélasse, Bernie Tapette, et j'en passe.

Et Lucky Lucy, toute-puissante, qui vient se pavaner.

En 2e mi-temps une forme de transe m'empêche de mettre des mots.

Je peux juste vous dire, en serrant dans mes bras mon voisin inconnu, que soudain

Kimi dribbla avec virtuosité la défense, un moment de grâce, comment a-t-elle fait?

"Elle n'a plus qu'à tirer ! Oh mais oui elle la passe à Coco qui marque dans le but vide ! Buuuuuut pour les Lames ! Oh lala mes Amis [...]"

À partir de ce moment-là, le torrent

Score final : Lionnes 0 : 2 Lames (avec 2 passes décisives de Kimi ! Vous imaginez ma joie)

Puis la fête aux quartiers
Un vrai foutoir de rires
À la Moustache, et dans les rues aux cicatrices de maladies de chômage de manifestations, personne ne boudait son plaisir.

Une semaine grandiose commença. Chaque matin, on découvrait notre talent, on ne rêvait pas, on était en Finale. On sortait du lit heureux comme tout.

Vi se fit larguer un soir de guinguettes, aux reflets du Canal. Maria, moi je l'avais jamais sentie !

On s'en fichait complètement, l'avenir nous souriait.

Finale J-4

Je prenais mon temps, je savourais. Je pensais fort aux Lames qui devaient être réunies, construisant leur révélation. Je pensais à Kimi, mon génie.

C'est toutes nos histoires qui faisaient écho

Chacun écrivait tard le soir, à la bougie ou fumant son pétard

une fable intime de souvenirs

et annonçait pour soi-même la finale à venir

Nos revanches sur nos vies? Nous ne pensions pas ça.

Pour me détendre, j'écoutais NTM, Mozart, je lisais.

Dans un recueil de poèmes, un Américain exemplaire, Dylan T., me susurra la solution :

Do not go gentle into that good night

N'entre pas sans violence dans cette bonne nuit

Je sortais alors mon petit cahier, palpitante, aiguisée comme une Lame.

Fable écrite gentiment dans tout ce bordel

Revenue d'une balade seule sous les lacrymos
Et longeant le parc où les bancs sont des lits
Je prenais au vent-ventoline mon goûter de chimio
Puis j'ai tendu à l'abeille orpheline un brin de lilas bio
"La Belle Journée" je lui ai dit
Elle m'a tendu un papier griffonné dans son dernier souffle de vie
"Ton vote est roué de coups dans le coffre d'une volkswagen garée parking 21 à Orly."
J'avais mauvaise haleine
On s'en foutait, nos odorats étaient détruits

Voilà les seules fables merdiques qu'on est capable de sortir.
Alors la morale de l'histoire ?
Cette finale est à Nous et on redresse le buste
Pas d'accord ? On t'emmerde en clamant
Another one bites the dust
-
Another one bites the dust
-

Avec gourmandise, on commence à doucement s'augmenter la pression.

Vi avait d'ailleurs posé des jours. L'ambiance était délétère pour les capos de Lucky Lucy, folle de rage depuis la demi. Elle avait parié sur un but de Kimi qui n'était pas arrivé, et ça la foutait hors d'elle. J'imagine qu'elle n'avait pas pu crâner ce soir-là. Scène vieille comme le monde du pouvoir pourri gâté.

Quelques jours plus tôt j'avais eu le fin mot sur cette demi-finale historique. C'est que Coco et Kimi avaient appliqué à merveille un plan fou : parier sur deux passes décisives de Kimi, à contre-courant de Lucky Lucy. Kimi fut fière de me préciser que tout l'argent avait été versé aux caisses de grèves.

Je ne sus pas trop quoi dire à part

"Eh beh… Coco et toi… J'aimerais pas tomber contre vous au Tarot… J'espère que vous savez ce que vous faites."

Elles savaient. Coco se présentait en tant que représentante des joueuses à la Ligue, contre-pouvoir à Lucky Lucy.

Les temps changaient.

Jour J

Vi nous organisait tout le planning qui devait nous amener affûtées pour le coup d'envoi.

Appelons donc ça - La Grande journée -

On envoie un message à ses proches. On ne lambine pas sur les beaux détails.

Y a pas mal de choses à faire si on regarde bien.

Je prends des nouvelles de ma mamie, lui souhaite un bon match. Elle aussi a le cœur qui tambourine

"Je suis stressée pour les Lames, ma petite chérie. C'est sûr, ce doit être très dur pour elles. C'est le ciel ou les larmes."

On n'a pas hâte, l'heure fatidique arrivera.

---

19 h - Grande Arène de La Chapelle - Lames Rouges *vs* Super Galactiques

H-2

Virage Nord - La fanfare et les irréductibles - la sève s'installe
Les banderoles, les promontoires, les tambours énormes
Ils se maquillent entre eux en ROUGE
C'est très sérieux
Si quelqu'un rigole, c'est nerveux

Voilà pour le décor.

La tension euphorique grimpe encore d'un cran

Transcendance de gala
Voilà les notes écrites partout où ça vibre pour les Lames
J'étais au stade, j'étais à côté de ma mamie, j'étais à la Moustache
J'étais l'instant et vous aussi

OK, c'est parti.

Dans un vacarme indescriptible
Les joueuses entrent sur le terrain
Le Moment fatidique se dresse devant nous
L'air est irrespirable
On a soudain des ricanements de crises
En se serrant les bras
On se met dans un état effréné
Si nos mères nous voyaient !

Rien de ce qui suit n'est une guerre
c'est notre vie résumée en un jeu incroyable

Notes écrites en chute libre
Comme une molécule
Nerveuse et électrique

Premières minutes

Le début de match est très, très serré. Personne ne veut commettre l'erreur qui plomberait la suite.

Les équipes doivent être là, au contact – en plein dedans, quand les dernières minutes, les dramatiques, rendraient leur verdict.

En gros, à chaque fois qu'une joueuse à nous a la balle, nos cœurs vacillent, notre Sœur en plein danger, sous les yeux du monde.

Et puis voilà qu'elles rendent coup pour coup, exigent des Galactiques des miracles pour grapiller un centimètre. Elles nous rassurent. Elles nous montrent. Ce qu'elles ont dans le ventre et donc dans le nôtre aussi. Le Pacte.

"Vous êtes dans le vrai, allez ALLEZ on décale, come on girls, COME ON" Coach Wax dicte sa loi, en faisant les cent pas, solide devant le banc, l'ours qui nous guide.

Qu'est-ce que ça voulait dire ? Que notre défense dévore chaque ballon, gonfle les muscles pour rejeter l'assaillant.

Faut le dire, on subit quand même

"Aaaaaahhh", Vi grogne, tape sur ma cuisse

C'est interdit de fumer. Les gens autour de nous s'allument clope sur clope.

Les Super G sont dans notre camp et nous oppressent

Tout le monde se lève sans savoir pourquoi, pour engager le corps, rajouter un excès dans la balance.

La fanfare a l'air de s'activer, on les supplie de lancer une chanson qui nous donnerait de l'air, qui montrerait aux Joueuses notre amour

Notre Totale Implication

Olga Desch Milou Coco Kimi, de mon côté je m'assois deux secondes pour prier

Serrant contre moi ce vieux livre en or, aux pages fragiles

Je ferme les yeux, les mains jointes.

Et puis le signal retentit : c'est les tambours qui entament notre hymne spartiate

La femme géante cogne le rythme de béton, exige de nous la dynamite, les veines prêtes à éclater elle cogne son tambour et le mur derrière elle - Nous - se gonfle à 1 000 C°

Les esprits s'électrisent définitivement

Voilà l'embrasement qui nous fait briser nos dernières chaînes

C'est fini les crans, c'est fini les degrés

Boom Boom Boom Boom

Coco-Viking, après une série de dribbles forcenés, obtient un corner à bout de souffle. Putain notre première action.

Elle se retourne vers nous et hurle en ouvrant ses bras : elle veut nous voir rugir

Notre réponse : DEUX TONNES de hurlements déchaînés

Au cœur des flammes ardentes je me souviens

10 minutes électrocutées

Desch voit sa frappe s'écraser dans un bruit de canon sur la barre transversale. Vi est au bord de la crise. Elle fume en buvant en chantant en se pissant dessus. Je ne suis que nerfs optiques et cordes vocales

Kimi oh Kimi se libère un espace - enfin SA situation - elle peut provoquer - elle prend de la vitesse - vas-y ma pouliche fais-nous l'amour ! On dit des phrases ridicules, et Kimi est reprise au dernier moment par Ramos.

"OOOOOOOOOOOOOUUUUUUUUUUUH" on lui hurle nos fureurs avec plaisir à cette grosse connasse. Ça nous détend le bide un court instant.

Le rythme est maintenant effréné, l'ombre du K.-O. se fait pesante au-dessus du carré vert

Plus que trois minutes avant la mi-temps

Mais une seule seconde peut changer toute la situation :

Ramos lance Pattie en profondeur - oh non - Pattie va nous crever - Olga - OLGA - OLGAAAAA *- on s'accroche à ça de courtes secondes en tremblant - elle nous a sauvé la baraka*

Oh mais le ballon repart dans l'autre sens, Milou récupère le cuir, joue du corps, s'impose - transmet à Coco *qui sonne la charge - et* Desch, DEsch DESCh DESCHHHHHHHH

C'est le but

Le torrent est toujours plus fort

Vous pensiez à de l'eau ? C'est de la lave

-

-

— - -

-

- --

--

-

--

PAUSE - *souffle*

La mi-temps sépare les joueuses

Nous sommes archi dans le dur, vous le sentez ? il va vite falloir se refaire.

Un boxeur retourne dans son coin, entendre son clan, recracher de l'eau rouge vif

Sa lèvre saigne mais c'est bien son uppercut du droit qui a tiré la première déflagration

Le Boxeur est silence - le boxeur est tempête - le boxeur a peur - mais non, le boxeur sait ce qu'il doit faire.

Ailleurs ?

Ça claque en bandes organisées, paumes à vif contre le zinc du navire

La Grande Stach-Mou mes amis, fier vaisseau fendant la houle et les vagues vertigineuses. L'énergie dégagée quand chaque moussaillon active sa zone, sort la grand'voile.

"Another one bite the dust, Another One Bite The Duuust"

J'ai eu les larmes aux yeux pendant un souffle c'est vrai.

Ces cruciales secondes ensemble à nous y voir tous. Positifs.

Et si ce que je vous dis vous paraît dérisoire, c'est pas l'avis de mon voisin de tranchée. Pour aller pisser des missions débridées et combien de beaux visages à fond dans leur élément, la Grande Mer - la Vague Finale.

Retour en tribune, je peux vous dire que ça use, on est tous fébriles.

Quand on pense à nos Lames, assises sur ce banc en bois qui n'a jamais changé, touchant leur rêve de gosses sans avoir le droit d'y penser, ça donne un truc démesuré.

Je revois la jeune Kimi, celle qui jouait devant les garages, tout ce chemin fait ensemble. Kimi devenue notre Reine, maintenant se bat pour nous, sous nos yeux ébahis, de tout son talent et de toutes ses forces. J'ai les chocottes, je me fais petite derrière elle.

On doit penser à nous aussi, se refaire un peu la pilule, car dans cinq minutes, maintenant vous savez, on devra tenir la corde raide – on souffle avec de petites actions

Déplier la banderole de la 2e mi-temps que des filles avaient peinte les soirs précédents, dans des locaux vétustes. Recharger les bières, pisser, se délier les jambes, prendre des nouvelles du voisin. Des gestes simples finalement.

C'est reparti

Les joueuses des Galactiques sont sorties en premier du vestiaire
et nous promettent l'enfer
Logique
et ça nous remet dedans direct
Un beau homard qu'on jette dans l'eau brûlante

Lames 1 : Galactiques 0

J'écris quelques lignes
Dans le cahier précieux
Un air de Lac des cygnes
Après l'entracte
Voilà l'Acte final
Ce bon vieux coup de sifflet nous enjoint à reprendre,
une dernière fois

Résister à la tempête que les Super G semblent programmer. Les Lames tiendront-elles ? Nous le gueulions, nous le priions.

Les minutes se traînent

Les Lames plient

______ Mais ne cèdent Pas _____

À quelques mètres de notre but, les Galactiques rôdent comme des Vautours, usent de tous les vices. Pattie obtient une faute dans une simulation grotesque. Les Lames ne bronchent pas et nous révèlent leur Puissance, leur Sagesse. Elles tiendront, Vi en est certaine.

Les minutes défilent ainsi. On ne cligne plus vraiment des yeux mais ils ne s'assèchent pas.

On entre dans le dernier quart d'heure. C'est long, quinze minutes

Sur une action anodine, la frappe est déviée, Olga à contrepied, malheur

Ramos exulte de joie avec ses coéquipières – c'est horrible.

Nos Lames abasourdies ont les mains sur les genoux, les regards hagards des secondes entières

S'effritent comme du sable.

MERDE

À la Moustache on entendait une mouche voler

Lames Rouges 1 : 1 Super Galactiques

OK, OK c'est rien, Vi se relançait comme elle pouvait.

Coach Wax prend un temps-mort immédiatement
Le Boxeur vacille devant sa vision écroulée
Le Boxeur retourne dans son coin comme un enfant accidenté
Et c'est peu dire que ça va mal
Le virage brusque l'a gravement blessé
Son clan l'assoit sur le robuste tabouret
On le laisse respirer, c'est notre Héros et il vacille
Mais puisque nous avons tant de fois nous-mêmes vacillé...

Le clan a peur - non - le clan n'a pas peur - toutes leurs énergies sont orientées pour tenir tête -

c'est dur le présent immédiat du sport, le geste, à chaque instant le choix – je craque auprès de Vi dans des réflexions farfelues

NON son clan ne veut pas entendre le moindre écart à notre foi :

"C'est le plus grand moment de votre vie

Et je n'en ai rien à foutre, vous m'entendez ?

Si on panique, autant le dire tout de suite et quitter le terrain, voilà on est 2e c'est bien.

C'est ça C'EST ÇAAAA ???" c'était pas Wax, spontanément c'est une dirigeante qui parlait et c'est des larmes de mère qu'elle chialait, elle qu'on avait jamais entendue et qui préparait les maillots depuis toujours.

"Bon dieu de merde je vous aime et si vous paniquez maintenant je vous botte le cul.

Vous êtes les plus brillantes, les plus folles, les plus sauvages

Vous m'entendez

Alors jouez dur

Déchaînez-vous

Créez-moi des attaques mortelles

Le chaos le bordel

(elle essuya ses yeux)

Vous allez retourner sur le terrain vous allez cramer vos dernières forces

Elles nous regardent de haut et putain ça ça me fait chier

Vous êtes les plus brillantes, les plus folles, les plus sauvages

Alors soyez Des Lames et Déchiquetez-les"

-------- la sonnerie de fin de temps-mort clôtura cet ordre ultime

et lança l'assaut final – ce n'était pas la guerre mais notre vie jouée en un jeu incroyable

On suffoque complètement, les gens sont cramponnés. On ne forme plus qu'un magma autour de nos cinq Lames.

"*Les deux* équipes sont bien là Thierry, en plein dedans, au sommet de leur art, et les prochaines minutes, dramatiques, vont rendre leur verdict [...]"

Le torrent impétueux nous arrache de notre lit
Il défend en bronca
Il claque les roches
Abat la pluie

J'ouvre les paumes
____ Cette sensation _____

Ces cinq dernières minutes furent notre rêve à tous, notre Puissance, notre Exaltation

Vous me demandez de peindre l'extase, l'admiration ?

Si je vous dis que nous avons pleuré quelques larmes en émeraudes qui contenaient de l'eau pour tout le monde, ça n'a pas de sens !

Alors je ne sais pas… Je suis prise dans le tremblement de terre, épicentre de bonheur.

Imaginez quand même un peu la seconde tonitruante du BUT, je n'en sais pas plus

Je n'étais qu'un corps surpuissant et solidaire, comme nous tous

Lames 2 : 1 Galactiques

Le voici :

"Le but de Kimi Wajdi est venu crucifier les Super G Stéphanie, quelle formidable joie pour les Lames et leurs fans, le premier titre du club
– Oui Thierry, quel match ! Et comme un symbole, c'est Kimi qui a placé son crochet foudroyant-frappe du gauche sur Ramos pour le but salvateur.
– Oh mes Amis, je vois que nous avons Anne-Marie Lestoux au micro de notre consultant [...]"

Les violons entament leur Marche royale, les cuivres acclament les Héroïnes, les tambours témoignent de ce que fut le Combat de Libération – facile de nous faire confiance là-dessus
Nous sommes tous habillés de soie et marchons à 25 centimètres du sol
Dans nos briques, nous leur gravons le Panthéon à nos nanas

On pleure si vous voulez tout savoir. On pleure de joie et ça sort de loin.

Rangez bien vos clefs d'apparts, votre CB
En liesse sur le tarmac
Oubliez la douane
On va décoller

"Mes petits poulets
Mes p'tites Salopes
Celle-là c'est ma tournée", ainsi Tony nous parlait d'amour

Les ivresses se succèdent dans nos avenues
Comme le plus grand mariage jamais vu

Reprenant mon souffle à l'écart d'une ruelle
Je suis absorbée par des souvenirs enfantins
Dans un beau diaporama de famille :

° Ici Antho, il a arrêté le foot y a un bail
Et c'est ultra sexy dans son jean moulé
que ce beau gay a regardé la finale
Secrètement et l'œil avisé
Juste après un rapport anal

° Là, Armand, il a fini son manga et la chute va nous scotcher puisque

"Koma Wang fait la prise des trois orteils de biais à Ramona Walpas et libère Goudham City"

° Et comment allaient les anciens coachs des joueuses ? Ceux de l'enfance, dans leurs villages, qu'avaient-ils fait pour célébrer leurs gosses et leurs vies ? Une sacrée chouille, y a fort à parier.

° Le père de Kimi est venu voir le match à la Moustache, il y est resté très en retrait
À bout touchant de l'amour pour sa fille
Il ne sait pas comment faire
Il ne rate pas un geste, pas une course
Gardant maladroit son secret : il l'aime sa belle enfant.

Si j'avais eu une cabane dans les arbres, elle aurait été fière
Si j'avais eu une amoureuse, elle aurait été fière
Si j'avais eu un python

Je planais

Dans notre inestimable livre d'or
Avec délicatesse
Le plus beau chapitre était très bien écrit.

Pendant trois jours de paradis, nous avons respiré la plénitude

Faites une pause et goûtez-la si vous voulez

Si je vous implore par la suite,
C'est que les notes suivantes sont des plus sombres
Et la vengeance décidée en une seconde
Ne permet aucune transition héroïque

Je tremble maintenant comme une feuille qui doit sauter d'une falaise.

Puisque ailleurs, loin de nos rues, le soir même
Dans un sombre bureau
Des violons sous contrat ont entamé un Requiem

Prenez votre temps

Soufflez

J'insiste

Taisons donc nos folies douces

N'avons-nous rien compris

C'est fini.

Ultra Brutale Réalité

Ainsi que je vous le disais,
Sans orchestre et sans échappatoire
Notre légèreté arrivait à expiration
Nous fûmes "convoquées", Kimi, Vi et moi
Lucky Lucy avait envoyé un de ses gros bras, Nadi Vrinka, nous récupérer
Une par une, un cortège funeste de plus à Gouine City

Pourquoi vous mentirais-je, attendez-vous au pire
La demi-finale avait laissé une blessure infectée
Comment ne nous en étions-nous pas rendu compte...

Lucky Lucy ne veut pas perdre le contrôle
Devant nous, inférieures menottées
Elle va faire étalage de sa cruauté
Pour nous réduire en miettes
Nous écraser nous mâcher

"Fermez-la bande de merdes."
Sur des chaises de camping, dans une cave ordinaire, Lucky Lucy nous a fait face
Elle était horrible elle était sans masque
L'effroi noir vif – de la couleur du flingue
Où chaque seconde est un crash

"Bande de grosses merdes que vous êtes", elle crachait et prenait son temps avec dédain sadique. Nos os se transformaient en glace.

Nous ne valions plus rien.

"JE prends l'argent. C'est quand même pas compliqué. Mais non, il a fallu que vous tentiez de me niquer... Vous voyez comme c'est con la vie, je peux même pas vous torgnoler, vous arracher les dents, vous crever moi-même. J'ai à peine le temps de vous faire un discours cruel correct."

Elle avait les yeux fous froids et ne bluffait pas.

"Je file à un repas avec l'avocat du ministre, quel bel alibi vous me direz !"

Mais on ne disait rien. Elle était obscène. Nous étions faits comme des rats.

"Dans une heure, quand j'arriverai au restaurant, mademoiselle Duke et toi, Vi, vous aurez eu assez de temps pour réfléchir à votre avenir. Et pour Kimi l'avenir s'arrêtera là, juste ici. Pour l'exemple, vous comprenez. Coco et les autres joueuses comprendront j'en suis certaine."

Son sale air de toute-puissance perverse et intouchable, nos hurlements de rage, de marchandages, nos cœurs implosaient nos poitrines dans d'ignobles paniques.

"Vous savez ce qui m'ouvre l'appétit ? C'est d'entendre vos cœurs battre fort comme ça. Mesdames...", elle inclina la tête comme pour partir poliment.

Après avoir précisé à Nadi "Dans une heure tu laisses partir ces deux chattes puantes et tu flingues la footballeuse."

Elle s'éloignait
Quand Kimi-fureur royale
Sombre Jedi
l'interpella.

"Hey Lucky, retourne-toi sale face de mort." LL se retourna lentement, surprise, peureuse.

"Ouais t'es une vieille pute, une capitaliste, t'as pas d'race et pas de mérite. Une collabo de merde. Tu pourris tout et pourquoi ? Pour lécher des bouches cockées devant d'autres raclures dans ton genre, ça te parle ça, nan ? Aux premières loges des stades de mon cul, wesh ?! Eh ouais, c'est mon cul que toutes tes poules ont maté grosse raclure que tu es, et c'est moi qui les ai fait jouir tous les samedis.

Et maintenant t'oses même pas me buter toi-même c'est ça ?

Tu pues la merde et Moi je suis Immortelle, tu réalises ?

(Elle prit une voix plus basse, violente comme du feu.) Je te tuerai Lucky. De ma main.

Allez Casse-toi maintenant."

Et elle cracha par terre avec le regard qui jurait à Lucky Lucy qu'elle avait gagné. Une kamikaze en somme. Mon Héroïne.

Lucky vacilla, entre la rage et autre chose. La peur ? Kimi était immortelle ? C'était maintenant l'évidence. Elle hurla à Nadi de suivre les ordres dans une heure et partit furax comme une enfant vexée.

Nous étions seules avec Nadi Vrinka, son flingue et les ordres qu'il devrait suivre.

Allait-on implorer ou se débattre hystériques ? Rien n'a marché.

Kimi est restée beaucoup plus calme que nous et vers la fin elle a prié dans une langue aux arabesques universelles avant de dire un mot pour son père. Un mot d'amour.

Une heure plus tard
Le Pouvoir autoritaire et cupide
s'abat sur Kimi

La balle éclate
Le corps s'écroule

n° 10 Kimi, notre Amie notre Génie
C'est fini

L'impuissance nous étrangle à mort
Arrachées par la violence des Hommes
Il aurait fallu devenir adulte et tuer l'Enfant
Et c'était horrible

En sortant de là
Derrière une poubelle, Vi a vomi du sang
Pendant que je me remplissais de bave d'acide.

Une nuit pluvieuse près des docks, une fille ordinaire entre dans une cabine téléphonique et appelle la police pour leur expliquer où et quand Lucky Lucy a fait exécuter Kimi Wajdi, avec quelle arme avec qui. Mais aucune enquête ne commence. Un matin brumeux à côté des puces de Sainte-Chouin, cette fille appelle une journaliste pour lui raconter comment Lucky Lucy a fait abattre Kimi Wajdi l'étoile de nos quartiers. Mais rien de vrai ne sort dans les journaux.

Quelques jours plus tard, elle comprend qu'elle a jeté un gravier sur un mur
Elle pleure pendant des jours
De la violence ordinaire
Du pouvoir
Elle pleure elle hurle dehors
Elle déchiquette l'air
Une bombe nucléaire au phosphore
Des poignards dans un dictateur
Ouais elle pleure à mort
La fille des cabines téléphoniques.

Les larmes inondèrent nos habitations dans des coulées de boue glaciales
Emportant tout des caves de nos maisons
Ce fut très dur
Pendant de longues semaines
“Kimi morte d’overdose”, ainsi se crashaient tous nos réveils
On ne riait plus et les oiseaux non plus
On marchait main dans la main par centaines
Nous voulions subir la grêle, fuir les abris, haïr la haine
À la flamme blême on se lavait des sales chagrins
Puis chacun au bout du chemin
Fit devant ton marbre
Une promesse silencieuse
Une dignité
À bout de forces
Un bout d’eux-mêmes qu’ils ne connaissaient pas

Le marbre est froid et majestueux
Ma tristesse est maintenant si blanche
Si intense
Je pose ma main
De la tristesse pure et dure
Un courage me tient
Ce courage-là, c’est le tien

Je t’aime, Kimi.

Queen – *Another One Bites The Dust*

Another One Bites The Dust
Encore Un Qui Mord La Poussière
Steve walks warily down the street,
Steve descend prudemment la rue,
With the brim pulled way down low
Son chapeau enfoncé sur le crâne
Ain't no sound but the sound of his feet,
On n'entend que le bruit de ses pas,
Machine guns ready to go
Les mitrailleuses sont prêtes à tirer
Are you ready? Are you ready for this?
Es-tu prêt(e) ? Es-tu prêt(e) pour ça ?
Are you hanging on the edge of your seat?
Es-tu cramponné(e) à ton siège ?
Out of the doorway the bullets rip,
Devant l'entrée les balles claquent,
To the sound of the beat
Sur le son du rythme

(Tout le monde en chorus)
(Refrain)
Another one bites the dust
Encore un qui mord la poussière
Another one bites the dust
Encore un qui mord la poussière
And another one gone, and another one gone
Et encore un qui s'en va, et encore un qui s'en va
Another one bites the dust
Encore un qui mord la poussière

Hey, I'm gonna get you too
Hey, je t'aurai toi aussi
Another one bites the dust
Encore un qui mord la poussière

How do you think I'm gonna get along,
Comment crois-tu que je vais m'en sortir,
Without you, when you're gone?
Sans toi, quand tu seras parti ?
You took me for everything that I had,
Tu as profité de moi jusqu'au bout,
And kicked me out on my own
Puis m'as viré et laissé seul
Are you happy? Are you satisfied?
Es-tu heureux ? Es-tu satisfait ?
How long can you stand the heat?
Combien de temps peux-tu supporter la pression ?
Out of the doorway the bullets rip,
Devant l'entrée les balles claquent,
To the sound of the beat
Sur le son du rythme

(Refrain)

There are plenty of ways you can hurt a man,
Il y a plein de façons de faire mal à un homme,
And bring him to the ground
Et de le mettre à terre
You can beat him,
Tu peux le battre,
You can cheat him,
Tu peux le tromper,
You can treat him bad,
Tu peux le maltraiter,

And leave him when he's down
Et le quitter quand il est au plus mal
But I'm ready, yes I'm ready for you
Mais je suis prêt, oui je suis prêt pour toi
I'm standing on my own two feet
Je t'attends de pied ferme
Out of the doorway the bullets rip,
Devant l'entrée les balles claquent,
Repeating the sound of the beat
En imitant le son du rythme

Sortie : 22 août 1980
Auteur : John Deacon

ILS ONT COLLABORÉ À CE LIVRE :

PIERRE FOURNIAUD
DIRECTION ÉDITORIALE ET COORDINATION

CORINNE BERNARD
CORRECTION

BRUNO RINGEVAL
COMPOSITION

DONATA JANSONAITE J.
IMPRESSION

MARIE-ANNE LACOMA
SUIVI COMMERCIAL ET PROMOTIONNEL

FLORA MORICET
RELATIONS PRESSE

AGENCE TRAMES
CESSION DE DROITS

LES ÉQUIPES DU CDE ET DE LA SODIS
DIFFUSION ET DISTRIBUTION

LES LIBRAIRES
COMMERCIALISATION ET PROMOTION

DÉPÔT LÉGAL : MAI 2023
IMPRIMÉ EN UE - 303755